강수는 걸었다

서강석 장편소설

강수는 걸었다

남쪽으로 난 창에서 들어오는 햇살이
숙화의 눈밑에서 물방울을 만나
산란하며 빛을 뿌렸다.

차 례

제 1 부 운 명

강수는 걸었다 13
돌아서는 저 길에 23
겨울에 핀 꽃처럼 30
따듯한 봄바람 불고 39
조천(朝天)땅 하늘 아래 47
숙화에서 나는 향기 56
반성문을 쓰거라 67
천오백리 멀리 떨어진 75
큰 세상을 보고 오려고 87
가느다란 끈으로 이어져 94
잠시 경성을 떠나시오 104
예정조화의 길을 따라 113

제 2 부 도 전

회사 다녀오겠습니다 123
성을 열고 나가는 자 129
고독과 친구하며 137

	옆에 자리 있어요?	144
	살처럼 나는 시간을 잡으려	150
	라 플라야(La playa)가 흐르고	156
	오사카의 기미가요마루	167
	인민이 주인 되는 나라	175
	메지로 캠퍼스에서	188
	칸다강가의 벚꽃	197
	정환이 보거라	206
	마침내 하나 되어	215
제 3 부 　사 랑	확인 가능한가요?	229
	부모의 마음 향수	237
	강수 어렸을 적에	244
	불효자 정환이 왔습니다	253
	혁명을 피해서	263
	삼선의 혼백도 울고	272
	내가 날씨에 따라 변할 사람 같소?	281
	아주 젊으시네요	289
	태극처럼 하나 되어	297
	해방의 그날까지?	310

젖은 짚단마저 다 타고	319
아빠 비행기 떠나 빨리 와	326
그립습니다! 사랑합니다!	335
그냥 놔두라 하세요	345
뭐가 뭐에요?	355
에필로그	364
작가후기	372

제 1 부 운명

강수는 걸었다

강수는 걸었다.

1월의 한기가 옷 속으로 스며들지만 창천동 집을 나와 두 시간째 혼자서 걸었다. 춥다는 느낌도 없이 입술만 자꾸 마르고 시리다.

주변에 바다는 물론 작은 개울도 없지만 이름만 큰 바다 '창(滄)' 자와 내 '천(川)' 자를 써서 창천동이라고 거창하게 부르는 서울의 서편 작은 동네로 이사 온 것이 지난해 1979년 봄이다. 아직 환갑이 되지 않은 부모와 형 항수, 일수, 그리고 누이 둘, 다섯 형제가 살기에는 작은 집이다. 부모는 직업이 없었고 집안은 늘 어려웠다. 올해 대학을 졸업하는 강수도 반드시 취업을 해서 집에 기여를 하여야 했다.

강수가 대학 4학년인 1979년은 박정희 대통령이 시해당하고 비상계엄이 선포되어 정치적으로 매우 혼란스러운 춘래불사춘(春來不似春)의 해였다. 이란의 이슬람 혁명으로 제2차 오일쇼크가 발생하여 인플레이션과 함께 마이너스 성장을 기록하는 심한 불황의 해였으며, 20%가 넘는 높은 이자율로 많은 기업들이 넘어지는 유래 없는 불경기의 해였다. 당연히 좋은 일자리는 줄어들고 대학을 졸업하는 청년들의 취업경쟁률은 하늘 높이 치솟았다.

대학생활을 연극반(극예술연구회, 줄여서 '극회'라고 불렀다)에 들어가서 연극한다며 보낸 강수는 학점이 좋을 수 없었다. 학교를 다니면서 봄, 가을로 두 번 정기공연 하고, 방학 중에는 실험극을 준비하여 학기 초에 단막극 공연을 올리다보면 일 년 내내 연극반이나 공연장인 강당에서 또는 학교 주변의 술집에서 시간을 보냈기 때문에 학과 수업은 번번이 빼먹었다. 좋지 않은 학점은 취업에 매우 불리하였으며 1차 서류전형에서 번번이 탈락하고 2차 필기시험을 볼 변변한 기회도 잡지 못했다. 대부분의 회사가 12월 전에 신입사원 선발을 끝냈다. 강수는 취업하겠다고 형님에게 말한 후 어떠한 입사시험도, 한

번의 면접도 보지 못했다.

 그 해가 넘어가기 직전, 출범한지 얼마 안 된 어느 금융공기업에서 서류전형 없이 필기시험만으로 신입사원을 선발한다는 공고가 났다. 수 십대 일의 경쟁률이다. 회사는 서울역 앞에 있는 당시 서울에서 가장 큰 건물인 대우빌딩(지금은 서울스퀘어로 이름이 바뀌었다)의 몇 개 층을 본점으로 쓰며 전국에 수 십 개의 지점이 있고 대우도 국책은행 수준의 월급을 준다고 했다. 좋은 직장이며 강수에게는 대학 졸업을 앞두고 마지막 남은 취업의 기회였다.

 시험일인 1980년 2월 초순은 영하 10도까지 내려갔다. 유난히 추운 입사 시험 날 강수는 몸과 마음을 떨면서 시험을 보았다. 합격자 발표는 본점 1층 벽에 '방(榜)'으로 붙인다고 한다. 그 당시에는 인터넷이나 e메일이 없었기 때문에 합격자 발표를 시험 시행기관에서 '방(榜)'으로 붙였다. 시험을 보고나서 몸살감기에 걸리고 마땅히 갈 곳도 없어 집에서 부모와 형의 눈치를 피하며 숨어있듯이 지낸지 벌써 2주가 지나갔다.

 합격자 발표를 보러가는 오늘도 2주 전 시험 보던 날처럼 추웠지만 강수는 두 시간 째 걸었다. 춥다고 느끼지도 못했다. 빨리 가서 합격자 발표를 볼 용기가 없었는지 아침에 창천동 집을 나와 서울역까지 걸어가고 있다. 부모님과 형에게 시험 봤다는 말을 하지 않았으니 떨어져도 말하지 않으면 된다. 그러나 꼭 붙어야 했다. 졸업하고 무직으로 있다면 자신에게 내리 꽂힐 형의 눈빛을 감당할 자신이 없었고 강수 또한 대학 문을 나와서 할 일 없이 청년실업자가 되어 자존감이 바닥을 치는 방구석에 박혀있을 자신의 모습은 받아들일 수 없기 때문이다.

"축하한다. 봉추야."
"그래, 고맙다. 강수야."
"이번 행정고시에 너하고 용현이 하고 같이 되었더라…"
"용현이는 워낙 실력이 좋았으니까 당연히 될 줄 알았고 나는 떨어질 거라 생각했는데 운이 좋아서 다행히 걸렸어."
 강수의 대학 같은 학과 입학 동기인 구봉추와 안용현은 입학하고 조금 지나서 바로 고시공부를 시작하더니 대학 4년간 학점관리도 잘하고 장학금도 놓치지 않으면서 졸업하기 전에 행정고시에 합격하였다.
 강수는 몇 주 전 입사시험에 필요한 성적증명서와 졸업예정

증명서를 발급 받으려고 학생처 사무실을 찾았다가 학생회관 입구에서 우연히 봉추와 마주쳤다.

 학교 들어가는 정문 앞에는 봉추와 용현을 비롯해서 행정고시에 합격한 재학생 또는 졸업생들의 명단이 큼지막하게 플래카드로 걸렸다. 정문에서 학생처 까지 걸어가는 10여분 동안 강수는 가슴이 텅 빈 것처럼 느껴졌다. 봉추와 용현은 학교수업에 빠져 본적이 없고 대학 4년 내내 4.5만점에 4점이 넘는 학점을 놓쳐 본적이 없다. 밤늦게까지 친구들하고 술을 마시거나, 많은 시간을 허비 하여야하는 대학의 무슨 서클에 가입하거나 하지도 않았고 학과 수업과 고시공부에 전념한 친구들이었다. 강수의 머리는 그들의 성실함과 노력에 비추어 받아야 할 당연한 보상을 받은 것 뿐 이라고 말하고 있으나 감성은 그의 마음을 마구 흔들어 놓았다.
 '대학을 같이 졸업하는 저 친구들은 고시 합격하여 젊은 나이에 사무관으로 인생을 시작하는데 나는 민간기업 하나도 취업하지 못하고 청년실업자가 되어 사회로 튕겨져 나간다...'라는 생각에 강수는 머리가 멍해졌다.

 "강수야 그런데 너 정말 오랜만이다. 이 방학에 학교엔 웬일이야?"

 봉추가 강수를 보며 반갑다는 듯이 그러나 약간 의아해하며 말했다.

 "학생처에 일이 좀 있어서…"

 강수가 작은 목소리로 대답했다.

 "그래? 무슨 일 있어?"

 봉추가 강수를 바라보며 말했다.

 학생처는 학생들에 대한 장학지원이나 진로상담, 학생지도를 담당하는 부서이다. 봉추는 강수가 무슨 장학금을 받거나 다른 좋은 일이 있어서 학생처에 올리는 없는 것 같고 제대로 졸업할 학점이 안 된다거나 연극반 아이들과 무슨 사고를 쳤다거나 하는 문제가 생겨서 학생처에 호출되어 온 것 아닌가 하는 생각이 들었다. 사실 강수는 F학점이 3개나 있었고 학사경고를 2번이나 받은 적이 있었으며, 연극반 극회장 시절에는 강수를 포함하여 연극반 구성원들의 잦은 학칙위반으로 학생처를 수시로 들락거렸으니 봉추의 생각도 무리는 아니었다.

 "응… 나도 이제 취업 좀 하려고…"

 강수가 봉추를 바라보며 말했다.

 "그으래? 강수야 너는 학교 졸업하고 연극하러 나간다고 하지 않았니?"

 봉추가 의아한 표정을 지으면서 말했다.

 "어... 내가 너한테도 그렇게 얘기 했었구나..."

 "작년, 3학년 가을에 네가 유치진의 '소'를 연출해서 공연했잖아. 나는 연극 같은 거 잘 안 보는데 그 날은 공부하다가 머리도 아프고 해서 도서관 나와 산책 삼아 걷다보니까 학생회관 앞에 연극포스터가 붙어 있더라. 연출이 강수 너 인거야, 그래서 맘 편하게 2시간 공부 좀 쉬자 하고 강당으로 가서 네가 하는 연극을 봤어. 나는 연극 잘 모르고 처음 본 연극이지만 그 날 관객도 많았고 내용도 감동적이어서 아주 잘한 연극이었다고 생각한 기억이 난다."

 "아~ 네가 '소'를 보았구나. 그거 연출할 때 고생은 많이 했지만... 잘하진 못했어... 재미있게 봤다니 그래도 고맙다."

 강수는 얼굴에 옅은 미소를 띠며 조금은 힘이 빠진 듯한 목소리로 대답했다.

 봉추가 계속해서 말했다.

 "그래~ 재미있었어... '소' 연극이 끝나고 가을 축제도 다 지나가던 어느 날 모처럼 너도 출석한 오후 수업이 휴강이라 우리 과 애들 몇 명이서 같이 소주 한잔 했잖아. 그때 네가 '나는 졸업하고도 연극의 길을 생각하고 있어.'라고 말했어... 나는 네가 학교 다니면서 연극만 하더니 기어이 그쪽 길로 가는구나 하는 생각이 들었고…"

"그랬구나… 그런데 내게 연극은 일생을 걸고 가야할 길이 아닌 거 같아서…"

강수는 봉추가 자신이 연출한 연극을 감동적으로 보았고 잘한 연극으로 생각 한다는 말에 조금은 기분이 좋았다. '소'를 연출하면서 들였던 정성과 노력, 연극이 끝난 후의 허전함, 그리고 대학 4학년으로 올라가면서 앞으로 자신의 인생길에 대한 깊은 고민들… 불과 1년여 전 강수의 행동과 마음을 사로잡았던 느낌과 생각들이 다시 강수를 스치고 지나갔다.

"강수야 그럼 연극은 이제 안하기로…?"
"연극은 이제 고만하고 취업을 하려고…"
강수는 아무렇지도 않다는 듯이 편한 표정으로 말했다.
"취업하기로? 어디 입사하려고?"
"어느 공기업에서 서류전형 없이 필기시험만으로 신입사원을 선발한다고 해서 응시 한번 해 보려고."
"아~ 신영보증기금?"
"응?... 어떻게 알았니?"

"나도 이번 합격자 발표 명단에 끼지 못했으면 거기 시험 보려고 했어. 입사 시즌이 다 끝나서 들어갈 데도 없고... 신영보증기금은 직원 대우도 좋다더라. 경쟁률이 매우 높을 거야."

"그렇겠지..."

 강수가 무심하게 말했다.

"강수야 잘 되면 좋겠다."

 봉추가 환하게 웃으면서 말했다.

"그래 고맙다... 오늘 졸업예정증명서 그런 거 띠러 왔어. 시험 보는데 필요한 구비서류가 이거저거 많더라."

 강수가 어깨를 으쓱 올리고 손바닥을 위로 펼치며 말했다.

"강수야 이따가 용현이도 여기서 만나기로 했는데 같이 점심이나 할까?"

"어... 그래...? 그런데 나는 또 가야 할 데가 있어서... 오늘은 그냥 너희들 둘이 하고 나는 담에 보자."

"그럴래? 그럼 담에 또 보자. 준비 잘하고..."

"고마워, 잘 가..."

 봉추가 학생회관을 뒤로하고 가는 모습을 보면서 강수는 학생처 문을 밀어 열었다. 커다란 철문이 유난히 무겁게 느껴졌다. 학생처에 볼일을 마치면 굳이 가야 할 곳도 없지만 강수는 행정고시에 막 합격해서 기분이 하늘을 찌르는 입학동기 친구 두 명 앞에서 같이 이야기하며 점심 먹고 어쩌고 할 그럴 기분이 아니었다.

돌아서는 저 길에

 사실 강수도 봉추와 용현이 합격한 그 해 행정고시에 응시했었다.
 지난 3학년 2학기 '소'를 연출하면서 연극에 대한 자신의 열정을 다 바치고 혼신의 노력을 하였으나 그 결과는 강수 자신에게 만족스럽지 못했다.
 연극반에서 연출의 기회는 재학 중 단 한번이다. 연극반에 들어와서 배우, 기획 등을 모두 거치고 연극에 열정과 의지를 가지고 있는 소수의 학생에게만 연출의 기회가 올 수 있었다. 강수가 대학 3학년 때인 1978년 봄 공연은 연극반 창립 10주년 기념 공연으로 연극반이 늘 공연하던 학교 강당이 아니라 전문 연극 공연장인 남산에 있는 서울예술전문대학(지금은 서울예술대학이 되었다)의 대극장 드라마센터에서 했다.

 연출도 학생 연출이 아니라 독일에서 연출을 전공하고 온 전문연출가 김학춘 선생을 모셨다. 강수는 가을에 예정된 자신의 정기공연 연출을 위하여 봄 공연에 조연출로 참가했다. 강수에게는 전문적인 연출가의 연출을 지켜보고 배울 수 있는 더 없이 좋은 기회였다. 스위스 출신 극작가 '막스 프리쉬(Max Frisch)'의 '유령소나타'를 공연하였는데 연출가 김학춘 선생의 연출은 명료하고 멋있었다. 출연하는 학생 배우들의 연기도 물이 올라서, 관객이 드라마센터 극장을 가득 채웠으며 호평을 받은 만족스런 연극반 10주년 정기공연이었다.

 강수는 자신의 연출 작품으로 '대한민국 연극상'을 받은 희곡 이강백 선생의 '내가 날씨에 따라 변할 사람 같소?'와 우리나라 연극의 선구자 동랑 유치진 선생의 '소'를 가지고 고민하였다. '내가 날씨에 따라 변할 사람 같소?'는 연극적인 재미가 많은 소극(笑劇, farce)이다. 반면에 '소'는 무대와 배우의 연기 그리고 연출 그 어느 것 하나라도 부족하면 바로 눈에 띠는 리얼리즘 극사실주의 연극으로 등장인물만 20명이 다 되어가는 대작이다.

강수는 '소'를 선택했다.

그동안 연극반에서 '프리드리히 뒤렌마트(Friedrich Durrenmatt)', '막스 프리쉬' 등의 외국 부조리극 또는 서사극들을 주로 공연하면서 작품 자체의 연극적인 멋으로 인해 연기와 연출이 조금은 부족해도 무난하게 넘어갈 수 있었다. 강수는 자신의 연출 작품을 국내 창작극, 그 중에서도 사실주의 연극으로 골랐다. 순수하게 연극반과 자신의 연극적 역량을 보이고 싶었다. 당시 1년 후배들인 2학년을 중심으로 하는 주요 배우들의 연기력은 웬만한 전업배우 수준을 뛰어 넘었다. 잘 할 수 있다고 생각했다.

'소'는 3막짜리 긴 연극으로 1930년대 식민지의 한국 농촌이 무대이다. 소 한 마리가 가진 유일한 재산이며 소중한 자식 같이 여기는 소작농 '국서'와 소를 몰래 팔아 만주로 튀어서 가난한 현실을 벗어나고 한몫 장만하려하는 둘째아들 '개똥이', 소를 팔아서 빚 때문에 팔려나갈 이웃집 처녀 '귀찬이'를 구하고 그녀에게 장가들고 싶어 하는 큰아들 '말똥이', 그리고 밀린 소작료로 소를 끌고 가는 '마름' 사이의 갈등이 비극으로 끝나는 슬픈 연극이다.

소를 잃고 소처럼 우는 국서, 희망 없는 현실을 벗어날 기회를 놓쳤거나, 사랑하는 마을 처녀를 잃어버린 소작 농부의 아들들... 슬픈 그들에게 마음을 들이받아 버리고 국서의 집으로 들어오는 소가 그나마 암울했던 식민지 시대의 비현실적인 희망을 마지막으로 보여주는 연극이다.

리얼리즘 사실주의 연극은 어려웠다. 연출의 상상력과 연극적인 표현이 무한히 요구되는 작업이었다. 연습 기간 중 한두 번 연출가 김학춘 선생이 오셔서 봐주는 날은 강수 자신의 부족함에 부끄러워 숨고 싶었다. 국서, 귀찬이, 말똥이, 개똥이 등 배우들은 그들의 배역을 잘 소화해 냈다. 무대는 초가집에 싸리 울타리와 마당에 나무 한그루까지 사실주의적으로 멋있게 지었다. 연극은 성황리에 끝났다. '소' 연극이 끝난 후 국서, 귀찬이, 말똥이, 개똥이들 슬픈 배역들과 헤어지는 의식으로 밤새 술을 마시고 울면서 국서의 초가집을 부수고 마당의 나무를 뽑았다.

강수는 연극 '소'의 공연이 끝나고 많이 아팠다. 그 많은 출연 배우들을 끌어가며 3달이라는 짧지 않은 기간 연극에 몰입하였기에 몸에 무리가 가기도 했지만 무엇보다도 연극에 대한 자신의 부족함을 절감하는 것이 힘들었다. 이제 4학년으로 올라가야한다. 강수의 인생을 어느 항로로 가여야 할지 정해야했다.

연극을 한다는 것은 배우나 연출가가 되는 것인데, 연출가가 되려면 김학춘 선생처럼 해외로 유학 가서 연극을 전공하고 돌아와야 한다. 대학도 가까스로 다니는 강수에게 연극 공부하러 유학 간다는 것은 거의 불가능한 현실이었다. 대학로에 뛰어들어 연극계의 맨 밑바닥에서부터 기어 보는 방법도 있으나 연극에 천재성이 없다면 그것이야 말로 고달픈 삶이 될 것이 뻔했다. 더욱이 이번 '소' 연출을 하면서 강수는 자신의 평범한 연극적 재능을 확인하였다.

연극인이 되어도 예술 창조의 영역에 기여하지 못하고, 남들은 알아주지 않지만 자기만은 재미있어 좋다고 빠져버리는, 그래서 결국은 자신만의 의미 깊은 삶으로 살아가게 되는 그런 인생이 두려웠다.

강수는 '소'를 끝내고 고민 끝에 그 해가 가기 전, 연극의 길을 접기로 했다. 어차피 행정학과를 다녔으니 행정고시를 하여야 하겠다고 마음을 먹었다. 그 당시의 고시공부는 책을 싸들고 산사로 들어가서 하는 것이 정석이었다. 연극반에 발길도 끊어야했다. 강수는 날이 조금은 풀려서 눈 대신 겨울비가 추적거리며 내리는 1978년 12월의 어느 날 마장동 시외버스 터미널에서 경기도 광주군 초월면 행 시외버스를 탔다. 버스를 내려서 한 시간 가까이 산길을 걸어올라 산사에 딸린 고시원으로 들어갔다.

 가로세로 2미터도 채 안 되는 독방이 20여개나 있는 고시원은 작은 암자가 전부인 이름 없는 산사의 주 수입원 이었으며 배보다 큰 배꼽 같은 시설이었다. 전기도 들어오지 않아 밤에는 자체 발전기를 돌려 켜주는 꼬마전구 같은 희미한 백열등 밑에서 거의 처음 보는 고시과목 책들을 무조건 읽었다. 그 당시의 고시공부는 요즈음처럼 무슨 스터디 그룹을 한다든가 학원 수업을 듣는다든가 하는 방식이 아니었다. 과목별로 두 세 권의 기본서와 참고서를 정해서 '안광(眼光)이 지배(紙背)를 철(徹)하듯이' 정독하는 방식이었다.

 나중에 대통령까지 된 당시의 어느 변호사도 고교 졸업 후에 토굴 같은데 들어가서 책으로 독학하여 고시에 합격했다고 했다. 학과 수업을 잘하지는 못했지만 강수에게 고시공부가 불리할 것도 없었으며 고시과목 과외나 학원수업이 없던 시절이었기에 어차피 학원비나 과외비 지출할 여력이 없는 강수에게는 공정한 아니 오히려 유리한 환경이었다. 누구도 만나지 않고 서로도 말하지 않고, 혼자서 공부만 하는 산사 고시원의 고독도 낭만이 있었으며 눈이라도 펑펑 내리는 날은 산중의 설경이 운치 있고 멋있었다.

강수는 그해 겨울을 고시공부가 무엇이고 어떻게 하는 것인지 조금은 깨우치며 약간의 공부 맛을 보고서 개학 직전에 산에서 내려왔다. 4학년이 되어서는 학과 수업도 빼먹지 않고 들어가며 그 해 시행하는 행정고시에 1차와 2차를 동차로 합격하겠다고 마음먹고 전 시험과목을 나름 가열하게 공부하였다.
   애초에 고시가 한 일 년 공부해서 합격하는 시험이 아니라는 것이 일반적인 상식이라 하겠으나 강수에게는 고시공부에 많은 시간을 들일 시간적 여유가 없었다. 대학 졸업 전에 합격이라는 성과를 내어야했다. 자신이 열심히 한다면 될 수도 있다는 막연한 생각을 가지고 있었으나 그의 목표는 처음부터 가능하지 않은 목표임이 틀림없었다.
   강수는 행정고시 2차 시험장에는 가볼 기회조차 잡지 못했다. 그해 초여름에 치른 1차 시험에서부터 보기 좋게 떨어져 버렸다. 강수는 난감했다. 떨어지고 나니 현실이 보였다. 2차 시험 보다 1차 시험에 전념해서 1차는 반드시 합격했어야 했다. 강수가 연극의 길을 접고 고시공부를 시작한 지난해 12월 이후 1차 시험 4과목만 집중적으로 파고들었다면 1차는 되었을 수도 있었다. 그렇다면 고시공부를 계속할 수 있는 명분도 생겼다. 그러나 이미 시간은 지나가 버렸다.

겨울에 핀 꽃처럼

"강수야 내년 2월에 졸업 아니니?"

1차 시험 발표가 나고 얼마 지난 어느 휴일에 아침상을 치우고 어머니는 작은방 옆에 달려있는 부엌에서 설거지를 하고 있을 때 형 항수가 강수에게 말했다.

"예."

"졸업하면 어떻게 할 거니?"

"..."

"고시공부는 계속 할 거야?"

"글쎄요... 어떻게 할지 아직..."

강수는 잠깐 형 항수의 얼굴을 살피다가 말했다.

"그동안 공부한 게 좀 아깝기도 하고요... 이번에 2차 중심으로 공부하다가 1차에서 아쉽게 떨어진 거 같기도 하고..."
 사실 강수는 1차 시험 발표가 난 후에도 고시과목 책들을 계속 보고 있었다. 연극은 마음을 정리하고 연극반에도 발길을 끊었으니 마땅히 할 일도 갈 곳도 없다. 수업이 있어 학교 가는 날은 도서관에서, 가지 않는 날은 집에서 꾸준히 공부를 했다. 내심 내년에 다시 한 번 더 고시를 볼 생각을 가지고 있었다. '1년간 고시공부 하는데 드는 비용은 머 어떻게 되겠지...' 하는 막연한 생각을 하면서...

 형 항수는 나중에 자세히 이야기 할 기회가 있겠지만 5남매의 장남으로 강수보다 9살이 많았으며 아버지를 대신해 집안의 가장 역할을 하고 있었다. 그 날도 아버지는 상을 물리고 안방에서 혼자 여느 때처럼 책을 보면서 늘 그렇듯이 자식들 일에 상관하지 않았다.
 항수는 강수가 연극에 빠져서 공부는 안하고 술이나 마시며 늦게 다니는 것이 마음에 들지 않았으나 강수에게 직접 연극하지 말고 공부하라고 말한 적은 없었다. 비록 자신이 벌어서 강수의 대학 등록금을 내어 주었지만 부모 아닌 형이기에 동기간에 간섭하며 감 놔라 배 놔라 하는 것이 적절치 않다는 생각과 형에게서 등록금을 받는 동생의 자존심을 배려하는 형의 마음이었을 것이다. 아니 연극하지 말라고 형이 강하게 말하면 강수가 반발심으로 진짜 그 길로 가 버릴까봐 짐짓 모르는 척하거나 무관심한 척 하였을지도 모르겠다.

 항수는 강수가 갑자기 연극의 길을 접고 고시공부를 한다고 하니 마음이 놓였다. 그러나 강수가 고시에 합격할 것이라고 크게 기대하지는 않았다. 당시에 행정고시는 늘 100대1이 넘는 경쟁률이었고 합격생들은 대부분 소위 SKY 출신으로 일찍 공부를 시작하여 몇 년씩 고시에 전념한 학생들이었다.
 항수는 강수가 SKY에서 고시에 유리하게 좋은 교수들의 강의를 들은 것도 아니고, 그 동안 몇 년간 고시공부를 해온 것도 아니며, 집안의 재정지원도 충분할 수 없기에 '고시합격의 기대가능성은 높지 않다, 아니 거의 없다.'라고 생각했다.
 그 동안 동생 강수의 대학 등록금을 지원해온 항수는 동생의 대학 졸업 후 고시공부 비용까지도 자신이 지원한다는 것은 적절하지 않다고 생각했다. 오랜 동안 가장의 역할을 해온 항수의 나이도 그 당시 기준으로는 심한 노총각인 33세를 넘어가고 있었다. 장가도 가야했고 대학을 졸업하는 동생도 이제는 집안에 기여하여야 한다고 생각했다. 동생을 대학졸업 시키는 것만으로도 형으로서 역할은 다 한 것이다. 대학을 다니지 못하고 취업전선에 바로 뛰어든 항수로서는 동생 강수에게 자신이 할 만큼 이상을 하였다고 생각했다.

 항수가 어머니에게 강수의 이야기를 들어보니 '4학년 들어서 연극은 확실히 더 이상 안하는 것 같은데 저번에 떨어진 고시 공부는 계속하는 것 같다'고 한다. 모처럼 아침상을 같이한 오늘, 강수가 앞으로 어떻게 할 것인지를 알아보고 항수의 생각도 말하는 좋은 기회라고 생각했다.

"행정고시가 공부한다고 다 되는 시험이 아니지 않니? 몇 년씩 공부한 서울대 출신도 합격하는 사람을 손으로 꼽는 정도라는데…"
"어렵긴 해도 공부하면 합격이 불가능한 시험은 아니에요."
"불가능이야 하겠냐마는 합격의 가능성, 합격의 확률이 중요한 것 아니겠니? 오죽하면 고시낭인이라는 말도 나오고 그러겠냐…"
"이번에 나는 떨어졌지만 우리학교에서 5명이 합격하고 우리 행정학과 동기 중에서도 2명이 합격했어요."
"그 친구들은 아마 합격하기 위해서 3년 이상은 고시에 전념했을 거 아니니?"

항수는 강수에게 '그러게 너도 연극이다 뭐다 하지 말고 고시 공부를 하였으면 그 친구들처럼 이제 졸업할 때 멋있게 사무관으로 임관할 것 아니냐.' 라고 말하고 싶었지만 하지 않았다.
"너도 이제 대학을 졸업하고 사회에 나오는데 작은 확률에 자신을 던진다면 좀 위험하다고 생각이 든다."
항수는 대학 졸업까지는 내가 지원했지만은 사회에 나와서는 너 자신의 앞가림을 확실하게 스스로 하여야한다는 자신의 생각을 넌지시 말하였다.
"…"
강수는 형 말을 듣고 잠시 아무런 말이 없었다.
강수는 생각했다. '지금까지 한 번도 나에게 이래라 저래라 말을 하지 않았던 형이다. 내가 연극한다고 학점이 형편없어 학사경고 까지 받은 적도(물론 형에게 말은 안했지만, 집으로 온 통지서를 어머니가 보았으니 형도 알고 있으리라…) 있었지만 형은 모르는 척 아무 말도 안했다. 내가 행정고시를 보겠다고 공부하러 산사로 가겠다니 흔쾌히 고시원비를 내게 쥐어주었다. 조금 미덥긴 했지만 아마 내가 1차 정도는 합격할 것으로 기대했을 것이다. 그런데 1차까지도 떨어지고 말았으니…'
"그러지 않아도 형께 말씀드리려 했어요… 요즘 취업준비하고 있어요. 신입사원 모집공고 나는 데는 다 응시해 보려고요."

강수는 이로써 간단히 고시공부를 포기해 버렸다.

 강수가 대학을 졸업하고도 돈 한 푼 벌지 못하고 계속해서 돈을 써야하는 고시생으로 남기는 어려웠다. 부모의 돈을 받아쓴다면 그러지 않았을 것이다. 얼마든지 다리를 뻗고 지원해 달라고 할 수 있었다. 그러나 형이었다. 1차 시험부터 떨어진 강수는 형에게 고시공부 지원을 해달라는 명분마저 있을 수 없었다. 이제 강수도 형의 어깨를 덜고 집에 기여를 하여야했다.
 형의 도움으로 학교를 다녔지만 강수는 막연히 그 도움을 '형이 등록금을 내어준다.'라는 '사실의 인식(?)' 수준으로 알고 있었다. 강수가 나중에 나이가 들어가면서 알게 되었다. 그때 젊었던 아니 차라리 어렸던 형 항수가 강수에게 오랜 기간 학비를 내어줘 학교를 다닐 수 있게 했다는 것은 참으로 어려운, 부모의 마음 아니면 할 수 없는 감사한 일이었음을…

 서울역 앞 대우빌딩이 보일 때쯤 강수는 추위를 느끼기 시작했다. 창천동 집을 나온 지 2시간이 다 되어 간다. 입술이 시리고 손발이 움츠려들었다. 염천교를 건너서 오른쪽으로 돌아 지하철 서울역 계단을 내려가니 조금은 따뜻했다. 이제 대각선으로 가로질러 올라가면 신영보증기금 본사가 있는 대우빌딩이다. 강수는 이 추위에 여기까지 걸어온 자신이 조금은 한심스럽게 느껴졌다. 교통비마저 없지는 않았지만 추위 속을 2시간 가까이 걸은 이유는 막연한 불안감 때문이었다. 대학졸업 전에 처음이자 마지막으로 본 입사시험이다. 다음 주에 졸업식이 예정되어 있다. 이 시험에서 떨어지면 그냥 실업자로 대학 문을 나서게 된다. 졸업식에 올 부모님하고 형님의 아쉬워하는 표정과 다시 또 변변치 않은 직장이라도 잡아보겠다고 애쓰는 자신의 모습이 눈에 보였다.

 강수는 2주전에 본 신영보증기금 입사시험에서, 행정학과를 나왔지만 전공과목을 경제학으로 선택하였다. 행정학이나 행정법 등 행정학과 관련 과목이 없었기도 하였지만 행정고시 2차 시험 과목인 경제학이 고시공부하며 집중적으로 공부한 상대적으로 자신 있는 과목이었기 때문이다. 문제는 경쟁률이었다.

 어느 고등학교를 빌려서 치러진 시험장에 수많은 응시생들이 몰렸다. 50명의 신입사원을 선발하는 시험에 천오백여 명의 수험생이 몰렸다. 모두 강수와 같이 마지막 입사의 기회를 잡으려 하는 듯 결시생도 별로 없이 교실마다 꽉꽉 들어찼다. 시험으로 진학하고 취업하는 베이비부머들의 경쟁은 끝이 없어 보였다. 시험이 끝나고 벌써 보름이 지나가지만 바로 엊그제처럼 느껴졌다.

지하철 서울역 계단을 오르니 찬바람이 다시 코를 스쳤다. 눈앞에 대우빌딩은 거대했다. 계단을 올라 회전문을 열고 들어가니 넓은 홀에 사람들이 분주히 다니고 있었다. 1층 로비 왼편 끝으로 벽면에 높이 '방(榜)'이 붙어 있고 그 아래 사람들이 많이 모여 있다. 신영보증기금 합격자 발표임이 틀림없었다. 로비 중앙에도 좌측을 가리키는 화살표와 함께 '신영보증기금 합격자 발표'라는 팻말이 서있었다. 강수는 합격자 발표를 보러 왔지만 막상 '신영보증기금 합격자 발표'라는 팻말과 높이 붙어 있는 합격자 발표 '방(榜)'을 보니 갑자기 심장이 쿵쾅거렸다. 아무렇지도 않다는 듯이 천천히 걸어서 '방(榜)' 앞에 섰다. 사람들 사이에서 올려다보며 자신의 수험번호를 찾았다.

'B-203 서강수' 강수의 수험번호와 이름이 선명하게 들어 있었다.

합격이다! 30:1이 넘는 경쟁을 뚫고 신영보증기금에 합격을 하였다. 쿵쾅거리던 심장이 갑자기 편안해졌다. '방(榜)' 밑에 '합격자들은 12층 인사부로 들려서 합격자 등록을 하세요!'라고 쓰여 있었다.

대우빌딩은 으리으리했다 그 당시 서울에서 첫째 둘째를 다

투는 초대형 최첨단 빌딩이었다. 1층 로비는 대리석으로 쫙 깔려있고 십 여대가 넘는 엘리베이터가 반짝반짝 빛을 내고 있었다. 강수는 괜찮은 직장에 합격한데 더해서 이처럼 유명하고 수준 있는 빌딩에서 근무하게 된다니 기분이 더욱 좋아졌다.

엘리베이터를 타고 12층 인사부로 올라갔다.

따듯한 봄바람 불고

"경제학 전공 합격자 B-203번 서강수입니다."
"예... 어서 오세요. 합격을 축하합니다. 이쪽으로 오시지요."
 말쑥하게 양복을 차려입은 30대 직원이 환하게 웃으며 말했다.
"저는 직원 선발과 연수를 담당하고 있는 장시옥 대리입니다. B-203번 합격생 서강수씨 여기 합격자 등록 서류를 작성해주세요."
 강수는 등록서류를 받아 사무실 좌측에 놓여 있는 테이블로 가서 서류를 작성하기 시작했다. 옆자리에는 먼저 온 합격생이 이미 앉아서 서류를 작성하고 있었다. 작성을 마친 후 장시옥 대리에게 제출할 때에는 강수가 조금 빨리 작성해서 그런지 먼저 와서 서류를 작성하던 합격생과 같이 제출하게 되었다.
"수고하셨습니다. 이번 주 중으로 임용에 필요한 서류들을 구비하여 제출해 주시기 바랍니다. 이달 말 면접 후에 3월 2일자로 임용이 되고 바로 4주간에 걸친 연수에 들어간 후 부서에 배치될 예정입니다."
파르라니 면도를 해서 깎아지른 듯한 얼굴의 장시옥 대리가 강수와 다른 합격생 한명의 등록서류 검토를 끝내고 일어나 악수를 청하며 말하였다. 몸에 잘 맞는 양복, 하얀 와이셔츠에 단정한 넥타이 차림으로 절도 있게 대하는 신영보증기금 선배직원과의 첫 만남도 강수의 기분을 좋게 하였다.

"안녕하세요? 저는 남시우라고 합니다."
인사부에서 같이 서류를 작성하고 나온 합격생이 엘리베이터를 함께 기다리다 말했다
"아. 예. 안녕하세요. 저는 서강수입니다"
강수도 내민 손을 잡고 악수하며 반가운 표정으로 인사했다.
"경제학 전공으로 합격하셨지요...? 저도 경제학 전공으로 합격했어요."
"그러시군요. 반갑습니다."

남시우는 강수만한 키에 짙은 눈썹과 둥그런 눈 그리고 조금은 커 보이는 코를 가진 잘생긴 얼굴이었다. 강수는 남시우와 엘리베이터를 타고 내려와 대우빌딩을 나와서 같이 걸었다.

"올해는 유난히 추운 것 같네요. 오늘 우리 합격하지 못했으면 더 추울 뻔 했어요."
남시우가 웃음 띤 얼굴로 강수를 보며 말했다.
"그러게 말입니다. 하하하... 남시우씨도 입사지원서 많이 쓰셨나요?"
"많이 썼지요. 하하... 면접도 여러 군데 보고요..."
"나는 서류에서 안 되어 면접도 못보고 오직 필기시험 하나 본 것이 다행히 되었네요. 신영보증기금 합격생들도 이달 말에 면접을 본다는데..."
"신영보증기금 면접은 아주 특별한 하자가 없는 한 전원 합격시키는 면접이라고 합니다. 회사가 생긴 지 몇 년 안 되어 직원 수요가 많기 때문에 그렇다더군요. 면접은 크게 걱정하지 않아도 될 듯합니다."
"아, 그런가요? 그러면 다행이네요. 하하."
"회사가 특별법에 의해 설립된 공기업이라 직원들 신분보장도 잘되고 급여 수준도 은행과 같아서 괜찮은 편이니 잘 들어온 것 같습니다."

"저도 그렇게 생각이 드네요... 부서 배치는 어떻게 될까요? 남시우씨와 내가 같은 경제학 전공이라 부서배치도 같이 나게 될까요?"

"아마 지점으로 가면 다르겠지만 본점으로 발령 나면 같은 부서일 가능성도 있지요. 경제조사부가 경제전공 초임자 보내기 좋은 부서라고 합니다."

"경제조사부... 이름만 들어선 잘 모르겠지만 썩 재미있는 부서는 아닌 것 같네요..."

"머, 어느 부서면 어떻습니까. 이 엄동설한에 더 춥지 않게 받아준 것만 해도 고맙죠. 하하하..."

"그렇지요 감사할 일이죠... 하하하."

강수도 남시우를 따라서 크게 웃으며 말하였다.

남시우는 사전에 알아보았는지 신영보증기금에 대해 많이 알고 있었다. 강수는 짧은 시간 대화를 나누었지만 어딘지 모르게 시우가 자기와 비슷한 성격의 사람이라고 생각했다. 방금 만난 사람이 아니라 오래된 사이인 듯 친근감을 느꼈다. 남시우는 집이 인천이라고 했다. 강수는 지하철역으로 내려가는 남시우와 악수를 나누고 헤어져 집으로 가는 버스정류장으로 향했다.

입사시험에 합격하여 마음이 편하기 이를 데 없는데 회사의 선배직원도 입사동기도 모두 마음에 들었다. 추위도 올 때와는 다르게 확연히 누그러진 느낌이었다.

"신영보증기금이라고 국책은행 같은 덴데 이번에 공채시험에 합격했어요."
 강수가 버스에서 내려 언덕길을 올라 집에 들어오면서 문을 열어주는 어머니 김숙화(金淑嬅)에게 말하였다.
 "그래? 정말이니? 강수야... 취업 된 거야? 참 잘됐다! 아니... 입사시험은 언제 본거야...? 어떻게 그 어려운 데를 합격했니 강수야..."
 김숙화는 강수가 난데없이 괜찮아 보이는 직장에 합격했다는 말에 깜짝 놀라며 말하였다.
 "말씀은 안 드렸지만 2주전에 입사시험을 봤어요. 형한테도 취업하겠다고 했고... 오늘이 합격자 발표라 가서 확인하고 왔어요. 3월 2일부터 출근이에요."
 "정말 잘됐다... 다 조상님이 도우신거 같다... 엄마는 다음주에 네 졸업식인데 취업도 안 되고 고시를 계속할 여건도 안 되고 해서 어떻게 하나 걱정걱정하고 있었어. 그나저나 네 형이 많이 좋아하겠다. 강수야 잘했다. 장하다. 고맙다..."

김숙화는 막내아들 강수의 졸업식이 다가올수록 걱정이 커져 갔다. 강수가 대학을 졸업하고도 취업이 안 되어 제 역할을 못 하면 그동안 강수의 학업을 도와준 형 항수의 강수를 대하는 태도가 달라질 것이고, 둘의 사이도 나빠질 것이 틀림없었다. 경제적으로 능력 없는 남편이 가장인 이 가정을 깨지지 않게 풀로 붙이고 실로 꿰매가면서 나름 화목하게 지금까지 지켜온 김숙화였다.
　'이제는 강수도 벌을 것이니 항수의 짐도 조금은 덜어지리라…'
　강수의 느닷없는 합격 때문인지, 큰아들 항수에 대한 미안함 때문인지, 아니면 이상과 다르게 부족하게 살아온 자신의 힘든 삶 때문인지 김숙화의 눈에 눈물이 비쳤다. 남쪽으로 난 창에서 들어오는 햇살이 김숙화의 눈 밑에서 물방울을 만나 산란하며 빛을 뿌렸다.

　"고시공부 한다고 열심이더니, 고시는 안됐어도 그 덕에 다행히 입사시험은 되었구나…"
　김숙화는 중얼거리듯 말했다.
　"안방에 아버지 계신데 말씀드려라."

김숙화가 방문으로 얼굴을 돌리며 강수에게 말했다.

강수는 손잡이를 잡아 안방 문을 열었다.

"아버지 저 입사시험 합격해서 다음 달부터 출근해요."

"그래…? 잘됐구나."

돋보기안경을 눈에 걸치고 앉은뱅이책상 앞에서 책을 들여다보고 있던 아버지 서정환(徐廷煥)이 방문 앞에 서있는 강수를 올려다보며 말하였다.

"어떤 회사니?"

"신영보증기금이라고 은행이에요."

"은행… 좋은 직장이구나.

"3월 2일부터 출근이에요."

"그래… 애썼다."

강수는 안방 문을 닫았다.

강수의 아버지 서정환은 지난 몇 년간 어머니 숙화와 함께 작은 일본어 학원을 운영하다 문을 닫고 늘 집에 있었다. 항상 일본어로 된 책을 읽고 있었다. 책은 가끔씩 고모를 보러 일본에서 나오는 김숙화 큰오빠의 큰아들인 장조카가 사가지고 오거나 우편으로 보내주었다. 일본 현대문학의 아버지 아쿠다가와 류노스케(芥川龍之介, 1892~1927)의 '라쇼몽', '덤불 속',

'톱니바퀴', '신기루', '어느 바보의 일생' 등... 노벨문학상을 받은 가와바타 야스나리(川端康成, 1899~1972)의 '설국', '산소리', '잠자는 미녀' 등... 영원한 청춘작가라는 허무주의자 다자이 오사무(太宰治, 1909~1948)의 '인간실격', '비용의 아내', '사양' 등등... 그리고 월간잡지 문예춘추(文藝春秋)에서부터 가끔은 야한 여자들의 사진이 나오는 통속잡지들에 이르기까지...

조천(朝天) 땅 하늘아래

　김숙화(金淑嬅)는 1922년 임술 생이다. 서정환(徐廷煥)도 1922년 임술 생으로 동갑이나 김숙화가 생일이 음력 정월로 서정환보다 두 달 빨랐다. 1922년은 대한독립 만세를 외친 3·1운동이 일어난 지 3년째 되는 해이고, 상해에 대한민국 임시정부가 수립된 지 3년째 되는 해였으나 조선반도는 일본제국주의의 엄중한 식민지 지배하에 있었다. 대한제국이라는 나라의 주인인 황제가 일본제국의 주인인 천황에게 나라를 넘겨서 내 나라인지 네 나라인지는 몰라도, 백성들은 태어났다. 김숙화는 제주에서 태어났고 서정환은 서울에서 태어났다.

강수는 머리가 커지면서, '두 사람이 전생에서부터 이어진 인연의 끈으로 질기게 묶여서 부부가 되었는지는 모르겠지만 서로 다른 사람을 만났으면 이생의 삶이 훨씬 더 풍요로웠을 것이다.'라고 생각했다.

김숙화는 부잣집의 4남매 중에 셋째였고 서정환은 손이 귀한 선비 집안의 2대 독자였다. 배재학당까지 나온 아버지 서수찬(徐秀燦)이 일찍 돌아가서 청상이 된 어머니 유삼선(柳森仙)과 살고 있었다. 둘이 부부로 만날 확률은 거의 없었다. 김숙화는 어려서부터 풍요로워 돈의 소중함과 귀함을 알지 못했고 서정환은 현실에 발을 디디지 못하는 이상주의자였다. 결혼하고 아이들을 다섯이나 낳은 다음에야 돈의 소중함을 알고 현실에 발을 디디고자 하였지만 이미 지나간 시간들을 되돌리거나 살아온 삶을 돌이킬 수는 없었다.

김숙화의 할아버지는 제주판관을 지낸 김진배(金振培)이다. 제주판관은 제주목사를 보좌하여 제주 지역의 행정·사법·군정 실무를 담당한 부목사의 관직이다. 통감부가 설치되어 제주목사가 폐지되기 전까지 조선시대 513년 동안 제주목사가 286명, 제주판관이 252명 제수되었다. 조선 시대에는 관리 임용에 엄격하게 상피제(相避制)를 적용하였기 때문에 제주 출신은 제주 목사로 임명될 수 없었다. 제주판관은 제주 출신이 임명되는 경우도 있었는데 김숙화의 할아버지 김진배가 제주 조천읍(조선시대에는 신좌면이었다가, 일제강점기에 조천면이 되었고 1985년 조천읍으로 승격되었다) 출신이었다. 조천(朝天)은 아침하늘이라는 이름그대로 제주의 동쪽에 있는 마을이다. 1919년 제주에서 최초로 3·1만세운동이 일어난 곳으로 제주에서도 저항의 의식이 강한 곳이었다.

 김진배는 이미 나라가 기울었고 자신의 관직도 오래가지 않을 것을 알았다. 오랫동안 관직에 있었으면서도 그 흔한 송덕비하나 없이 다만 향토지에 '중엄리(中嚴里)가 차츰 쇠퇴하고 가구 수가 50여 호 미만으로 줄어들었음에도 부촌과 균등하게 세금을 징수하여 납세액이 과중하므로 중엄리(中嚴里)에서는 신엄리(新嚴里)와 합리(合里)할 것을 결의하고 신엄리에 요청하였지만 받아들여지지 않아 할 수 없이 김진배(金振培) 판관에게 소청(訴請)을 드려서 마침내 합리(合里)하게 되었다.'라는 정도의 기록이 있는 것을 보아 무슨 큰 공적이 있는 대단한 관리는 아니었다. 하긴 망해가는 나라의 지방 관리가 무슨 뚜렷한 공적을 세울 일이 있었겠는가? 적극적으로 일본에 붙어서 친일관리가 되지 않으면 다행이었다. 저항의 민족의식이 강한 조천 출신의 김진배로서는 식민지 관료로 살아남고 싶지도 않았다.

김진배는 영청(營廳)이 있는 제주에서 살면서 두 아들을 두었다. 관직을 그만 두고도 먹고 살아야했다. 선비가 노동을 할 수는 없는 노릇이었다. 판관으로 있으면서 목포 제주간 운송사업에 관심을 가지고 있었고, 자리에서 물러난 후 목포 제주간 화물여객 운송사업을 시작하였다. 아마 그의 제주판관 전관이 크게 작용했을 것이다.

그 사업은 나중에 큰아들 김준식(金俊植)에게 물려주었는데 김준식이 바로 김숙화의 아버지이다. 김숙화는 벼슬이 높은 할아버지와 부자인 아버지를 둔 금수저로 태어났다.

김진배는 큰아들 김준식과 둘째아들 김면식(金勉植)을 모두 동경으로 유학 보냈다. 큰아들 김준식은 결혼하고 제주에서 살다가 오사카로 건너가 살았는데 아들 필화와 명화, 숙화, 길화 세 딸을 두었다. 둘째아들 김면식은 일본에서 대학을 졸업하고 독립운동가로 활동한 애국지사였다.

김숙화의 작은아버지 김면식의 삶은 김숙화가 의도하였든 의도하지 않았든 그녀의 삶에 큰 영향을 미쳤다. 아니 남편 서정환을 만나는데 운명적이며 결정적으로 기여하였다. 그런 이유로 김숙화의 작은아버지 김면식의 삶을 좀 더 자세히 소개하고자 한다.

 김면식(金勉植)은 1890년에 태어났으며 와세다대학(早稻田大學) 정치경제과를 졸업했다. 유학 당시 조선유학생학우회의 주역이었고, 동경 조선 YMCA 강당에서 발표한 1919년 2·8독립선언에 참여하였다. 귀국 후에는 동아일보 창립에 기여하고 기자, 논설위원을 하였으며 동아일보를 나와서 월간지 '신생활(新生活)'의 창간과 주필을 역임하였다.
 김면식은 사회주의 사상으로 식민지 민족문제의 모순을 해결하고자 하였다. '신생활(新生活)'은 사회주의 계열 최초의 대중잡지로, 무산계급의 개조와 혁신에 목적을 두고 발행한다고 선언하였다. 동아일보를 나온 이유도 그의 이러한 사회주의적 성향 때문이었다. 1920년에는 조선노동공제회(朝鮮勞動共濟會) 창립에 참가하였으며 1921년에는 회장에 선출되어 사회주의 운동에 앞장섰다.
 김면식이 창간하고 주필로 있는 '신생활(新生活)'에서 러시아혁명 5주년 기념 특집을 내면서 김면식은 일제에 체포되어 징역 1년 6개월을 선고받고 함흥교도소에 수감되었다. 조선인 최초의 사회주의자 재판사건이었다. 김면식은 이때의 고문과 옥고로 신체장애자가 되었다. 그러나 그의 항일의식이나 사회주의 사상은 굴하지 않고 계속되어 1929년에는 오사카(大阪)로 건너가 조선인 노동운동을 지도하다가 1930년 오사카형무소에서 재차 옥고를 치렀다. 해방을 보지 못하고 1944년에 돌아갔으며, 대한민국 정부에서 그의 공훈을 기려 1999년 건국훈장 애족장을 추서하였다. 사회주의자였기 때문에 정부가 수립되고 나서도 50여년이나 지나서야 서훈이 수여되었다.

강수는 어머니 김숙화로부터 그녀의 작은아버지 김면식의 이야기를 가끔 들었다. 외할아버지 김준식의 이야기는 별로 들은 기억이 없으니 작은외할아버지 김면식이 유명한 사람이라는 것을 감안하더라도 김숙화가 그녀의 아버지보다 작은아버지에게 더 깊은 인상과 존경의 마음을 가지고 있다고 느꼈다. 하긴 젊은 김숙화가 보기에 아버지는 돈 잘 버는 사람이었지만 작은아버지는 이상을 위해 온몸을 던지는 혁명가였다. 김면식은 당시라 하더라도 많은 나이라고 할 수 없는 55살 나이로 돌아갔다.

김숙화의 언니 김명화(金明嬅)도 사회주의자이며 독립운동가이던 작은아버지 김면식을 존경했다. 일본에서 유명하다는 어느 대학을 나온 그녀는 작은아버지를 따르던 젊은 사회주의자와 결혼했는데 그는 해방정국에서 자연스럽게 공산주의자가 되었다. 빨갱이로 분류되어 대전교도소에 수감 중에 6.25가 터지고 퇴각하는 국군에 의해 사살되었다. 김명화는 어린아이들을 데리고 월북하고 북에서 붉은 혁명가 집안으로 대우받으며 잘 살았다고 전해진다.

세 자매의 막내인 김길화(金吉嬅)는 상대적으로 어려서 김면식의 영향을 덜 받았다. 전쟁이 터지기 직전인 1950년 2월 경성여자의학전문학교를 졸업하고 의사가 되어 동경제대 경제학부를 나온 이모(李某)와 결혼했는데 그는 사회주의와는 거리가 먼 사람이었다. 세 자매가 나이순으로 김면식의 영향을 받아서 각각 골수 사회주의자, 보통 사회주의자, 비 사회주의자와 결혼하였다.

강수도 외가의 작은할아버지가 그렇게 유명하고 지조가 높은 분임이 자랑스러웠다. 그러나 왜 사회주의자인가. 그러지 않아도 아버지 서정환의 사회주의적 성향과 그것이 원인이 된 이 집안의 가난이 마음에 들지 않았던 강수였다. 강수는 김면식이 일찍 돌아가서 차라리 다행이라는 생각이 들었다. 그가 해방정국과 6.25 사변을 거쳤으면 틀림없이 적극적으로 공산주의자가 되었을 것이며 그렇다면 그의 독립운동 행적도 평가 받지 못했다. 1999년에 추서 받은 건국훈장 애족장도 그가 6.25사변 전에 돌아갔기에 가능한 일이었다.

 그가 더 오래 살았다면 자유와 인권 그리고 번영과는 거리가 먼 정치범 수용소와 세습독재의 나라를 건설하는데 공적을 더 하였거나, 아니면 주체사상의 교주 수령에 맞서 자신의 순수한 사회주의 이상을 지키기 위해 일제가 아닌 동족에 의한 옥살이를 다시 하였을 것이다. 그리고 그 옥살이는 혹독하여서 지난 두 번 일제 시절의 옥살이와는 달리 살아서 나오지 못했을 것이다.

 무엇보다도 김면식이 일찍 돌아가서 강수의 아버지 서정환에게 영향을 적게 미치어 다행이었다. 강수는 초등학교 시절 아버지 서정환이 반공법 위반이라는 어마어마한 죄목으로 구속되어 2년여의 옥살이를 할 때에 비로소 집안의 깊은 가난의 원인을 어렴풋이 알게 되었다. 그것은 아버지의 사회주의적 발자취 때문이었다.
 강수는 가난으로 점철된 자신의 청소년기 내내 생각했다.
 '아니 아버지 차라리 6.25때 월북하시지 무엇 때문에 여기 남아서 이런 가난을 우리에게 주시는지요?'

아버지가 월북했다면 거기서는 좋은 직장 다니고 우리 집안도 잘 살았으리라고 생각했다.

김면식이 오래 살았다면 서정환의 월북도 충분히 가능한 일이었다.

숙화에서 나는 향기

"학교 다녀왔습니다아~"

오사카시 주오쿠(大阪市 中央區)에 있는 5년제 여자중고등학교 오사카죠가쿠인(大阪女學院) 5학년 졸업반인 김숙화와 1학년 신입생인 동생 김길화(金吉嬅)가 통통 튀는 듯 경쾌한 발걸음으로 대문을 들어서며 집안을 향해 말했다. 전차에서 내려 빨리 뛰어왔는지 둘의 얼굴이 약간 상기되었고 숨도 조금 가쁘다.

김숙화는 이제 막 18세가 되었다. 봄꽃처럼 피어나는 풋풋한 학생의 청순함을 교복의 자주색 세일러복 칼라가 더해주고 있다. 아직 어린이 티가 채 가시지 않은 동생 김길화는 교복도 조금 커 보이고 약간 어색한 느낌이다.

집이 있는 히가시나리쿠(東成區)에서 학교까지는 전차로 15분 남짓 멀지 않은 거리였다. 큰오빠는 동경으로 살림을 나갔고 언니도 동경으로 유학 가있어 숙화 길화 두자매만 오사카에서 부모와 함께 살며 같은 학교에 다니고 있었다. 동생 길화는 언니 숙화를 좋아했다. 항상 따라가고 싶은 우상으로 생각했다. 큰언니와 달리 나이차이도 많지 않아 친근했다. 공부도 잘했으며 어린 동생이 보기에도 언니는 착하고 예뻤다.

디즈니 만화영화 겨울왕국에서 언니 엘사를 좋아하고 따르는 안나 같은 동생이었다고 할까... 2019년 어느 봄날, 모처럼 점심을 모시겠다고 찾아온 언니 숙화의 아들인 조카 강수를 앞에 두고 길화는 말했다.

"강수야 내가 너희 엄마 숙화언니를 너무너무 좋아 했어... 언니는 나의 우상과 같았어..."

93세 길화의 주름진 눈에 눈물이 비쳤다.

오사카죠가쿠인(大阪女學院)은 1884년에 미국인 선교사가 세운 일본에서는 흔치 않은 미션스쿨이었다. 처음 명칭은 선교사 이름을 붙여서 우이루미나여학교라고 하였다. 김숙화는 1935년에 우이루미나여학교를 들어갔으나 중간에 오사카죠가쿠인으로 학교 이름이 바뀌었고 동생 김길화도 우상인 언니를 좇아서 오사카죠가쿠인을 1939년에 입학하였다.

학교는 미션스쿨답게 '학생 한 사람 한 사람에게 하나님에 의해 창조된 특유의 존엄성을 가진 인격적 존재임을 교육'한다고 하였다. 당시에 일본에는 개개인의 인격이라는 개념이 거의 없을 때였다. 더구나 여자들에게는 더해서 일본여자들도(조선 사람들은 물론) 중학교 이상 진학하는 일이 드물었다. 아니 소학교도 가지 못하는 경우가 더욱 많았다. 오사카죠가쿠인은 오사카에 유일한 사립여학교이었으며 학생 수도 많지 않았다. 숙화와 길화 자매에게는 학교가 당연한 것으로 생각되었지만 여학교를 다니는 것은 선택받은 소수의 특권이었다.

1939년은 태평양전쟁을 준비하는 일본제국주의가 조선징발령(朝鮮徵發令)을 공포하는 등 식민통치를 강화하는 해였으며 나치독일이 9월에 폴란드를 전격 침략하여 제2차 세계대전이 발발한 전쟁의 해였다. 연 초부터 세계적으로 긴장이 치솟고 갈등이 격화되어 전쟁의 암운이 감도는 불안한 해였다.

김숙화가 사는 오사카는 평온하였다.

목책으로 된 낮은 담장의 한 가운데 대문은 항상 열려있었다. 좁은 마당 가운데에 정원석이 징검다리처럼 놓여있고 오른쪽에 작은 소나무와 향나무가 두어 그루, 왼편에 크지 않은 백목련과 벚나무가 한그루씩 균형을 잡고 서있다. 백목련은 흐드러지게 피어있고 벚나무는 이제 막 분홍빛 벚꽃을 터트리려고 용을 쓰고 있었다.

정원석 몇 개를 깡충거리며 밟고 나니 눈썹 같은 지붕이 달린 현관문이 열리면서 엄마의 얼굴이 나온다.

"어서 오거라." 막내 길화의 가방을 받으면서 엄마가 말했다.

환한 봄 햇살 속에 걸어와서 그런지 현관을 들어서니 집안이 조금은 어두워 보였다. 넓지는 않지만 깔끔하게 정돈된 거실은 오래된 세월의 때까지 반질반질 닦여져 윤이 났다. 거실에는 부드럽게 금을 그은 듯 깔려있는 마루판 한가운데로 연두색 천이 고운 소파와 오크색 나지막한 탁자가 놓여 있다.

가방을 옆에 두고 소파에 앉으면서 숙화가 말했다.

"엄마, 5학년 되니까 오늘 학교에서 선생님이 진로상담을 해주셨어요."

"그래... 어느 선생님이 상담해주셨어?"

"다카하시(高橋) 선생님이..."

"아, 진학지도 선생님?"

"예, 학교 졸업하고 대학에 갈 학생들만 진학상담 중이에요.

하루 3명씩..."
"그래, 무어라고 말씀하시던?"
"저는 졸업하고 의대 갈 성적이 된다고..."
"의대! 그래 의대가면 좋지. 아마 아버지도 네가 의대 간다면 매우 기뻐하실 거야... 어느 의대 말씀하시던?"
"동경에 있는 의대는 쉽지 않고 조선사람이니 경성에 있는 경성여의전(京城女醫專)이 좋은 거 같다고 말씀하셨어요."
"경성여의전?"
"경성여자의학전문학교 라고 경성 혜화동에 있는 4년제 의학교에요. 조선에서는 유일한 여자의학교이고요..."
"너도 의사가 되보고 싶지?"
"합격하려면 올해 5학년 열심히 공부해야겠어요."
길화도 엄마 옆에 앉아서 언니 말에 귀를 쫑긋하며 들었다.
"언니가 경성여의전 간다면 나도 오사카죠가쿠인 졸업하고 경성여의전에 갈 거야!"
"네가 입학하면 나는 졸업인데..."
"그래도... 나도 꼭 경성여의전 가야지 히히..." 길화가 언니를 쳐다보고 웃으며 말했다.

오사카(大阪)에는 제주출신 조선 사람들이 많이 와서 살았다.

공장들이 많았고 값싼 노동자들을 필요로 하였다. 김숙화가 태어나던 1922년에 제주와 오사카를 잇는 정기여객선 기미가요마루(君代丸)가 처음 취항하였다. 당시 일제 강점기 시절에는 내선일체 정책으로 누구든 운임만 내면 자유롭게 일본으로 건너갈 수 있었다.

 가난한 식민지 조선에서 더욱 가난한 제주 섬나라 백성들에게 오사카는 새로운 삶을 약속하는 기회의 땅이었다. 많은 제주 사람들이 기미가요마루를 타고 오사카로 건너갔다. 요즘은 잘 쓰지 않지만 제주에서는 70년대까지 아주 큰 물건을 보고 '군대환(君代丸) 같다'라고 했는데 '군대환'이 바로 제주사람들을 오사카로 실어 나르던 커다란 배 '기미가요마루'였다. 기미가요마루가 없어진 해방이후에도 가난한 제주사람들은 서울로 오기보다 오사카로 밀항을 택하였다. 거기에 가면 먼 친척이라도 피붙이들이 있었다.

 김숙화의 아버지 김준식은 김숙화가 태어난 다음해인 1923년에 가족을 데리고 오사카로 건너갔다. 다른 제주사람들처럼 가난을 벗어나기 위해서가 아니라 자녀들의 교육을 위해서 그리고 좀 더 좋은 삶의 환경을 찾아서였다. 아버지 김진배와 같이 하던 목포 제주 간 여객선 사업도 김진배가 돌아간 이후 혼자서 하기에 녹녹치 않았다. 제주판관을 지낸 아버지의 보이지 않던 힘이 어느 날 갑자기 사라져버리니 사업이라는 것이 하루하루가 힘들었다. 김준식은 자신이 사업가적 자질도 부족하다고 생각했다. 한의학 공부를 하였다. 사업을 정리하여 적지 않은 돈을 가지고 오사카로 건너와 한약방을 차렸다. 제주 사람들이 많아서 한약방도 성황이었다.

 안방 문이 열리면서 그러지 않아도 은은하게 풍기던 한약 내음이 확 짙어졌다. 김숙화는 이러한 한약냄새가 좋았다. 오래도록 맡아온 냄새이지만 질리지 않았다. 코끝을 간지럽히는 냄새는 바람처럼 흐르지만 멀리 흐트러지지 않고 언제나 집안에 머물렀다. 그 냄새는 늘 엄마 아버지와 같이 있어온 냄새이었기에 자기를 편안하게 감싸는 외투처럼 포근했다. 쿵쾅거리며 마루를 뛰어다니던 어린 시절을 생각나게 하는 추억의 냄새였다. 학교에 가면 일본 애들이 다른 조선 애들한테는 조선의 냄새(마늘의 냄새)가 난다고 했다. 그러나 숙화에게서는 향기가 난다고 했다. 우쭐하며 기분이 좋았다.

 안방에는 아버지의 한약방이 있었다. 한약방이라 해서 무슨 거창한 시설이 있는 것이 아니고 문 열고 들어가면 왼편 벽에 붙어 서있는 넉자짜리 한약장과 그 앞에 앉은뱅이책상 하나 그리고 맞은편에 환자용 침상 하나가 전부였다. 한약장에는 모두 80개의 서랍이 붙어있으며 서랍에는 한 두 개씩 한문으로 약재이름이 빽빽하게 쓰여 있었다.

 아래쪽에 있는 20개의 큰 서랍은 당귀(當歸), 갈근(葛根), 감초(甘草), 곽향(藿香), 박하(薄荷), 천궁(川芎) 같이 부피가 크거나 자주 쓰이는 약재를 주로 담았다. 위쪽의 60개 작은 서랍은 사용 빈도가 낮은 약재들을 주로 보관했는데 그중에서 30개는 두 가지 약재를 같이 넣을 수 있게 내부 칸막이가 되어있어서 모두 110가지의 한약재를 보관하였다. 숙화가 좋아하는 한약재 향기는 주로 아래쪽 20개 서랍에서 나왔다.

"감사합니다. 선생님."
"약첩 잘 다려서 드시고요."
"예, 안녕히 계세요."
"조심해 가세요."
 초로에 접어들어 50세는 넘은 듯한 환자손님에게 한약을 한 첩 지어서 줘어 보내며 아버지 김준식이 현관 문밖까지 배웅하였다.
"학교들 다녀왔니?"

김준식이 손님을 보내고 소파로 돌아와 앉으며 말했다.
"예, 아버님, 지금 막 학교 다녀왔습니다."
숙화가 공손히 인사를 하며 말했다.
"저도요, 아버지..."
길화가 막내다운 귀여움으로 아버지 옆에 앉으며 말했다.
"숙화가 오늘 학교에서 진학상담 했는데 경성여의전 가는 게 좋겠다고 하셨답니다."
"경성여의전...! 그래 숙화 네 생각은 어떠냐?"
"저도 의사가 되어보고 싶은 생각이 있습니다."
"합격은 하겠느냐?"
"제 성적으로 가능하겠다고 선생님이 말씀하셨는데 더욱 열심히 공부해야 할 듯합니다."
"성적이 된다고 의대를 가서는 안 되고 의사가 되려는 의지와 소명의식이 있어야 한다. 아픈 사람, 죽어가는 사람을 살리는 사람이 의사이니, 의사는 보람 있고 가치 높은 직업이다. 때에 따라서는 자신의 안위보다 다른 생명을 더 소중히 여길 줄 아는 박애정신이 있어야하고, 하루가 다르게 발전하는 의술을 부단히 공부하고 익히는 근면함이 있어야 한다. 다행히 숙화는 아비가 보기에도 의사로서의 자질이 적지 아니 있어 보인다. 그리고 전통적인 약초와 침, 뜸으로 환자를 치료하는 한의는,

과학기술에 근거하여 치료하는 양의에 비해 치료의 속도와 정확성 그리고 폭이 적을 수밖에 없는 것이 이치이다. 앞으로 환자를 살리는 의학의 발전은 과학기술의 진보에 따라 필히 양의에 의해 많이 이루어질 터인즉 네가 의대로 진학하여 양의가 된다면 잘 한 선택이라고 생각이 들 것이다."
"잘 알겠습니다. 그리 하겠습니다 아버님."
"학비는 아비가 맞추어 보낼 것이니 준비 잘해서 합격이 되면 좋겠다."
"감사합니다. 아버님."
"아버지 저도 오사카죠가쿠인 졸업하면 언니 있는 경성여의전으로 진학 할래요."
길화가 아버지 팔을 잡고 쳐다보며 말했다.
"너도? 그래! 하하하... 보내줘야지."
김준식이 막내딸 길화를 보고 기분 좋게 웃으며 말했다.

조선시대에는 한의사들이 전부 남자라 여자들은 아파도 남자 의사에게 몸을 보이는 것이 수치스러워 제대로 된 치료를 받지 못하고 무당이나 민간요법에 의지할 뿐이었다. 이러한 현상은 식민지 시대 양의가 들어와도 여의사가 거의 없어서 별로 나아지지 않았다. 1928년 미국 선교의사인 로제타 홀(Rosetta

Hall)이 여성들을 위하여 최초로 여의사 양성기관인 조선여자의학강습소(朝鮮女子醫學講習所)를 설치하였다. 이 조선여자의학강습소에 어느 애국지사 부호가 거금을 투자해서 1938년에 경성여자의학전문학교(京城女子醫學專門學校)가 설립되는데 당시 식민지 조선에서 경성의전(서울대의대 전신), 세브란스의전(연세대의대 전신), 대구의학교(경북대의대 전신), 평양의전(현 평양의학대학)에 이은 5번째 의학교가 된다.

지금은 A아파트가 들어서 있는 종로구 명륜동에 경성여의전 학교와 병원이 있었으며 1942년에 제1회 졸업생 여의사 47명을 배출하였다. 경성여자의학전문학교는 후에 우석대학교 의대로 다시 고려대학교 의대로 이어졌다.

김숙화는 대판여학원(오사카죠가쿠인)을 졸업한 1940년에 경성여자의학전문학교에 입학하였다. 동생 길화도 1년을 재수하여 1945년에 경성여자의학전문학교에 입학하였다.

언니 숙화는 경성여의전을 졸업하지 못하였다. 의사가 되지 못했다. 동생 길화는 1950년에 제8회 졸업생으로 5년제로 바뀐 경성여의전을 졸업하였다. 길화는 의사가 되어 평생을 전문의로 봉직하였다.

반성문을 쓰거라

"한세이분오 카키나사이(반성문을 쓰거라)."
"조센진가 조센고오 츠가우코토가 나니가 마치갓테 마스카(조선사람이 조선말하는 것이 무슨 잘못인가요)?"
경성여의전 제1내과장을 역임하고 있는 이수갑(李秀甲) 교수가 김숙화를 불러서 반성문을 쓰라고 권하고 있었다. 그는 1920년에 경성의학전문학교를 졸업하고 경성여의전 교수로 재직하고 있는 몇 명 안 되는 조선인 의사이며 뛰어난 의학실력과 부드러운 성품으로 학생들의 존경을 받는 사람이었다.
숙화에게 반성문 쓰기를 강요하는 것이 아니라 지금은 써야만하고 쓸 수밖에 없으니 형식적으로라도 쓰라고 사정하고 있는 중이다. 그러나 숙화는 조선사람이 조선말을 한 것이 무슨 잘못이기에 반성문을 써야 하느냐하며 버티고 있다.
 숙화와 조선인 동급생 친구 3명이 교실에서 조선말로 이야기하며 웃고 떠드는 것을 한참 보고 있던 일본인 교수 하나가 정식으로 문제 삼아 학교에 조치와 대책을 요구하였다.

 일제는 1938년에 제3차 개정교육령을 공포하여 조선 식민지 언어정책을 조선어 병용에서 일본어 상용으로 전환하였다. 이른바 고쿠고조요(國語常用) 정책이었다. 조선의 말과 글을 말살하여 조선인을 일본인으로 만드는 황민화 정책의 핵심이었다. 학교에서도 일본어와 일본사가 국어와 국사라는 이름으로 필수 과목이 되었으며 조선어는 제2외국어처럼 선택과목이 되었다. 학교에서 조선어 사용은 금지되었다.
 숙화와 다른 친구 2명은 단순히 학칙을 위반한 것이 아니라 일본제국 조선총독부의 교육령을 위반한 중죄였다. 그나마 다시는 조선말을 쓰지 않겠다는 반성문을 쓰면 이번에 한해 불문으로 하겠다는 경성여의전의 교육적인 해결방안이 나온 것도 이수갑 교수를 비롯한 몇몇 교수들의 노력과, 조선인 애국지사가 거금을 내어 설립한 경성여의전의 분위기 때문이었다. 다른 두 학생은 두말없이 반성문을 제출하였으나 숙화만은 그

것도 못쓰겠다고 하고 있는 중이다.

"숙화야 지금 조선은 일본의 식민지가 된 나라이고 여기 조선에서의 교육은 조선사람으로 교육하는 것이 아니라 내선일체(內鮮一體)가 된 일본사람으로 교육하도록 제도가 되어 있음을 모든 사람이 알고 있다. 조선사람으로서 억울하고 황망하더라도 이 강토 내에서 살아가기 위해서는 감수하여야할 일이다."
"저는 반성문이란 스스로에게 잘못이라는 깨우침이 있고, 그 잘못하였음을 후회하고 있으며, 두 번 다시 그러한 잘못을 하지 않겠다는 다짐이 있어야 쓸 수 있다고 생각합니다. 제가 조선친구들하고 사적으로 조선말로 대화한 것에 대하여 잘못했다는 깨우침과 후회가 아직 들지 않고 또 다시는 조선말을 쓰지 않겠다는 다짐을 한다 해도 과연 지킬 수 있을지 걱정입니다…"
"지금 이 땅을 지배하는 법령은 일본의 법과 총독부의 령이다. 그 법령으로 조선말의 사용을 금지했으니 분하더라도 이 땅에 사는 사람들인 이상 지키지 않을 수 없는 일이다. 그 법령을 지키지 않으려면 일본의 힘이 미치지 못하는 해외에 가서 생활하거나 지하에서 활동할 수밖에 없다. 그러나 분하다고 2천만 조선인이 모두 해외로 나가거나 지하에서 활동할 수는 없는 일이 아니겠느냐. 또 앞으로의 미래를 위해서도 젊은이들이 살아남아 전문가로 실력을 길러야하기도 하고..."
"말씀 잘 알겠습니다. 오늘 하루 더 곰곰이 생각해 보겠습니다."
"그래, 좋게 생각하거라."

 숙화는 결국 반성문을 쓰지 않았다.
 자신이 조선사람이지만 지금까지 일본의 식민지백성이라는 생각은 크게 하지 않았다. 일본에 살아서 그런지 다른 일본인들과의 차별적인 대우는 별로 받아본 기억이 없었다. 오히려 일본인들을 막연히 '왜(倭)'라고 낮게 보는 의식이 있었으며(제주판관까지 지낸 조선의 선비집안이라 더했는지 모르겠다) 지금까지 오사카에서 살면서 일본인으로부터 차라리 어느 정도 존중을 받아왔다(아마 한의사이며 재력도 좀 있는 아버지가 있었기 때문이리라).
 오사카죠가쿠인(大阪女學院)에 다닐 때에는 몇 안 되지만 조선학생들과 공개적으로 아무 거리낌 없이 조선말로 이야기 했다. 공부도 잘해서 같이 친구하고 싶어 하는 일본아이들도 많았으며 가끔은 그들에게 조선말을 가르쳐주기도 했다. 그런데 2살 때 떠난 이후 처음으로 조선에 유학생으로 와서 친구들과 조선말 몇 마디 한 것을 큰 죄인인 것처럼 반성문을 써야 한다니 받아들이기 어려웠다.

그리고 무엇보다도 숙화가 반성문 쓰기를 주저한 가장 큰 이유는 바로 존경하는 작은아버지 김면식 때문이었다. 와세다대학(早稻田大學) 정치경제과를 졸업한 김면식은 일제에 항거하는 언론인으로 1921년에 1년 6개월의 옥살이를 하였으며 오사카에서도 노동운동을 하다가 일제에 체포되어 1930년에 또 옥살이를 하였다. 그러한 독립운동가이며 애국지사이신 작은아버지의 노고에 비하면 자신의 고초는 그야말로 아무것도 아닌데, 일제에게 자신을 고스란히 바치는 반성문을 쓸 수는 없는 노릇이었다.

숙화가 조선말을 쓴 것이 문제가 된 1941년은 일제의 조선어 말살정책이 극에 달하던 시기였다.

1940년 8월, 창간 20년 된 조선어 신문인 조선일보와 동아일보를 폐간하였다. 아직도 일본어를 모르는 조선인들에 대한 선전을 위하여 친일 신문인 매일신보만 조선어로 발간할 수 있었다.

일제는 1942년에 어느 여학생이 기차 안에서 조선어로 대화를 하자 즉시 체포하였다. 조선어학회 소속 한글학자에게서 민족정신을 수호해야 한다는 교육을 받았다고 자백하게 하여 조선어사전 편찬 사업 중인 조선어학회 33인의 한글학자들을 구속하였다. '고유 언어는 민족의식을 양성하는 것이므로 조선어학회의 사전 편찬은 조선민족정신을 유지하는 민족운동의 형태로서 내란죄를 적용한다!'라고 판결하며 혹독하게 처벌하였다.

 반성문 한 장으로 조선어 쓴 죄를 탕감 받을 수 있다면 매우 특별한 경우였다. 그마저도 거부하였을 때에는 불령선인(不逞鮮人)으로 잡혀가서 대일본제국에 대적한 없는 죄까지 자백하라고 모진 고문을 받고 나와도 어디 한군데 하소연 할 수 없는 시절이었다.
 숙화는 어려움 없이 곱게만 자라서 그랬는지, 유난히 애국지사적 성격이 있어서 그랬는지 모르지만 1941년 일제 치하의 식민지 조선에서 '조선사람이 조선말을 쓴 죄'의 중대함을 모르고 있었다.
 '황국신민으로써 천황폐하의 은혜를 누구보다 크게 입고 배울 만큼 배운 자가 우매한 백성들도 순응하는 황국의 령을 따르지 아니하고, 반성하지도 아니함은 엄한 훈육으로도 개선될 여지가 있어 보이지 않는 자이므로 즉시 출교처분하고 보고하기

바람.'

 정학 몇 개월 정도로 수습해보려던 경성여의전에 총독부 학무국의 출교처분 지시가 내려왔고 숙화는 2학년 1학기를 마치지 못하고 1941년 6월 학교를 쫓겨나 오사카로 돌아갔다.

 김준식은 경성에 의과대학으로 유학 보낸 딸이 학교를 퇴학 당하고 돌아온 것에 기가 막혔으나 무어라 말하지는 않았다. 동생 김면식이 항일 활동으로 고생하며 연이은 옥고를 치르는 것도 마음에 크게 걸리는 일이었다. 자신이 보기에 착하고 공부 잘하던 숙화에게 그러한 고지식함과 반골기질이 있는 것을 알지 못했다. 그대로 두고 있으면 조선말 했다고 의대에서 쫓아낸 일제에 대한 반감과 동생 김면식의 영향이 상승작용을 하여 일제에 항거하는 투사가 되서 더욱 어려운 운동가의 길로 갈지도 모르는 일이었다. 마땅한 혼처가 있는 것도 아니었고 또 구습대로 빨리 딸을 혼사시켜 내보내고 싶지도 않았다.
 "동경에 큰언니도 있으니 공부 다시해서 내년에 동경에 대학교를 가거라."
 숙화는 오사카 집으로 온 이듬해인 1942년에 동경에 있는 일본여자대학(日本女子大学)에 입학하였다. 니혼죠시다이가쿠(日本女子大学)는 1901년 일본 메이지 시대의 3대 교육자 중 한 사람으로 꼽히는 나루세 진조(成瀨仁藏)가 세운 일본 최초의 사립여자대학으로 지금도 동경도 분쿄쿠(文京區)에 메지로(目白)캠퍼스가 아름다운 명문대학이다.

천오백리 멀리 떨어진

 강수는 어머니 숙화나 이모 길화에게서 그러한 이야기들을 들으면서 그 시대에 그것도 딸들을 그렇게 교육시킨 외할아버지 외할머니 같은 분을 부모로 둔 금수저 출신 어머니가 왜 이리 가난하게 사는지, 그리고 자신의 똑똑한 아이들은 왜 그렇게 교육을 시키지 못했는지 반감이 들고 화가 나는 때도 있었다.
 강수 위로 두 형은 모두 고등학교도 검정고시로 나왔으며 자신들이 직장에 다니면서 방통대를 졸업하고 대학원에 진학하여 학위를 취득하였다.
 숙화인들 아이들을 그렇게 교육시키고 싶었는가? 강수도 나중에 부모가 되어 이해하게 되었지만, 오히려 자신이 부모에게서 받은 것의 십분의 일 아니 백분의 일도 사랑하는 자식들에게 해주지 못하는 아픔이 더 컸을 것이다.
 그러한 숙화의 아픔을 초래하는 근본적인 원인이 아이러니하게도 그녀가 존경하는 작은아버지 김면식과, 누구도 부러워할 그녀의 일본여자대학(日本女子大学) 진학에서 초래되었는데 바로 동경에서 평생을 같이 살게 되는 남편 서정환을 만나게 되기 때문이었다.

 강수는 어려서 부자집 딸로 귀하게 크고 잘살았으며 그 시대의 다른 여자들은 꿈도 꾸기 어려운 경성여의전과 일본의 대학까지 다닌 엄마가 이렇게 이름 없이 가난하게 사는 것을 속상해했다. 그리고 그런 귀한 아내를 제대로 케어하지 못하는 아버지에 대하여 반감을 가지기도 했다. 그러나 한편 생각하기에 아버지인들 역시 그러고 싶어서 그랬겠는가? 엉터리 같은 남자는 아니었으니 숙화 같은 여자가 선택하지 않았겠는가.
 숙화와 정환은 같이 만날 가능성이 거의 없었다. 두 집안이 조금이라도 서로 아는 사이가 아니었고 사는 동네가 가까운 것도 아니었다. 둘이 학교를 같이 다닌 것도 아니고, 교회를 같이 다닌 것도 아니었다. 둘이 만날 수 있는 실오라기 같은 연결의 끈 하나 있지 않았다. 같은 것이 있다면 오직 하나 1922년에 같이 태어났다는 것... 그러나 서로 천오백리 멀리 떨어진 곳이었다.

정환은 서울 종로구 낙원동에서 태어났다. 걸어서 몇 분 거리에 대원군이 살던 운현궁이 있고 주위에 크고 작은 기와집들이 들어차있어 경성에서도 좋은 주택지였으며 그래도 한 자락하는 사람들이 살고 있었다. 정환의 아버지 서수찬(徐秀燦)은 처 유삼선(柳森仙)과 함께 탁지부(度支部) 관리를 지낸 부모를 모시고 살고 있었으며 배재고보를 나와서 당시 경성의 어느 은행에 근무하고 있었다. 식민지 조선에서 많지 않은 살만한 조선사람 중에 하나였다. 식민지 청년이었지만 은행원이었기에 살기위하여 친일부역을 하는 것도 아니었다.

정환의 아버지 서수찬은 형제자매 하나 없는 독자였으며 정환 역시 형제자매 하나 없는 2대 독자였다. 손이 귀한 집안의 사내아이라 조부모의 사랑이 끔찍했으며 정환의 유년기는 행복했다. 집에서 걸어서 5분 거리에 있는 교동공립보통학교(현 교동초등학교)를 졸업하고 아버지처럼 고보(高普)에 진학하였다. 길화와 같은 금수저 출신이라고는 할 수 없어도 적어도 은수저 정도는 되었다.

정환도 부모의 도움으로 남부럽지 않은, 아니 그 시대에는 남이 부러워 할 수준의 교육을 받았다. 고보(高普)에서도 야구와 하키를 하였다고 한다. 전문적인 선수로 하였는지 아니면 특별활동 시간에 취미반으로 하였는지 모르겠지만 그 또한 돈이 들어가는 일이 아니겠는가.
 부모의 도움 없이는 할 수 없는 일이었다.

 강수가 중학교에 다니던 어느 날 어머니 숙화가 이모 길화 집에 다녀오면서 그 집 아이들이 쓰던 거라며 야구 글러브 2개를 가져왔다. 숙화는 가끔 동생 집에 다녀오면서 그 집 아이들이 쓰던 장난감이나 책이나 옷가지들을 가지고 왔다. 그날은 정환이 무슨 생각이었는지 아들 강수보고 글러브 들고 따라 나오라고 하였다. 강수는 '같이 놀아주거나 대화도 잘 나눠주지 않던 아버지가 웬일이시지?' 하며 따라나섰다. 그 당시만 해도 가죽으로 만든 야구 글러브는 귀하고 비싸서 강수는 한 번도 만져본 적이 없었다. 학교에서 아이들과 야구를 하고 놀은 기억도 없었다(최소한 자기 글러브는 가지고 있어야 아이들과 놀 수 있었다). 집 앞을 지나 조금 넓지만 인적이 드문 골목길에서 난생처음으로 강수는 아버지 정환과 야구공 주고받기를 하였다. 처음으로 멋진 야구글러브를 손에 끼고서...

강수가 아버지에게 던지는 공은 제대로 앞으로 나가지 못했다. 좌우로 위아래로 제멋대로 나갔고 힘은 하나도 실리지 않았다. 처음 던져보는 야구공이 제대로 던져지겠는가... 그러나 아버지 정환의 공은 그렇지 않았다. 처음에는 조금 약하게 던지다가 점점 왼쪽 다리 무릎을 가슴까지 높이 들어 올려서 앞으로 멀리 내딛으며 내리 꽂듯이 던지는 공이 무섭게 날아왔다. 강수가 들고 있는 글러브로 거의 정확히 날아들어 받기에 어렵지는 않았으나 속도가 너무 빨라 무서웠다. 무서웠지만 참고 공을 받아 다시 멋없이 아버지 정환에게 공을 던졌다. 정환의 일방적인 투구연습이었다. 가끔 정환이 '이렇게' 던지라고 강수에게 가르쳐 주었지만 처음 하는데다가 주눅까지 들은 강수가 제대로 할 수는 없는 노릇이었다. '아버지가 왜 이리 야구공을 잘 던지시지?' 속으로 놀라기만 할 뿐이었다.

"학교에서 야구 안 해봤니?"
　한참 공을 던진 후에 정환이 이마에 땀을 슬쩍 한 손으로 닦으며 아들 강수에게 말했다.
"아이들과 야구하고 놀려면 자기 글러브가 있어야 돼요."
　강수는 야구를 못하는 게 야구글러브가 없었기 때문이라는 것을 강조하며 말했다. 사실 야구글러브를 가지고 있는 아이들도 많았고 강수도 자신의 야구글러브를 가지고 싶었다. 집에서 야구글러브를 사주었다면 강수도 야구하는 아이들에 끼어서 재미있게 야구하며 놀고 공도 잘 던질 수 있었을 것이다. 그러나 강수는 집안의 형편이 야구글러브를 사달라고 할 정도가 아님을 잘 알고 있었다. 아버지, 어머니가 강수에게 야구글러브 사줄 생각이나 금전의 여유가 없음을 잘 알고 있었다.

"이제 글러브가 생겼으니 아이들하고 같이 야구해도 되겠다."

"아버지 같이 던지면 좋은데 이제는 다른 아이들하고 실력차이가 많이 나서 재미없을 것 같아요."

오늘 아버지 정환에 비해 형편없는 자신의 공 던지는 실력을 보고 강수는 앞으로도 별로 야구놀이를 하고 싶은 마음이 없어짐을 느끼며 말했다.

"그런데... 아버지는 어떻게 그렇게 공을 잘 던지세요?"

"아버지는 옛날에 학교 다닐 때 야구 많이 했어."

'...그 옛날에도 아버지는 학교에서 글러브 끼고 야구를 했다는데... 공도 그래서 이렇게 잘 던지고... 나는 야구글러브도 이제 처음 만져보고... 공도 못 던지고... 나는 무언가...?(우리 부모는 무언가?)'

강수는 글러브 2개를 옆구리에 끼고 어깨는 늘어진 채로 아버지 뒤를 따라서 힘없이 걸어 집으로 왔다.

 강수가 고등학교를 다니던 겨울방학 어느 날, 아버지 정환과 스케이트장을 가게 되었다. 스케이트장이라고 해서 무슨 대단한 시설이 아니고 동네 공터에 원형으로 나지막하게 담을 치고 그 안에 물을 가두어 영하의 날씨로 얼려서 얼마씩 받고 한 두 시간 스케이트를 타게 하는 겨울 한 철 장사였다. 자기 스케이트가 없는 사람들에게는 스케이트도 빌려주었다. 강수는 스케이트가 없었다. 외날 썰매까지는 타보았어도 스케이트는 한 번도 타본 경험이 없었다. 몇 번 스케이트장 옆에 서서 남들 타는 것을 보니 자기도 스케이트 신으면 못 탈 것도 없어 보였다. 타고는 싶었지만 마음만 그랬고 집에서 티브이를 보거나 공부를 하면서 보내고 있었다. 겨울방학이라 집에만 박혀있어 더욱 심심하고 무료할 때였다.
 "강수야 저 아래 공터에 스케이트장 있던데 한번 가볼까?"
 안방에서 책을 읽고 있던 아버지 정환이 밖으로 나오며 좁은 거실에서 티브이를 보고 있는 아들 강수에게 말했다.
 "스케이트장요?"
 강수는 갑작스런 아버지의 제안에 깜짝 놀라며 말했다.
 "그래, 요 아래 스케이트장 열었더라…"

"예... 저도 가보고 싶었는데... 그런데 저 스케이트 탈 줄 몰라요."

"금방 탄다. 아버지가 가르쳐 주께."

정환이 며칠 전에 밖에 나갔다가 집에 들어오면서 보니까 공터에 못 보던 스케이트장이 생겼다. 오늘 아침에도 담배를 사러 동네 가게에 나왔다가 먼발치에서 보니까 스케이트장에 사람들이 여럿 들어있었다. 오늘 따라 머리가 무거워 책 읽는 것에도 흥미가 나지 않았고, 마땅히 할 일도 없을 때에 동네 스케이트장이 생각났다. 마침 집에 막내아들 강수가 있으니 같이 가면 혼자 가는 것처럼 쑥스럽지도 않을 것이다.

"예. 알겠어요. 옷 갈아입고 나올게요."

강수는 '아버지가 웬일이시지?' 의아해 하면서 방으로 들어가 두꺼운 겨울옷을 챙겨 입었다. 어려서부터 자신에게 자상하게 말을 해주거나 놀아주는 아버지가 아니었다. 중학교 때 동네 골목에서 한번 야구공 주고받기를 한 기억이 전부였다. 하여튼 아버지가 같이 스케이트장에 가보자하시니 기분이 좋았다. 강수도 한번 가보고 싶었던 스케이트장이었다.

그러면서도 한편 이러한 생각도 들었다.

'아버지가 나하고 같이 놀아보고 싶어서 그런 것이 아니라 당신이 스케이트를 타고 싶어서 그러신 거 아닐까…? 나이 든 어른 혼자 아이들 많이 노는데 가면 좀 그러니까… 그런데 아버지가 스케이트는 탈 줄 아시나…? 아시니까 타러 가자고 하시겠지…?'

 강수가 옷을 입고 나오니 아버지 정환도 반코트 길이의 밤색 파카를 입고 나갈 준비를 마치고 있었다.

 스케이트장에 사람이 많지는 않았다. 공간이 충분해서 잘 타는 사람들은 원을 그리며 씽씽 달리고 있었다. 강수는 태어나서 처음으로 스케이트를 신어 보았다. 발에 잘 맞는 스케이트를 의자에 앉아서 끈을 매고 신을 때에는 자기도 어렵지 않게 얼음을 지칠 수 있을 것 같았다. 그러나 일어서서 얼음판으로 나왔을 때에는 완전히 얼음이 되었다. 항상 땅에 밀착되어 있던 발바닥이 제 멋대로 미끄러지니 균형을 잡을 수가 없었다. 남들처럼 씽씽 나가기는커녕 엉거주춤한 자세로 벌벌 기면서 조금 앞으로 나아가다가 넘어져 엉덩방아를 찧기 일쑤였다. 하긴 난생 처음 타보는 스케이트를 어떻게 잘 탈 수 있겠는가?…

 그러나 아버지 정환은 그렇지 않았다.

 허리를 'ㄱ'자로 꾸부리고 두 손을 뒤로 마주 잡아 자세를 낮게 하여 멋진 폼으로 얼음을 쫙쫙 제치고 있었다. 코너를 돌

때에는 두 발을 서로 엇갈리게 짚어가면서 능숙한 자세로 빠르게 돌았다. 가끔은 두 손을 고릴라처럼 앞으로 내려서 양쪽으로 쭉쭉 흔들면서 고속으로 주행하여 다른 사람들을 추월하였다. 강수는 설설 기면서 아버지 타는 모습을 지켜보았다.
'아니 도대체 아버지는 왜 저렇게 스케이트를 잘 타시는 거야...?'

"강수야 몸을 굽혀서 자세를 낮추고 무게 중심을 앞으로 해서 양쪽 발로 번갈아가며 힘차게 밀고 나가 봐."
"예..."
말은 쉽지만 몸이 말처럼 따라주지 않았다. 그래도 아버지의 반품이라도 따라가 보려고 무리해서 속도를 내어 보다가 강수는 크게 미끄러져 세게 넘어지면서 스케이트를 신은 채로 오른쪽 발목을 접질리고 말았다. 사고가 나고 부상으로 이어졌다. 일어서지 못하고 있으니 아버지가 급히 달려와 스케이트 날로 얼음을 깎으며 섰다.
"다쳤니?"
"예, 발을 접질렸어요."
"많이 아프냐?"
"서지 못하겠어요..."

"집으로 가야겠다."
아버지 정환이 스케이트를 벗겨 주며 말하였다.
강수는 아버지 정환의 어깨에 매달려 다리를 질질 끌며 집으로 향하였다.
"스케이트 처음 타 봤니?"
"스케이트가 있어야 타러 다녀 보죠..."
강수는 '스케이트를 어떻게 타요? 언제 사 주셨어요?'라고 말하고 싶었다.
"그런데 아버지는 어떻게 그렇게 스케이트를 잘 타세요...?"
"아버지는 학교 다닐 때 하키를 좀 했어."
"..."
강수는 말이 없었다.
'...그 옛날에도 아버지는 학교에서 스케이트 신고 스틱 들고 하키까지 했다는데... 스케이트도 그래서 그렇게 잘 타고... 나는 무언가...?(우리 부모는 무언가?) 스케이트도 이제 처음 신어 보고... 넘어져 발도 접질리고...'

강수는 힘없이 아버지 어깨에 매달려 오른쪽 다리를 절뚝이며 집으로 왔다. 접질린 곳이 멍들고 부어 있었다. 어머니 숙화가 부엌에서 파를 가지고 나와 조그만 절구에 찧었다. 곱게

찧은 파를 부은 발목에 붙이고 비닐로 덮은 다음에 붕대로 감았다.

"왜 아이는 데리고 나가서 이렇게 다치게 만들어 데려오셨어요!"

"..."

"강수야 많이 다쳤네... 삔 데는 파가 특효니까 며칠 지나면 나을 거야..."

아버지 정환은 방으로 들어가서 아무 말이 없었다.

강수는 그 후로 보름이 넘도록 절뚝거리며 다녔다.

큰 세상을 보고 오려고

　정환이 그처럼 야구도 잘하고 스케이트도 잘 타는 이유는 2대 독자인 정환에 대한 부모의 커다란 지원이 있었기 때문이었다. 그러나 그러한 부모의 지원이 오래가지 않았다. 정환의 아버지 서수찬이 1939년에 42세 젊은 나이로 요절하였기 때문이다. 서수찬은 은행원으로서도 잘 나가서 그 당시 경성에 어느 은행의 지점장을 하고 있었는데 과로에 과음이 원인이 되어 어느 날 건강이 급격히 나빠지더니 거의 돌연사 수준으로 몇 달 만에 세상을 등졌다. 그 시절엔 정기적인 건강검진도 없었기에 자신에게 병이 들은 것도 모르고 과로와 과음을 계속하여 가지고 있던 간의 병이 깊어져 사망에 이르게 되었다.

아버지의 죽음은 정환에게 절대적인 영향을 미치었다. 고보 졸업반이었으니 아버지가 계셨으면 내년에 일본으로 유학가거나 최소한 경성에 있는 대학에 들어갔을 것이다. 가장의 부재는 가세를 급격히 기울게 했다. 아버지 수찬이 무녀독남 독자였으니 어디 기댈 언덕도 없었다. 고보라도 졸업하게 된 것이 다행이었다.

"큰 세상을 한번 보고 오겠습니다."
정환이 어머니 유삼선에게 말하였다.
경성 종로에서 나서 지금까지 종로에서 자라온 정환이었다. 2대 독자이니 지방에 다녀올 친인척도 있을 수 없었다. 어머니 유삼선의 친정이 있는 개성에 몇 번 가본 것이 지금까지 살아오면서 종로를 벗어난 유일한 경우였다. 지난해에 아버지 수찬이 돌아가서 가세도 기울어 가고 정환의 대학 진학도 어렵게 되었다. 그렇다고 식민지의 청년이 취업을 하거나 창업을 하기도 어려웠다. 몇 달을 하는 일 없이 집에서 세월을 보내던 정환은 어머니 유삼선에게 장기간 일정으로 해외를 다녀오겠다고 하는 중이다.
"어미도 네가 대학에 진학하여 공부를 계속하지 못하는 것을 안타까워하고 있다. 그러나 공부가 어디 대학에 가서야만 하는 것이겠느냐. 네 말처럼 넓은 세상에 나가서 보고 배우는 것도 큰 공부가 될 터이니 한 번 다녀오는 것도 좋을 것이다."

삼선은 지난해에 남편 수찬이 돌아가서 혼자된 공허함과 외로움이 아직도 가득했으나 아들 정환이 멀리 다녀오겠다는 것을 막지 않았다. 아직은 어려보이는 아들이 잘 알지도 못하는 먼 길을 떠나는 것이 불안하고, 혼자된 어미를 두고 가려는 하나 밖에 없는 아들이 서운하기도 하였지만, 하는 일 없이 집에 있는 정환을 언제까지 두고 볼 수만도 없는 노릇이었다.

"그래, 다녀오면 얼마나 걸릴 것 같으냐?"

"만주로 해서 저 아래 상해까지 한 일 년 내외로 다녀올 생각입니다."

"부족하겠지만 여비는 어느 정도 어미가 챙겨 줄 터이니 아껴서 쓰고 다녀오도록 하거라."

정환은 1940년 경성을 떠나 만주로 향하였다.

숙화가 경성여의전에 합격하여 경성으로 들어온 바로 그 해였다. 정환이 태어나 처음으로 경성을 떠나 중국으로 나간 바로 그 해에, 숙화가 일본에서 경성으로 들어왔으니 만남이 엇갈리는 인연이었다. 둘이 서로 만날 운명은 아니었다. 정환이 만주로 상해로 다니는 긴 여정을 끝내고 경성으로 돌아온 것이 1년 조금 지난 1941년 6월 이었다. 숙화가 경성여의전에서 반성문을 쓰지 아니하여 출교처분을 받아 오사카로 돌아간 바로 그해의 그 달이었다. 둘의 그러한 엇갈림으로 보아서도 역시 함께 만날 운명은 아니었을 것이다.

 강수는 대학을 다니던 어느 날, 아버지가 자기보다도 어릴 때에 1년이 넘도록 만주로 상해로 장기간 해외여행을 다녔다는 말을 들었다. 아버지 정환에게서 들었는지 어머니 숙화에게서 들었는지 기억은 못하지만 그 이야기를 들었을 때 강수의 느낌은 기억이 났다.

 '아니 나는 이 나이에 바다 건너라고는 제주도도 한번 가보지 못했는데 아버지는 그 옛날에 그렇게 장기간 해외여행까지 하였다니... 나는 무언가...?(우리 부모는 무언가?)'

 강수는 아버지 정환의 여행 이야기를 들으면서 그가 현실에 굳건하게 발을 디디지 못하였다고 생각했다.

 강수는 '아버지 돌아가시고 홀로된 어머니를 두고 그 무엇을 배우겠다며 장기간 해외여행을 떠난 아버지 정환'을 쉽게 이해하기 어려웠다.

 당시에 열아홉이면 다 큰 어른이었다. 고보까지 졸업하였으니 그 당시 식민지 조선의 다른 젊은이들에 비해서 부모로부터 큰 혜택을 받은 것이었다. 나라를 빼앗은 일제에 분노하여 항거하는 길을 가지 않는다면, 마땅히 이 땅에서 청상이 된 어머니를 모시고 살아갈 방도를 찾아서 2대 독자 된 자식의 도리를 다해야했다. 선비 집안의 자제라 그럴 수 없었는지는 모르지만, 기술을 배우거나, 장사를 하거나, 어디 취업이라도 하여 앞날이 구만리 같은 젊은 어머니를 모시고 살 궁리를 하여야 했다.
 어머니 유삼선에게 남아 있는 얼마 안 되는 돈을 자신의 해외여행 경비로 써버려서는 안됐다고 생각했다.

 나름대로 똑똑하고 교육받은 청년인 정환이 한번 사는 일생을 한 번도 활활 피지 못하고 그렇게 젖은 짚단 타듯이 살며 보내게 만든 그 원인이, 그로 인한 집안의 가난으로 아내 숙화와 아이들 모두를 힘들게 만든 바로 그 원인이, 그 때에 정환의 중국여행에서 배태되었다.
 정환은 1년여 기간의 중국여행에서 사회주의 사상에 접하게 되어 사회주의자가 되었다. 당시의 식민지 조선은 일제의 엄격한 사회주의 사상 단속으로 사회주의자들이 발을 붙이지 못하였고 소수만이 지하에서 활동하여 찾아보기도 어려웠다. 그러나 중국은 그렇지 않았다. 국민당과 공산당 두 세력이 싸우고 있었고 중국내 조선 독립운동가들도 사회주의자들이 부지기수였다. 실업자와 난민들이 넘쳐나는 중국에서 사회주의는 땅 없는 농민과 돈 없는 노동자들에게 장미 빛 미래를 약속했다.
 정환은 프롤레타리아 노동자 농민 출신도 아니고, 그래도 없지는 않은 집안에서 교육까지 받은 젊은이였지만 처음 접하는 사회주의 사상에 빠져 들어갔다.

 정환은 경성을 떠나 기차를 타고 내리기를 반복하면서 열흘에 걸쳐서 북간도 용정(龍井)으로 갔다. 조선말기 1860년대 흉작으로 살기 어려워진 이재민들이 비옥한 땅을 찾아 만주로 집단이주하기 시작한 이후 조선이 망하고 1910년대에는 일제의 토지조사사업으로 땅을 잃어버린 농민들이 간도로 이주하였다. 1931년 일제가 만주사변을 일으키고 괴뢰국인 만주국을 건설한 이후에 일제는 1년에 1만호 이주목표로 조선사람들을 이주시켜, 1940년에 만주에 조선인 인구가 140만명에 이르렀다. 조선사람들은 연길(延吉), 훈춘(琿春), 용정(龍井) 등 북간도 지역에서부터 점차 통화(通化)등 기타지역으로 확산하여 중국 동북부 지역에 거대한 한인 사회가 형성되었다.
 조선에서 살기 어려운 사람들이 건너왔기에 나라를 망하게 한 지배계급에 대한 반감과 일제에 대한 저항의식이 자연스러운 지역이었다. 식민지 조선의 암울한 현실을 민족모순과 계급모순으로 설명하는 사회주의자들의 이론은 설득력이 있었다.

용정(龍井)에서 만난 정환의 고보 선배 김모(金某)도 그러한 사람이었다. 만주는 일제의 식민지배가 조선 같이 촘촘하지 않은 또 다른 조선이었다. 정환은 6개월 가까이 그에게서 사회주의 학습을 하고 때로는 무슨 큰 독립운동하는 것처럼 그의 작은 심부름도 하면서 보냈다. 용정(龍井)을 떠나서 북간도와 서간도의 여러 지역을 주유하고, 중국대륙의 아래로 내려가 화려한 항구도시 상해를 둘러본 후에 정환이 경성으로 돌아온 것이 1941년 6월이었다.

가느다란 끈으로 이어져

"정환동무 반갑소. 조선의 운동가들이 일제의 사상범 예비검속으로 씨가 마르고 있는데, 동무 같은 젊은 사회주의자를 만나게 돼서 참으로 반갑소."

"선생님 일찍이 뵙고 싶었지만 찾아뵙기 어려워 이제야 뵙습니다."

"선생님보다는 같은 뜻을 가진 사람들이니 동지라고 부르면 좋겠소. 그리고 내가 보기에 일제는 힘겨운 전쟁을 치르고 있어 그 힘이 오래지 않아 쇄할 것이오. 해방의 그날을 위해서 조선의 사회주의자들이 더욱 단결하고 가열차게 투쟁하여야 할 때입니다. 봉건조선의 썩어 빠진 지배계급이 나라를 일제의 식민지로 만들어서 무고한 민중들의 고통이 그 얼마나 컸소? 앞으로 해방된 조선은 인민이 주인이 되는 나라, 누구도 억압받지 않는 나라, 누구나 똑같이 잘사는 나라가 되어야 합니다. 우리 사회주의자들이 그러한 나라를 만들겠다는 역사적 소명 앞에 신명을 바친다면 아무리 어려운 상황이라도 능히 극복하고 이루어낼 수 있다고 생각합니다."

"예, 동지님께서 그렇게 말씀해주시니 미력이나마 제 할 일이 있다면 혼신의 노력을 다 하겠습니다."

정환은 동지라고 부르지 못하고 어색하게 '동지님'이라고 불렀다.

정환이 '동지님'이라고 부른 사람은 김용한이었다. 김용한은 정환의 고보 15년 선배이고 1925년에 동경제국대학 상경학부에 입학한 수재였다. 김용한은 대학에서 사회주의 경제학을 전공하면서 사회주의자가 되었다. 사회주의 혁명을 통해 조선을 해방하고 나라다운 나라를 만들어야 한다고 생각했다. 그러나 그는 항상 전면에 나서지 않고 뒤에서 움직이는 거물이었다. 대학을 졸업하고 귀국하여 개풍상회라는 신발, 비단 등을 전국적으로 유통하는 사업체와 정미소 등을 운영하였다. 사업을 하면서 은밀하고 자연스럽게 사회주의 사상을 전파하였으며 박헌영, 이강국, 이승엽 등 골수 사회주의자들에게 자금을 제공하는 역할을 하고 있었다. 정환이 중국에서 사회주의자가 되어 경성으로 돌아온 지 1년이 훨씬 지난 1942년 말에, 여러 단계의 고보 인맥을 통해서 김용한을 만나게 되었다.

 정환은 김용한의 인품과 지성에 크게 마음이 끌렸다. 그의 조직원이 된 것이다. 박헌영이나 이강국과 같은 공산주의자들이 내는 지하기관지 '꼼뮤씨스트' 제작에 김용한이 보내는 자금을 전달하기도 했고 조선공산당 재건 지하조직인 '경성콤그룹'에 보내는 비밀 서한을 전달하기도 했다.
 김용한은 조선 사회주의자 대선배이며 동경 유학생 선배이기도 한 김면식에게도 가끔씩 안부 서한과 함께 돈봉투를 전달했는데 당시 김면식은 두 차례의 옥고와 일제고문의 후유증으로 고향인 제주에 기거하고 있었다. 1943년 봄에 김용한이 정환에게 편지가 든 봉투와 돈이 든 봉투를 하나씩 건네며 제주도에 다녀오라고 했다. 김면식이 어떠한 사람인지를 간단히 설명하고 그에게 정중히 자신의 안부와 함께 전달해 드리라는 말이었다.

 김면식이 누구인가? 바로 정환의 아내이며 강수의 어머니인 숙화의 존경하는 작은아버지가 아닌가! 정환과 숙화, 같은 것이라고는 태어난 해가 1922년 임술생인 것을 빼면 어느 것 하나 이어질 인연의 끈이 없었는데, 어느 날 이처럼 우연히 둘 사이를 연결하게 되는 가느다란 줄이 생기게 되다니... 이 우연한 줄이 자라서 둘 사이를 엮는 동아줄이 되어 아이를 다섯이나 낳고 평생을 부부로 살게 되었으니 가히 '운명적이었다.'라고 하지 않는다면 설명하기 어려운 둘의 인연이었다.

 그러나 그 때에 그 일은 여느 때와 다를 것 없는 김용한의 심부름 중 하나였다. 정환은 남의 눈에 띄지 않게 조심하며 서울역에서 호남선 열차를 타고 목포로 가서 1박한 다음 배를 타고 제주로 들어가 조천면으로 갔다.

 김면식을 만났다. 50대 중반의 김면식은 지팡이를 짚고 얼굴에는 병색이 있어 보였다. 그러나 눈꼬리가 치켜 올라가 강인해 보이는 눈에 형형한 눈빛과 조금은 두툼하고 윤곽이 뚜렷한 입술을 꽉 다물고 서있는 모습이 그의 대단한 투쟁경력에 손색이 없는 지사적인 풍모를 보여주고 있었다.

"김용한 동지께서 선생님께 안부를 전하셔서 왔습니다. 안녕하신지요?..."
"자네는 누구인가?"
"저는 정환이라고 합니다. 성은 서가입니다."

"용한은 어떻게 아는가?"

"저의 고보 선배이시며 연전부터 모시고 일을 하고 있습니다."

김면식은 신뢰감 있게 잘생긴 얼굴에 정중하게 말하는 젊은이가 처음 보지만 좋은 느낌이 들었다.

"젊은 동무가 먼 길 오느라고 수고가 많았소. 우선 들어갑시다."

"예, 감사합니다."

정환은 방으로 들어가서 김면식 앞에 좌정을 하고 김용한이 보낸 서찰과 봉투를 내 놓았다. 김면식은 한참 동안 자세히 편지를 읽었다. 편지는 안부를 묻는 내용에 이어서 사회주의자로서의 삶에 대한 존경과 감사, 그리고 최근의 정세와 앞으로의 운동 방향을 간략히 말한 후에 동무들의 조그만 성의를 보낸다고 적혀있었다.

"젊은 운동가들이 일하기도 힘들고 바쁜 터에 무엇 하러 이 뒷방 노인네까지 신경을 쓰고 그러시나…"

"선생님의 말씀은 많이 들었습니다. 계시는 것만으로도 큰 힘이 되시니 늘 건강에 유념해 주십시오."

"고맙네… 오늘은 이집에서 주무시고 올라가시게."

"알겠습니다. 감사합니다."

1940년대에 조선에서 사회주의 사상에 빠지는 것은 사실상 공산주의자가 되는 길이었다. 식민지 조선의 해방은 러시아혁명을 교과서로 삼아서 마르크스 레닌주의에 입각하여 혁명으로 식민통치를 분쇄하고 프롤레타리아 정권을 수립한다는 것이었다.

태평양전쟁을 일으켜서 국가 총동원령을 내린 일제는 사회주의자들에 대한 가혹한 탄압을 하였으며, 그에 더하여 공산주의 이론 자체가 가지고 있는 편협한 폭력성 때문에 1940년대 들면서 수많은 조선인 사회주의자들이 전향하였다. 1940년 일제 경찰이 요시찰 인물로 등재한 조선인 사회주의 사상범 예비검속자가 7,600여명에 달했는데 그중 40%인 3,100명이 전향하였다. 골수 공산주의자들만 전향하지 않고 투쟁을 계속하여 감옥에 있거나 지하에서 활동하던 시절이었다.

다른 사람들은 전향하는 그 시기에 정환은 정반대의 길을 갔다. 강수는 아버지 정환이 20살 초반 그 젊은 나이에 어설프게 사회주의 성향을 가지고 그 쪽에 설 것이 아니라 민족주의 편에 서던가 아니면 돈을 버는 사업의 길로 나갔어야 했다고 생각했다. 삼성의 이병철 회장도 1941년에 주식회사 '삼성상회'를 열었고, 현대의 정주영 회장도 1941년에 '아도서비스'라는 자동차 정비공장을 차리지 않았는가? 그들이 정환보다 12살, 7살 많은 것을 감안하더라도 그 때에 그 나이에 식민지 조선이었지만 아버지 정환이 할 수 있는 일은 더 나은 다른 여러 가지가 있을 수 있었다고 생각했다.

 강수는 세상 물정을 모르는 순수한 서울 젊은이였던 아버지 정환이 공산주의자들에게 포섭되어 결과적으로 그들을 도운 세포로 활동한 것이라는 생각이 들었다. 김용한이 누구인가? 동경제대 상과 출신의 수재이며 사업가로 위장하여 주로 지하에서 활동한 골수 공산주의자 아닌가? 그는 해방 후에 공산주의자로 커밍아웃을 하고 1949년에 10여명의 남로당원을 대동하여 월북하였다. 북한에서도 김일성과 즉시 면담 가능한 사회주의 이론가로 이름을 떨친 사람이다. 그의 지하 활동을 위해서 일경이 전혀 눈치 챌 수 없는 참신한 새 얼굴이 필요했을 것이다. 약간의 사회주의 사상으로 무장되어있고 세상 물정 모르게 젊으며 고보 후배이기도 한 정환이 적임이었을 것이다. 김용한이 주로 접선한 박헌영, 이승엽, 이강국 모두 유명한 골수 공산주의자들 아닌가? 정환이 그들에게 포섭되어 한 일도 그들과 깊이 있게 혁명이나 전략을 논한 것이 아니라 편지 전달과 물품 전달 같은 단순한 일이었으니 강수는 아버지 정환이야 말로 공산주의자들에게 포섭되어 자기도 모르게 하나의 도구로 사용된 젊은이였다고 생각하지 않을 수 없었다.

 정환은 공산주의자가 될 조건을 가지고 있지 못했다. 조선에서 공산주의자가 되는 조건은 대략 두 가지였다. 하나는 동경제대, 와세다대, 경성제대 등 대학에 들어가서 마르크스 레닌주의를 접하고 자본주의의 구조적 모순과 역사발전의 법칙을 확고한 이론으로 받아들여서 공산주의자가 되는 길이다. 와세다대를 나온 김면식이나 동경제대 출신 김용한, 경성제대를 다니다가 독일로 유학가서 베를린대학을 졸업한 이강국 같은 수재형 공산주의자들이다.
 다른 하나는 나름 똑똑하지만 낮은 신분이거나 매우 가난한 집안에서 태어나 계급 없는 사회를 꿈꾸며 공산주의자가 된 사람들이다. 찢어지게 가난한 뱃사공의 아들로 태어난 이승엽이나 몰락한 양반가에 재취도 아니고 첩으로 들어간 어느 과부의 아들로 태어난 박헌영 같은 실천형 공산주의자들이다. 정환은 이 두 가지 유형 어디에도 속할 수 없는 사람이었다. 독하거나 모질지 못한 그의 성정으로 보아서도 공산주의자가 될 수 없는 사람이었다.
 러시아혁명 이후 공산주의가 인류의 대안으로 떠오르던 1925

년에 이승만은 '공산주의는 사상으로는 매우 고상하나 인류의 보통 관념으로는 가장 어리석은 물건'이라고 했다. 김구도 공산주의자들이란 조선시대 사대주의자와 하나도 다를 것 없다고 하면서 '장자와 주자가 방귀를 뀌어도 향기롭다고 하던 자들을 비웃던 그 입과 혀로 레닌의 방귀는 단물이라도 핥듯 하니, 청년들이여 좀 정신을 차릴지어다.'라고 백범일지에서 말했다. 그 당시에도 공산주의의 허황됨을 알고 자유주의 민족주의자로 갈 길이 얼마든지 열려있었으며 가치중립적인 사업가의 길도 열려있었다.

정환은 살아남았다. 그러나 그가 잠시 교류했던 공산주의자들은 모두 죽었다. 김용한은 월북하여 6.25전쟁 시에 경기도 인민위원회 위원장으로 내려왔으나 전쟁 후 김일성이 남로당을 쳐내기 위해 조작한 '미제 간첩 및 쿠데타 미수 사건'으로 1953년에 처형되었다. 이강국은 월북하여 북조선인민위원회 사무국장 등을 지내었으나 '미제의 간첩'으로 체포되어 1955년에 처형되었다. 박헌영은 월북하여 부수상, 외무상을 지냈으나 역시 '미제의 간첩'으로 처형되었으며 이승엽도 월북하여 사법상, 국가검열상 등을 지냈으나 그 또한 '미제의 간첩'으로 처형되었다. 강수는 아버지 정환이 그의 조건이나 성품에 맞지 않게 일제

말에 조선의 공산주의자들과 잠시 일한 것은 어머니 숙화를 만나게 하려는 전생에서부터 이어진 인연의 조화 아니면 설명하기 어렵다고 생각했다. 그 질긴 인연의 대가가 집안의 모진 가난이 아니었나 생각했다. 정환은 공산주의를 신봉하는 치열한 공산주의자가 아니었기에 다른 공산주의자들처럼 북으로 넘어가지 않았다.

 넘어갔다면 그 또한 불을 보듯이 뻔하게 김용한 등과 함께 처형되어 강수가 태어나기도 전에 사라졌을 것이다.

 20대 초반의 젊은이 정환이 공산주의자들의 세포조직이 된 것은 평생을 부부로 같이 살 그의 여자 숙화를 만나기 위해 정해졌던 예정조화였다. 따라온 가난은 비용에 불과했다.

잠시 경성을 떠나시오

"정환동무, 잠시 경성을 떠나 있는 것이 좋겠소."
 정환이 김용한을 만나 그의 세포조직원으로 활동한지 2년이 조금 지난 1944년 봄 어느 날 여느 때처럼 김용한을 찾은 정환에게 느닷없이 김용한이 경성을 떠나라고 말했다. 김용한은 일경의 단속이 다가옴을 느끼고 있었다. 가끔씩 정환을 감시하도록 붙인 다른 세포조직원의 보고에 의하면 정환이 일경의 감시 대상이 된 것 같으며 최근 들어서 정환에게 일경의 미행으로 생각되는 일들이 자주 보인다고 했다. 정환이 일경에 체포된다면 그간의 행적이 전부 노출될 것이며 김용한의 지하활동은 심각한 타격을 받을 것이 분명하였다. 김용한이 보기에 정환은 일경의 고문을 견디고 함구 할 경험이나 사상적 강고함이 있는 사람도 아니었다. 시급히 도피시키는 것이 유일한 해결책이었다. 세상 물정을 모르는 한 젊은이를 세포조직으로 삼아서 지하운동의 도구로 사용한지 2년이 넘었으니 사용기한도 다 되었다고 생각했다.

"일제의 운동가들에 대한 탄압이 날로 강고해지며 교활해져가고 있소. 그 동안의 헌신적인 정환동무의 활동이 어디에선가 노출이 된 것 같소. 정환동무에 대해서 일경이 주시하며 미행 관찰을 하고 있다하니 우선 잠시 멀리 떠나 있는 것이 좋겠소."

정환도 새해 들어서 가끔씩 집 앞에 모르는 사람이 서성거리거나 자신을 따라 붙는 것 같은 느낌을 받고 있었다. 김용한에게 보고를 하여야하나 망설이고 있던 때였다. 막상 김용한으로부터 자신이 일경의 요시찰 대상이 되었다는 말을 들으니 덜컥 겁이 났다.

"그러면 어떠하면 좋겠습니까?"

"우선 잠시 조선을 떠나 일본으로 들어가 있으시오."

김용한은 정환을 조선을 떠나 일본으로 보내서 혹시라도 조선에서 체포될 수 있는 위험의 싹까지 없애려하였다.

"언제 떠나는 것이 좋겠습니까?"

"빠르면 빠를수록 좋으니 내일이라도 바로 떠나는 것이 좋겠소."

정환이 경성에 있을수록 자신에 대한 위험이 커지는 것은 불문가지였으니 당장이라도 선을 끊고 떠나라는 것이다.

"알겠습니다. 모친께도 말씀드리고 오래 집을 나갈 채비도 꾸려야하니 말씀대로 시급히 정리하고 가급적 빠르게 나가도록 하겠습니다."

"일제는 지금 미국에게 전쟁에서 지고 있고, 독일파쇼도 쏘련에게 지고 있으니 세계적인 전쟁도 이제 끝나가는 것 같소. 일제의 패망도 멀지 않았으니 조만간 조선은 해방이 될 것이오. 그 때에 다시 만나 인민이 주인이 되는 나라를 같이 만들어 봅시다."

김용한은 정환에게 일본으로 건너가서 일본이 패망하고 조선이 해방될 때까지 들어오지 말라고 말하고 있었다.

"예, 알겠습니다."

"그리고 일본으로 가는 길에 이 서한과 봉투를 제주에 계신 김면식 동지께 전해주시오. 가급적 빨리 전해 주시는 것이 좋겠소."

김용한은 용의주도하였다. 정환이 반드시 일본으로 나가도록 우선 제주로 가야하는 임무를 마지막으로 부여하였다.
"예, 그렇게 하겠습니다."
"그리고 이것은 정환동무에게 보내는 우리 동무들의 지지와 성원이오. 일본가는 길에 요긴하게 쓰이기 바라오."
 김용한은 마지막으로 정환에게 두툼한 봉투하나를 내밀었다. 가끔씩 심부름을 할 때 정환은 김용한이 주는 봉투를 받아서 쓰기도 했다. 그 때에 받던 봉투의 두 배는 더 되는 두꺼운 봉투였다.
"예... 감사합니다."

 집으로 돌아오는 길에 정환은 정신이 하나도 없었다. 자신이 한 일이라고는 시키는 대로 서신이나 물품 등을 전달한 것뿐인데, 그것이 무슨 큰 죄가 되어 일경의 요시찰 대상인물이 되었다니 겁이 났다. 언제 갑자기 사복 경찰이 나타나 체포를 당해서 무서운 고문을 받을 지도 모르는 일이었다. 지금까지 살면서 경찰서는 물론 주재소에도 한번 가 본적 없고 특무경찰은 물론 일반 순사와도 말 한번 섞은 적이 없는 정환이었다. 종로구 낙원동의 집으로 오는 내내 불안하였다. 주위에 자신을 따라 붙는 사람은 없는지 자꾸만 두리번거리며 좌우를 살피고 종종 걸음으로 걸어서 대문을 들어섰다.

유삼선은 걱정이 되었다. 집을 나가면 항상 늦은 시간에 들어오고 가끔은 하루, 이틀 또는 며칠씩 들어오지 않던 아들 정환이 오늘은 집을 나간 지 반나절 만인 이른 오후에 집으로 들어오는데 안색이 별로 좋은 것 같지 않았다. 그러지 않아도 정환이 뚜렷이 하는 일을 밝히지 않고 그냥 '선배의 일을 도와주고 있다'라고 하면서 가끔씩 정체불명의 '돈봉투'를 가져오는 것도 마음에 걸리던 어머니 삼선이었다.

"무슨 일이 있느냐?"

"아니요... 머... 별일은 없습니다."

"이른 시간에 불쑥 집으로 들어오는데 안색마저 안 좋아 보이니 걱정이 되는 구나. 어미에게 하지 못할 말이 있는 거니?"

정환은 잠시 어머니 삼선을 쳐다보며 말이 없었다. 올해가 지나면 50고개에 들어가는 어머니였다. 탁지부 관리의 무녀독남 독자인 아버지에게 시집와서 평생을 이집을 지키고 사셨다. 시부모는 물론 남편까지 5년 전에 먼저 보내고 역시 무녀독남 독자인 자신하나 낳아서 의지하며 사시는 외로운 분이었다.

'이제 나마저 멀리 일본으로 기약 없이 나가 있어야 하니 어머니의 상심과 외로움이 얼마나 크실 것인가?'

정환은 독생자가 되어서 홀로되신 어머니 하나 챙기지 못하고 마음을 불편하게 하는 자신의 불효를 자책하였다. 그러나 엎질러진 물이었다. 기약도 없이 일본으로 나가 있어야 할 경우가 되었으니 어머니 삼선에게 자초지종을 설명하지 않을 수도 없었다.

"어머니 잠시 드려야 할 말씀이 있습니다."
"그래, 네게 무슨 일이 있기는 있는 것이구나."

정환은 방으로 들어가서 어머니 삼선에게 자신이 중국을 다녀오면서 사회주의자가 되었고, 2년 전부터 조선의 사회주의자 지하운동 그룹의 일원으로 활동하였으며, 임무 수행 중 노출되어 일경의 요시찰 인물이 되었기 때문에 자신과 조직의 보호를 위하여 잠시 일본으로 도피성 여행을 가야한다는 말을 하였다. 조선이 해방 될 때까지 돌아오지 못한다는 말은 차마 하지 못했다.

삼선은 기가 막혔다. 아들 정환이 뚜렷한 직업 없이 무엇을 한다고 하는 것이 걱정되었고 과연 무슨 일을 하는 것인가 의심이 들기도 하였지만 이 강한 일제에 항적하는 사회주의자 지하운동조직의 일원으로 활동하는 줄은 꿈에도 생각하지 못하였다. 그리고 이제, 아들이 언제 일제의 경찰에 체포되어 모질고 험한 꼴을 당할 위험에 처하게 되었다니 믿기지가 않았다. 5년 전, 늙었다고는 할 수 없는 나이인 44살에 남편을 먼저 보내고, 이제 조금은 그 허무함과 슬픔에서 벗어나려하는데, 느닷없이 하나 밖에 없는 아들이 도피를 위해 오랫동안 집을 나가야 한다니 현실 같지 않게 느껴졌다.
'내가 전생에 무슨 죄를 지은 업보가 있기에 이처럼 남편도 일찍 보내고 하나 밖에 없는 아들과도 편하게 같이 살 수 없다는 말인가...?'
삼선은 정신을 가다듬었다. 일경에 잡히지만 않는다면 아들을 일본이 아니라 더 멀리 어디라도 보내야 했다. 그리고 오래 집을 나간다면 어미로서 준비해주어야 할 일들도 많았다.
"그래, 그러면 언제 집을 나서야 하느냐?"
"준비 되는대로 바로 나가야 할 것 같습니다."
"오랫동안 일본에 있으려면 비용도 많이 들 것이다. 어미가 어느 정도 마련해 줄 터이니 가서 너무 고생하지 말고 지내다 오거라."
"제게도 약간의 돈이 있으니 너무 걱정 마십시오. 저는 혼자 계시는 어머니가 더 걱정이 됩니다."
"어미야 이제 나이도 반백년이 넘어가니 험한 꼴을 볼 일도 없고 편한 마음으로 순리에 맞추어 살 것이다. 너의 안위를 늘 염려하겠지만 나는 잘 있을 것이니 크게 걱정하지 말거라."

정환은 그로부터 3일 후에 집을 떠났다. 어머니 삼선이 부득이 3일후에 나가라고 한 말을 따랐다. 정환은 홀로 계시게 될 어머니가 자신을 보내기 아쉬워서 그러는 것으로 생각했다. 정환은 3일 내내 집밖에 한발자국도 나가지 않았다. 어머니 삼선이나 정환 자신도 집밖으로 나가는 것에 막연한 두려움이 있었다. 정환은 어머니 삼선이 해주는 따듯한 밥을 삼시세끼 챙겨먹었다. 정환이 집을 나서기 전날 저녁에 어머니 삼선은 정환에게 큰돈을 내밀었다. 일본에서도 족히 1년은 살 수 있는 큰돈이었다.

"어머니, 이렇게 큰돈이 어디서 나셨어요?"
"지난 3일 동안 이 집을 담보로 해서 일단 급전을 구했다. 부모님과 남편과 함께 살던 이집이, 너를 낳아서 지금까지 기른 이집에 왜 애착이 가지 않겠느냐마는, 나이든 아낙이 혼자 살기에는 큰 집이다. 마침 네게도 급히 돈이 필요한 때이니 일단 담보로 쓰고 조만간 처분하여 빚을 갚고 이사하고자 한다."
　삼선은 아들 정환에게 돈을 마련해주기 위하여 3일 있다가 떠나라고 한 것이다. 물론 조금이라도 아들과 더 있고 싶었겠지만 있을수록 체포의 위험이 커지는 것이니 빨리 보내야했다. 3일 간은 급전을 구하는 최소의 시간이었다.

정환은 그 무엇을 배우겠다고 간도로 상해로 어머니의 모아 두었던 돈을 탈탈 털어서 다녀온 지 3년도 안되어 어머니의 유일한 재산인 집을 잡혀서 일본으로 여행을 하게 되었다. 정환의 마음도 좋지는 않았다. 정환도 알 수는 없었지만 이 모든 것이 부부로 살게 되는 평생의 여자 숙화를 만나기 위하여 정해진 카르마 같은 일이니 어찌하겠는가.

다만 독생자 아들을 언제 또 볼지 기약도 없이 떠나보내는 삼선의 눈에 고여진 눈물이 주름진 뺨을 타고 흘러내렸다.

유삼선은 아들이 나가고 8개월 후에 집을 팔았다. 그 다음으로 정환은 물론 강수 대에서도 두 번 다시 선조들이 살던 종로로 돌아와 살지 못했다.

사대문 밖에서 살았다.

예정조화의 길을 따라

"선생님, 저 서정환입니다."
"아, 정환동무 오래간만이오. 어서 오시오."
 정환이 제주 조천면으로 김면식을 다시 찾아온 것은 지난해 4월 다녀간 이후 정확히 1년만이었다. 눈물로 배웅하는 어머니 유삼선을 뒤로하고 짐을 꾸려서 낙원동 집을 나온 지 3일 만이다. 이번에는 제주도에 들어와서 여기저기 둘러보며 하루를 더 묵은 후에 조천면으로 갔다. 김면식은 정환을 잊지 않고 반갑게 맞아주었다. 정환이 보기에 김면식은 1년 전보다 병환이 더욱 깊어진 것 같았다. 서서 나오지도 못하고 방에서 가까스로 일어나 앉아서 정환을 맞았다.

"김용한 동지께서 보내시는 서찰을 가지고 왔습니다."

"고맙구먼, 다른 동무들도 다들 무고하시고...? 사업도 무탈하게 잘 되고?"

"예, 그런 편입니다... "

"정환동무는 근황이 어떠시오?"

"이번에 제가 잠시 피해있어야 할 일이 조금 생겼습니다."

"그래요?"

"제가 일경에 노출 된 것 같으니 일본으로 잠시 나가 있으라는 김용한 동지의 말씀입니다."

"그래요? 결혼은 하셨소?"

"아직 노모를 모시고 혼자 있습니다."

"일제가 집요하고 악랄하니 운동가들이 철저히 조심하고 은인자중하며 역량을 키우는 것도 중요한 혁명전술의 하나이오. 이번 위기를 기회로 삼아 잘 활용하면 정환동무에게 좋은 일로 돌아올 것이오."

"예, 감사합니다."

정환은 봉투와 함께 김용한의 서찰을 김면식에게 건네주었다. 김면식은 봉투를 요 밑으로 넣은 후 편지를 오랫동안 자세히 읽었다. 편지에는 김용한의 간단한 안부인사와 말미에 동무들의 정성을 조금 보낸다는 말 이외에는 전부 정환에 관한 내용이었다. 정환이 사상적으로 투철하거나 타고난 공산주의자는 아니나 사회주의적 정의감은 살아 있는 나름 성실한 청년이라는 것과, 그동안 2년여 실수 없이 주어진 임무들을 수행하였는데 최근 들어 일경에 꼬리가 밟혀서 조직이 위태로울 우려가 있어 이제 그만 조직과의 선을 끊고 내보내려 한다는 것, 그리고 조선을 떠나 일본으로 나가서 피해 있는 것이 정환이나 조직에게 최선의 방책이어서 김면식 동지에게 보냈으니 일본으로 건너가서 조선해방 시까지 돌아오지 말도록 지도해 주시라는 것 등이 쓰여 있었다.

"정환동무 그동안 수고가 많았소."

김면식이 정환을 지긋이 쳐다보며 말했다. 얼굴을 자세히 들여다보았다. 눈이 깊고 코가 우뚝하며 입술의 윤곽이 뚜렷하여 잘생긴 얼굴이었다. 얼굴이 전체적으로 선하게 생겼으며 방으로 들어올 때 보니 키도 자기보다 훨씬 큰 것 같았다. 정환의 키는 당시 조선사람들의 평균 키를 훌쩍 넘는 173cm였다. 젊었을 때 일경에게 쫓기던 자신의 모습이 생각났고 일제의 가혹한 고문과 감옥이 생각났다. 이 잘생긴 선한 젊은이에게 그런 일이 생겨서는 안 된다고 느껴졌다. 조선의 해방도 멀지 않앉으니 그때까지 일본으로 가있는 것도 상책이라고 생각했다.
 "전쟁에서 지고 있는 일제의 가혹함이 날로 더하니 운동가들이 갈수록 힘들어지는 상황이오. 그러나 일제의 패망과 조선의 독립도 멀지 않았으니 이제 곧 좋은 날이 올 것이외다. 정환동무가 잠시 일본으로 피해있어야 한다는 용한동지의 정세판단은 옳은 것 같소. 일본 오사카로 들어가는 배편을 잡아 줄 터이니 일단 오사카를 거쳐서 동경으로 가시오. 동경으로 가면 우리 질녀(姪女)가 그곳에서 대학을 다니고 있으니 만나서 안내를 받으시오."

 김면식은 같은 집에 기거하는 육촌 조카 김모(金某)를 불렀다. 내일 오사카로 떠나는 군대환(君代丸, 기미가요마루) 배표를 하나 사오라고 시켰다. 그리고 앉은뱅이책상을 앞으로 당겨서 동경의 일본여자대학(日本女子大学, 니혼죠시다이가쿠)에 다니는 질녀 김숙화에게 보내는 편지를 쓰기 시작했다. 정환에 대한 간단한 소개와 함께 조선해방 때까지 일본에 기거해야할 사정이 있으니 편의를 보아 안내해 주라는 내용이었다. 편지를 다 쓴 후에 단단히 밀봉하였다.
 "내일 오사카로 가는 배편에 자리는 있을 것이오. 육촌 아이가 사러 갔으니 구해올 것이외다. 동경으로 가서는 일본여자대학에 다니는 김숙화를 찾아서, 김면식이 보냈다고 하면서 이 편지를 보여주시오. 도움이 될 것이오."

"감사합니다."

정환이 편지를 두 손으로 받으며 말했다.

1년 전 정환이 김면식을 만나서 생긴 김숙화와 이어지게 되는 가느다란 줄이 단단한 동아줄로 변하여 정환과 숙화를 묶게 만드는 순간이었다. 숙화가 전생에서부터 정환과 부부의 연으로 운명 지어졌다고 하지 않는다면, 정환이 공산주의자들의 세포조직원 까지 되어서 김면식을 만나게 되고 일경에 쫓기게 되면서 만들어진 이 인연을 어떻게 설명하겠는가.

정환이 숙화를 만나고 난 다음부터는, 일본에서는 물론, 해방 후 공산주의자들이 대단한 독립운동가로 대접받고 설치던 시절에도 공산주의자들과의 만남이나 공산주의자 행적을 전혀 보이지 않았다는 점에서, 정환의 일제 말 공산주의자 행보는 단지 숙화와의 인연을 이루기 위하여 오래전부터 준비된 예정 조화의 길이었다고 생각함이 옳을 것이다...

김면식이 정환을 훌륭한 젊은이로 정말로 좋게 보아서 질녀 김숙화와 중신하기 위하여 소개의 편지를 써 준 것인지, 아니면 김용한의 요청대로 정환을 일본에 오래 붙들어 두려면 일본에 기거하는 여자를 묶어주는 것이 상책이라고 생각해서 그랬는지는 분명하지 않다. 그러나 어쨌든 정환과 숙환을 부부로 묶고자하는 어느 섭리가 작용한 것은 틀림없었다.
 하늘은 왜 이 둘을 부부로 묶는 인연을 만들어 그것이 기필코 이루어지도록 하려는지, 그리고 기어코 부부로 만든 그들에게 왜 한평생 그러한 가난을 주었는지 알 수 없는 노릇이었다.

 이 인연에 따라온 가난은 비용이었다. 그 비용은 6.25동란에서부터 발생하였다. 또 다시 공산주의자들이었다. 나중에 자세히 이야기 하겠지만 6.25전까지 새댁 숙화에게서 아들 낳고 노모 모시며 나름 잘 살던 정환이, 피난을 가지 못하고 서울에 남았을 때 부득이 경기도 인민위원장으로 내려온 김용한을 만나 도움을 받았고 그것이 족쇄가 되어 반공국가 대한민국에서 아무것도 하지 못하게 되었다. 결국은 가난의 굴레를 뒤집어 써야했다.
 정환에게 숙화를 맺어 준 것은 공산주의였고 그에게서 비용을 청구해 간 것도 공산주의였다. 그 모든 것이 숙화라는 운명을 받아들인 정환이 치러야 할 비용인 것을 어찌하겠는가. 숙화 또한 자신이 감당하는 가난과 모든 어려움이 정환을 만난 자기가 치러야 할 비용임을 이해한 듯하다. 그렇지 않다면 이 가정이 산산이 흩어지지 않도록 남편과 아이들을 그렇게 붙잡고 살아오지 못했을 것이다.

군대환(기미가요마루)은 거대했다.
 정환은 다음날 아침 김면식에게 인사를 올리고 그의 육촌조카의 안내를 받아서 제주항으로 나가 '군대환'을 탔다. 그 때만해도 자기 평생의 여자를 만나러 가는 길이라고는 전혀 생각하지 못했다. 경성에 있는 혼자계신 어머니에 대한 죄스러운 생각과 언제 돌아올지도 모르는 자신의 미래에 대한 불안감, 그리고 생면부지 일본 땅으로 가서 어떤 삶을 살아가야 할지에 대한 걱정으로 탁 트인 바다도 시원하게 보이지 않았다.
 '군대환'의 뱃고동 소리만 요란하게 울리고 갈매기들이 떼를 지어 분주하게 배위를 맴돌았다.

제 2 부 도전

회사 다녀오겠습니다

"회사 다녀오겠습니다."

강수가 처음 출근하는 날 아침에 집을 나서며 어머니 숙화에게 말하였다.

강수의 아버지 정환이 '군대환'을 타고 일본으로 가던 바로 그 나이 즈음에 강수는 취업하여 '신영보증기금'의 신입사원이 되었다.

"첫 출근인데 늦지 않도록 어서가거라. 항상 조심하고..."

숙화가 처음 출근하는 아들에게 아침을 차려 먹이고 배웅을 하며 말하였다. 숙화는 언제나 아이들에게 '항상 조심하고.'라는 말을 달고 살았다. 그것은 가난하지만 험한 꼴은 보지 말고 가족이 모여서 살자는 숙화의 기원이었다.

 강수는 대학을 졸업하고 취업함으로써 항상 비용만을 발생시키던 소비의 주체에서 수익을 창출하는 생산의 주체로 변하였다. 기분이 좋았다. 무교동 양복점에 가서 맞춘 연두색 양복에 하얀 와이셔츠를 입고 분홍색 줄무늬가 들어있는 주황색 넥타이를 단정히 매었다. 얇은 검정색 서류가방을 하나 가볍게 들고서 처음 출근하는 길이다. 3월, 아직 겨울의 추위가 가시지 않았지만 강수는 봄이 오고 있는 것을 느낄 수 있었다. 첫 출근하는 강수의 마음도 편안하고 즐거웠다.

 회사의 출근버스도 있었지만 출근 첫날이라 노선도 모르고 해서 강수는 시내버스를 탔다. 버스는 만원이었지만 불편하지 않았고, 사람들의 무표정한 모습도 불친절해 보이지 않았다. 버스의 손잡이를 잡고 빠르게 지나가는 차창 밖의 풍경을 보며 서 있던 강수에게 2주전인 지난달 하순의 대학졸업식이 생각났다. 졸업식에는 아버지 정환과 어머니 숙화 그리고 형 항수, 일수, 그리고 누이들까지 모두 참석하였다. 집안에 처음 있는 대학졸업식이었다. 강수의 취업이 예정되어 있었기에 참석한 가족들도 모두 마음이 편안했다. 기분 좋은 졸업식이었다.
 "졸업 축하한다! 강수야."

형 항수가 강수와 악수를 하며 말했다.
"고맙습니다. 큰형님, 감사합니다."
강수가 형 항수의 손을 두 손으로 꽉 잡으며 말했다.
"그동안 애 많이 썼다."
어머니 숙화가 강수를 가볍게 안으며 말했다.
아버지 정환도 얼굴에 옅은 미소를 띠고 가족들과 사진을 찍었다.

강수가 다닌 학교는 S시가 운영하는 공립대학이었다. S시립대학교는 그 당시에 전교생이 천오백여명, 한 학년이 사백 명 조금 안되는 작은 대학이었다. 강수가 입학한 행정학과는 그중에서도 더욱 작아서 재학생이 30여명에 불과하였다. 학생들은 모두 예외 없이 가난했다. S시립대학교는 고등학교 등록금 수준의 학비를 내고 다닐 수 있는 유일한 대학이었다.

강수가 입학하던 1976년의 대학등록금은 한 학기에 국립 S대학교가 25만원, Y대나 K대 같은 사립대학교가 50만원 수준이었다. S시립대학교는 10여만원에 불과했다. 강수가 다니기에 딱 좋은 대학이었다.

1976년의 대한민국은 정부도 국민도 모두 가난하였다. 1973

년 박정희 대통령이 연두회견에서 중화학공업 육성선언을 한 이후 나라의 경제는 연평균 10%가 넘는 성장을 지속해왔지만 아직도 국민소득은 810불 수준이었다. 그 해의 전 세계 국민소득 평균인 1,700불의 반에도 미치지 못하는 가난한 나라였다. 그 당시 환율이 290원이었으니 국민소득을 원화로 환산하면 평균가구원수를 다섯 명으로 보았을 때 한집의 총소득이 연간 117만원에 불과하였다. 많은 집의 아이들이 등록금만 연간 100만원에 이르는 사립대학이나, 과외 등 입시비용을 적지 아니 투자하여야하는 S국립대학교에 가기가 쉬운 일이 아니었다. 사회의 장학지원 제도도 변변치 못하여 그래도 있는 집 아이들만 대학에 갈 수 있었다. 지금은 80% 수준에 이르지만 1976년에 대학진학률은 20%가 채 되지 않았다. 없는 집의 아이들은 공부를 아무리 잘하더라도 많은 경우 고등학교 이하의 졸업 학력으로 끝내야 했다. S시립대학교는 그러한 아이들이 다닐 수 있는 유일한 대학이었다.

버스가 급정거를 하면서 번쩍 정신이 들었다. 내려야 할 정거장을 지나칠 뻔 했다. 강수는 황급히 버스를 내렸다. 바쁜 걸음으로 빠르게 걸어서 첫 출근을 하였다.
신입사원 연수교육장은 대우빌딩 신영보증기금 본사에 있었다. 카펫타일이 깔린 널찍한 강의실에 깔끔한 책상이 50개 가지런히 놓여있었다. 대학의 강의실과는 비교할 수 없는 호사스러운 강의실이었다.
"강수씨 잘 지냈어요?"
남시우가 반갑게 손을 내밀었다.
"아, 남시우씨 잘 지내셨죠?"
강수도 기분 좋게 악수를 하였다.
"저도 인사하고 지내지요."
옆에 있던 다른 신입사원이 웃으며 말했다.
"강진만입니다."
강진만은 키가 컸다. 강수보다 10cm이상 큰 키에 약간 각진 얼굴이지만 이목구비가 뚜렷하여 잘생긴 얼굴이었다. 셋이서 마음이 통했는지 그 후로도 잘 어울려 다녔다. 셋 다 술을 잘했다.
 출근해서 강의 듣고 가끔 현장방문 나가고, 어려운 일을 한 것도 아닌데 급여가 나왔다. 35만원이었다. 대치동에 은마아파트 가격이 4,500만원 하던 시절이니 적은 돈은 아니었다. 강수로서는 처음으로 만져보는 거금이었다. 당시에는 월급날에 일일이 서무부서에서 현금을 세어서 월급봉투에 넣어주었다.
 강수는 월급봉투를 받아서 그대로 어머니 숙화에게 드렸다.

당연히 그래야 하는 것으로 생각했다. 강수로서는 집안에 기여해야하는 자신의 역할을 다하는 것이었고 형 항수에게 보답하는 길이었다. 그리고 무엇보다도 엄마 숙화를 도우는 길이라고 생각했다.

 강수는 은행원답게 단정히 머리 빗고 타이매고서 출근하였다. 더 이상 장발머리의 연극하는 대학생이나 남루한 복장의 고시 수험생이 아니었다. 이제는 괜찮은 직장을 가지고 돈을 벌어오는 어른이 되었다. 적당한 혼처를 만나 장가가고 아이 낳아 가정을 가져도 이상할 것 없었다.
 강수에게 1980년 3월에 시작된 신영보증기금 신입사원의 삶은 만족스러웠다. 한 달 간의 연수생활이 금방 지나갔다. 연수가 끝나고 남시우와 같이 '경제조사부'로 발령을 받았다. 남시우는 발령 받은 다음 달에 그동안 사귀던 여자와 결혼을 하여 가정을 꾸렸다.

성을 열고 나가는 자

"나 회사에 사표 내려고 해."

신영보증기금에 들어온 지 2달이 조금 지난 5월 초순 저녁을 사겠다고 자리를 마련한 강진만이 느닷없이 회사에 사표를 내겠다고 한다.

"뭐? 아니 왜?"

"무슨 일이 있어?"

강수와 시우가 놀라며 물었다.

"머... 특별한 일이 있는 것은 아니고, 내 자신 이렇게 은행원으로 끝까지 가는 것은 아닌 거 같아서... 나는 원래 방송국 PD가 되고 싶었거든. 지난해 시험이 안돼서 신영보증기금 입사했는데 준비 좀 더 해서 올 하반기에 다시 한 번 볼까 하고... 기왕 준비 하려면 빨리 사표 내는 게 좋을 것 같아서."

"…"

"…"

강수와 시우는 잠시 말이 없었다. 하긴 무슨 말을 하겠는가. 잘 들어온 직장이었고 환경이나 대우도 나쁘지 않았다. 시우는 이 직장 잡은 덕에 장가까지 들었다. 강수도 직장에 만족스러워하고 있었는데 친하게 지내던 진만이 갑자기 자신의 꿈을 위해 직장을 그만두겠다고 한다. 잠시 혼란스럽고 기분이 묘했다.

"그래, 네 꿈이 따로 있다면 할 수 없지."

"잘 준비해서 꼭 성공하기 바란다."

"그래, 고맙다... 내가 회사 나가더라도 자주 보자."

강수와 시우는 진만이 사표 내겠다는 것을 받아들이고 그의 성공을 기원하며 술을 마셨다. 셋이 취하였고 그 날의 술자리는 진만 송별회가 되었다.

진만은 원하던 대로 그해에 방송국 M사에 들어갔고 3년 후에 미국으로 유학을 가서 박사가 되어 돌아와 어느 대학의 교수로 자리를 잡았다. 대통령까지 되는 정치인들을 실명으로 비판하는 'ㅇㅇㅇ죽이기'라는 글을 써서 베스트셀러 작가가 되고 유명인사가 되었다.

　강수는 술에 취해 집으로 오면서 많은 생각을 하였다. 방송국 입사시험도 고시 못지않게 어려운 시험이었다. 합격을 보장하기 어려운 시험을 위해서 힘들게 들어온 신영보증기금이라는 괜찮은 직장을 버리는 진만이 무모하거나 어리석어 보이지 않았다. 차라리 직장에 안주하여 남는 자신이 조금 초라해 보이는 느낌이었다.

"강수야 오랜만이다. 잘 지내지? 혹시 이번 주 금요일 모레 시간 있어? 용현이하고 셋이 저녁이나 한번 하려고..."
　진만 송별회를 하고 한 2주쯤 지난 5월 중순에 봉추에게서 전화가 왔다. 행정고시에 합격한 강수의 대학 같은 과 동기인 봉추와 용현은 중앙부처에서 수습사무관으로 근무하고 있었다. 그들이 근무하는 세종로 정부종합청사는 강수가 근무하는 서울역 앞 대우빌딩에서 멀지 않은 거리였다. 가난한 대학생에서 사회인으로 변하여 서로 양복입고 넥타이 매고서 만나 같이 술 한 잔 나누는 것도 감회가 있을 것이다.
"그래, 시간 있어. 오랜만에 같이 한번 보자"
"금요일 7시 종합청사 뒤 S식당에서 보자. 용현에게도 내가 연락할게."

"알았어, 그날 보자."

졸업식에서 보고 세 달 만에 만나는 봉추와 용현은 말쑥하게 변해있었다. 후줄근한 옷에 수염은 조금 자란 푸석한 얼굴로 책을 끼고 다니던 고시생의 모습은 간데없고, 몸에 잘 맞는 짙은 감색 양복에 어딘지 모르게 자신감이 넘쳐 보이는 말끔한 얼굴로 나타났다. 양복 깃에는 수습사무관임을 말해주는 황금색 무궁화 배지(당시에는 행정고시에 합격한 수습사무관에게 국회의원 배지 비슷한 황금색 무궁화 배지를 달아주었다)가 반짝이고 있었다. 강수도 달고 싶어 노력했지만 달지 못한 배지였다.

20대 초반의 젊은 나이에 행정사무관은 높은 벼슬이었다. 5급을류공무원(요즘의 9급공무원)으로 공직에 들어가면 25년이 걸려야 올라갈 수 있는 자리였다. 당시에는 민간경제의 파워가 적고 시민사회의 입김도 없을 때여서 공직의 힘은 세고 역할은 컸다.

요즘은 대학 행정학과에서 가르치지 않지만 그 때에는 대학에서 행정학과의 중요한 교과목중의 하나가 '발전행정론'이었다. 발전행정론은 국가의 질적 성장인 발전을 이루기 위해서 유능하고 효율적인 행정이 경제, 사회, 문화 등 모든 분야에서 정책의 결정과 사업의 추진, 그리고 사후 평가와 환류까지 전담하여야 한다는 이론이다. 자연극복성과 효율성을 이념으로 하며 잘 선발되고 훈련된 행정인과 행정조직이 급속한 사회발전의 중추적 역할을 담당하여야 한다는 관 주도형 발전이론이었다. 대한민국의 성장발전도 오랜 동안 발전행정론에 의하여 뒷받침 되었다. 1980년대 중반 이후부터 압축성장에 따른 사회모순의 발생과 민간부문의 성장, 그리고 국가역할의 축소를 강조하는 신자유주의 패러다임의 등장으로 발전행정론은 퇴조하였으나 공무원과 관의 위상은 매우 높았다.

강수가 근무하는 신영보증기금도 강수의 까마득한 상사인 경제조사부장이 재무부 사무관에서 내려왔으며 과장은 재무부 일반 직원 출신이었다. 강수가 본점의 부장이 되려면 25년 이상은 족히 걸려야했다. 그런데 대학동기인 봉추와 용현은 벌써 부장급인 행정사무관이었다.

"같은 색깔 양복 입었네... 감색 양복이 사무관 관복이냐?"
짙은 감색 양복을 같이 입고 온 봉추와 용현에게 강수가 말했다.
"하하 관복이 아니라 다들 무난히 이 색깔 양복을 입기에..."

봉추가 어색한 웃음을 웃으며 말했다.

"강수 양복이 색깔도 좋고 멋있다." 용현이 말했다.

봉추와 용현은 임용 후 중앙공무원교육원에서 교육 받던 얘기, 부서에 발령 받은 얘기, 그리고 행정사무관 되니까 은행에서 무담보 신용대출을 오백만원이나 해준다는 얘기 등을 하였다. 대학 4학년 때 졸업여행가서 같이 놀던 얘기도하고 용현이 올해 말 쯤 결혼 할 거라는 얘기도 하였지만 강수의 귀에는 잘 들어오지 않았다. 봉추나 용현보다 술을 더 많이 마셨지만 말 수는 적었다.

"강수야 요즘 뭐 안 좋은 일 있니?"

평소와 다르게 대화를 주도하지 않고 조용히 술만 마시고 있는 강수에게 봉추가 말했다.

"아니야, 그냥 너희들 얘기 듣는 게 좋아서..."

강수가 술잔을 들고 잔을 살짝 부딪치며 말했다.

강수는 몇 주 전 진만의 송별 술자리에서 느꼈던 묘한 감정의 몇 배나 되는 감정을 느끼고 있었다. 묘한 수준을 넘어서 좋지 않은 정도까지 가는 기분 나쁜 감정이었다.

그것은 대학동기 친구인 봉추나 용현과 이제는 신분이 달라졌다는 자괴감이었다. 그리고 저들은 넘어선 고시라는 벽을 자신은 넘지 못했다는 패배감이었다. 그것은 괜스레 사무관들의 목소리가 낮게 저음으로 들리는 자격지심이었다. 그리고 앞으로 더욱 높아지고 힘 있는 관료로 커나갈 친구들에 대한 열등감이었다.

"오랜만에 반가웠다." 봉추와 용현이 말했다.

"그래, 즐거웠어." 강수가 말했다.

서로 근무하는 데도 가까우니 가끔씩 보자는 말과 함께 술자리를 끝내고 헤어졌다.

'강수야 너도 고시를 준비하지 않았니? 이제는 완전히 포기한 거야? 그냥 현실을 받아들이고 텃새처럼 주어진 환경에 순응하며 살기로 했어?'

강수는 끝없이 자문하며 집으로 왔다.

강수는 버스를 타고 집으로 오는 내내, 그리고 집에 와서도 밤이 깊을 때까지 잠들지 못하고 곰곰이 생각하였다.

'앞으로 살아가야할 인생이 길고도 길다. 그런데 그 기나긴 인생을 살아가면서 이처럼 자괴감이나 패배감, 열등감에 사로잡혀 살 수는 없는 노릇이다. 이러한 감정에서 벗어나려면 나도 고시를 패스하는 길 밖에 없다. 다시 고시를 준비하자. 성실하게 혼신의 노력을 다한다면 봉추, 용현이도 되는데 나도 되지 않겠는가. 혹시 안 되더라도 그 때가서 겸허히 받아들이고 나의 길을 찾아 간다면 지금보다 마음 편안한 길일 것이다. 은행원 되는 것이 너의 꿈은 아니지 않았느냐. 아직은 젊은 나이다. 내게 한 번의 기회는 더 있을 것이다. 이렇게 현실에 안주하지 말자. 행정고시 준비를 다시 하여야겠다!'

 강수는 그 날도 깊은 잠으로 떨어지지 못하고 선잠이 들었다. 다음 날 역시 술이 덜 깨어 숙취가 남아있었지만, 아침 6시 자리를 박차고 일어나 단정히 머리 빗고 타이 매고서 출근하였다.

고독과 친구하며

　행정고시를 다시 준비하겠다고 마음을 먹었지만 아무에게도 말하지 않았다. 진만처럼 과감하게 사표를 던지고 고시에 전념할 처지도 아니었다. 1980년도에 치러지는 행정고시 1차 시험이 9월 중순이었다. 정확히 4달이 남았다. 턱없이 부족한 시간이었다. 더구나 강수에게 공부할 시간은 퇴근 후 몇 시간에 불과했다. 다시 고시공부를 한다면 1차 시험에는 반드시 합격하여야했다. 지난번처럼 2차 시험 공부를 하다가 1차 시험부터 떨어지는 우는 범하지 않아야 했다.
　강수는 직장인 신영보증기금과 집 사이의 독서실에 등록을 하였다. 퇴근하고 바로 독서실로 가서 밤늦게까지 공부하다가 막차를 타고 집에 가서 자고 출근버스타고 회사 가는 생활을 계속하였다. 너무나 공부시간이 부족하였기에 허투루 쓰는 시간은 전혀 없이 공부에만 전념하는 단조로운 생활이었다. 1차 시험 4과목만 집중적으로 공부하였다. 공휴일과 일요일은 도시락을 싸들고 독서실로 갔다. 반나절 근무하는 토요일이나 일요일, 공휴일 같은 휴일은 하루 종일 공부만할 수 있는 강수의 시간이 많아서 좋았다.

　어머니 숙화와 형 항수도 강수가 고시공부를 다시 하는 것을 알았으나 어떻다고 말을 하지는 않았다. 하긴 새벽에 일어나 직장 다니고 월급 받아오면서 모질게 자기 시간 내어 고시 공부하는 강수에게 무어라 말하겠는가. 다만 매일 공부한다고 12시 넘어 들어오고 다시 새벽에 직장 나가는 강수를, 일요일과 휴일에도 도시락 싸달라고 해서 들고 나가 12시 넘어야 들어오는 강수를 어머니 숙화는 안쓰러워하고 안타까워했을 것이다.
　9월 중순 1차 시험 보는 날은 하늘이 맑고 화창한 전형적인 가을날이었다. 강수는 극도의 집중과 몰입으로 시험을 치렀다. 두 번 다시 하고 싶지 않을 정도로 준비하고 혼신의 노력으로 치른 시험이었다. 시험장에는 수험생들이 꽉꽉 들어찼다. 한 교실에서 한 명 정도 합격하는 시험이었다. 긴장하지 않도록 마음을 추스르며 시험을 보았다.

 시험을 마치고 버스에 매달려 집으로 가는 강수의 마음이 편안했다. 4과목 모두 전반적으로 못 보지 않았다는 생각이 들었다. 이번에는 합격할 수도 있을 것 같았다. 집으로 돌아온 강수는 끝없는 깊은 잠에 빠져들었다.

 20대 초반의 젊은이가 자기 생활을 극도로 단순화시켜서 사는 것이 쉬운 일은 아니었다. 직장인이었기에 사무실에서는 업무에 전념하여 일해야 했다. 더구나 정시에 퇴근하여 독서실로 가야했기 때문에 퇴근시간 후 잔업이 생기지 않도록 근무시간에는 더욱 열심히 하여야 했다. 가끔 있는 부서회식은 무조건 '집에 꼭 가야 할 일이 있어서'라며 빠졌다. 친구들과의 연락도 만남도 없었다. 가끔 궁금해 하는 친구가 회사로 전화를 걸어오면 '바빠서 이따 전화할게'하고 끊은 후 다시 연락하지 않았다. 같이 어울리는 사람 하나 없는 혼자만의 삶을 살게 되니 당연히 좋아하던 술도 전혀 하지 않았다. 철저히 외로워지고 정신만 공부에 몰입하는 그런 시간이었다.

 신영보증기금이라는 직장을 다니면서 고시공부를 하여야하는 강수에게 그 시절은 누구도 도와줄 수 없고 누구도 같이 할 수 없는 고독한 세월이었다. 결심하였으니 피할 수도 없었고 맞서 이겨야하는 시간이었다. 그 시절에 강수가 적어놓은 일기 속에도 그러한 강수의 고독과 고뇌가 잘 나타나 있다.

'모두 다 멀어져 갔고 내게 남은 건 고독뿐이다. 어릴 적 슬픈 동화를 읽고 난 후의 허무한 감정이 가슴을 타고 흐른다. 그러나 이제는 새것을 찾아내기 위해 일어서야할 때이다. 흔들림 없이 공부를 계속 하여야 한다.'

'이상과 다른 현실의 삶을 사는 것은 고민의 연속이고 고독한 삶이다. 그러나 조화시켜야한다. 나의 능력이 모자라는 것만을 반성하자. 반드시 이상과 현실이 일치하는 삶을 살게 될 것이다. 더욱 철저히 청교도적인 생활을 하자 건강한 사고와 건강한 행동으로 최후의 목표가 달성될 것이다.'

'무엇에 쫓기는 마음은 불안하다. 고독해지려고 노력하는 그래서 어느 정도만 고독한 상태가 불안한 마음을 가져온다. 무엇 때문에 이 고독을 만들어 참으려하는가? 그것이 궁극적인 선인가? 답은 없다. 한 단계 더 올라가서, 고독에 힘들어하지 않고 고독을 즐기는 경지에 이르러야겠다. 더욱 더

고독에 몰입하고 고독을 생활화하자. 어설픈 고독이 아니라 더욱 더 완벽한 고독으로 가자.'

　1차 시험이 끝난 다음날부터도 퇴근하고 바로 독서실로 가서 공부하다가 막차타고 귀가하는 고독한 수험생활은 똑같이 계속되었다. 2차 시험 과목들은 공부할 양이 1차 시험과는 비교도 할 수 없이 많았고 주관식으로 써야하기 때문에 공부의 깊이도 깊어야했다. 내년에 2차 시험을 보게 된다면 결코 강수에게 준비할 시간의 여유가 많지 않았다.

　10월 중순에 1차 시험 합격자 발표가 났다. 강수는 사무실 책상에서 조심스레 서울신문을 펼쳤다. 남들은 모르지만 그의 가슴은 심하게 쿵쾅거리고 있었다. 그 날자 서울신문에 실리는 합격자명단에 반드시 들어 있어야했다. 신문을 몇 장 넘기니 하단에 큼지막한 박스가 있고 '행정고등고시 1차 시험 합격자'라고 들어 있었다. 깨알 같이 820명 합격자들의 명단이 들어있었다. 떨리는 손가락으로 수험번호를 짚어나갔다. '2857번 서강수' 분명하게 들어있었다. 심장이 급하게 진정되면서 말할 수 없는 편안함이 몰려왔다. 기분이 아주 좋았다. 자기도 모르게 웃으며 말을 하였다.

　"어, 행시 1차 시험에 됐네!"

강수는 부지불식간에 말을 하고나서 '아차!' 하였다. 직장에서는 강수가 행정고시 공부하는 것을 모르고 있지 않은가. 거기에 더 기름을 부은 것은 강수의 책상 앞자리에 앉은 김유란이었다.

"어머! 축하해요 강수씨! 짝짝짝…"

강수를 보고 환하게 웃으며 큰소리로 '축하해요.'라고 말하면서 더하여 박수까지 '짝짝짝' 치고 있었다.

"어 뭐야? 무슨 축하?"

저 멀리 앉아있는 대리, 과장이 무슨 일인가하고 바라보며 무슨 축하냐고 묻고 있었다.

"서강수씨가 행정고시 1차 시험에 합격했대요. 오늘 서울신문에 났답니다."

김유란이 시키지도 않았는데 자기 일처럼 큰소리로 말하였다.

"강수씨 고시공부 하느라고 그렇게 먼저 씽씽 퇴근했구먼…"
대리가 말했다.

"강수야 축하한다. 잘됐어!"

옆자리의 시우가 악수를 청하며 말했다.

시우만 강수가 고시공부 하는 것을 알고 있었는데 이제 경제조사부 내에서 다 알게 되었다. 서울신문을 보기만하고 슬쩍 덮었으면 될 것을 부주의하게 말을 내뱉은 강수의 잘못이었지만 큰소리로 '축하한다.'라고 하면서 '박수'까지 친 김유란의 탓도 컸다. 앞으로 2차 시험을 준비하면서 직장과 수험생활을 어떻게 조화시켜야 할지가 걱정이었다.

옆에 자리 있어요?

강수의 고독하고 단조로운 생활은 하루도 다름없이 계속되었다. 직장인이면서 고시생인 강수의 생활은 1차 시험 합격자 발표가 나고 더욱 힘들어졌다. 2차 시험은 하여야 할 공부 량이 산처럼 쌓여있는데 직속상관인 대리의 업무지시도 늘어만 갔다. 가까스로 퇴근 후 몇 시간씩 2차 과목들을 공부하였지만 실력이 늘기에는 당연히 턱없이 시간이 부족하였다. 2차 시험장 구경이라도 하는 것이 내년에 도움이 될 것 같아서 10월말 2차 시험장에 갔다. 4일간의 시험기간에 휴가를 내었으나 첫날만 시험을 치르고 나머지 3일은 독서실에서 공부를 하였다. 내년에는 1차 시험이 면제되니 어차피 안 될 올해 2차 시험에 시간을 낭비하기가 싫었다. 시험장에서 독서실로 돌아온 강수는 내년을 다짐하였다. 조금은 허탈한 마음을 추스르며 그날의 일기를 썼다.

'날은 맑아서 하늘은 높고 시원스런 바람이 쾌청한 가을이다. 2차 시험장에 내자리가 있었다. 첫날 두 과목, 공부는 부족했지만 답안지 몇 장씩은 채울 수 있었다. 그러나 내일부터는 시험장에 안가겠다. 그리고 공부를 할 것이다. 내년 이맘때에는 최고의 실력으로 최고의 답안을 제출하리라. 앞으로 1년, 최대의 성실한 자세로 최대의 노력을 할 것이다. 그리고 합격하리라.

"옆에 자리 있어요?"
"자리 비었어요!"
"같이 앉으시죠!"
점심시간에 구내식당에서 강수와 시우가 점심을 막 하려는데 혼자서 식판을 들고 오던 유란이 자리에 앉아도 되느냐고 물었다. 둘이 서로 자리 비었다고 같이 앉으시라고 하였다.
"강수씨 저번에 보신 2차 시험은 잘 보셨어요? 발표는 언제에요?"

"12월 10일인가 잘 모르겠네요. 저와 관계없는 날이라 하하…"

"그러세요? 발표나면 저녁이라도 제가 한번 사려했더니…"

 강수가 경제조사부 발령 받은 지 8개월이 지났으니 유란을 알게 된 지도 8달이 넘었다. 점심하고 나서 커피 한잔씩 한 적은 있어도 따로 길게 이야기 하거나 저녁을 같이 먹은 적은 한 번도 없었다.

"그러면 낙방 위로 저녁이 되겠네요. 낙방해도 저녁 같이하시는 건가요?" 강수가 말했다.

"낙방하면 안 되는데 호호…"

 유란이 입을 가리고 웃으며 말했다.

"그럼 되면 사시고, 낙방하면 제가 사는 걸로…?"

"좋아요, 호호호…"

"10일에 백프로 제가 사는 거 되겠습니다…"

"나 같은 유부남은 빠져 줄 테니 그날 맛있게 둘이 저녁 하셔…"

 시우가 식판을 들고 일어나며 말했다.

 셋이서 구내식당을 나와 찻집으로 가서 커피를 한잔씩하며 조금 더 이야기를 나누다 사무실로 올라왔다. 사무실로 가는 길에 시우가 조금 앞서가는 유란이 들리지 않도록 강수에게

귓속말로 말하였다.

"야야 유란이 네게 마음 있는 거 같은데 잘해 봐라, 저 정도면 괜찮지 머..."

"마음은 무슨... 그냥 하는 말이지..."

강수도 작은 목소리로 말하였다.

싫지 않은 표정을 지으며 앞서가는 유란의 뒷모습을 바라보았다.

사람들의 마음이 들떠서 어느 정도 흥청거리는 연말도 지나고 다시 새해가 되었다. 직장 다니는 고시생 강수는 그러한 연말연시의 풍성한 마음을 전혀 가질 수 없었다. 하루도 다름없이 계속되는 직장, 독서실, 집으로 이어지는 단조로운 생활은 서서히 강수의 심신을 지치게 하고 있었다. 새해 들어서 직장의 업무강도도 조금씩 더 세져갔으며 직장에서 강수의 역할도 다하여야했다.

무엇보다도 강수를 힘들게 한 것은 2차 시험의 합격가능성이었다. 그해 발표한 총무처의 고시시행계획에 의하면 행정고시는 선발인원이 120명에 불과하였다. 250명씩 선발하던 종전에 비하여 반도 안 되는 합격생이었다. 이처럼 치열한 시험에 직장 다니면서 하루 몇 시간 공부하여 합격을 기대하는 것은 거의 불가능한 일이었다. 강수의 고민은 깊어져 갔다.

'신영보증기금, 좋은 직장이다. 다닐만한 직장이지만 이 직장을 계속 다니면 고시합격은 어렵다. 고시합격의 꿈을 버리고 이 직장을 계속 다닐 것인지, 아니면 직장을 버리고 고시합격의 꿈을 좇을 것인지, 운명적 결정을 하여야 할 시간이다. 어떻게 하겠느냐. 내가 어머니께 갖다드리는 월급이 우리 집에 도움이 되기는 하지만 나의 꿈을 포기하면서까지 그럴 수는 없지 않은가. 고시합격이 더 큰 효도이고 내년이면 또 생산의 주체가 되어 돈을 벌 수 있지 않겠나. 좋은 직장을 던져버리고 고시에 전념했다가 안됐을 때는 어떻게 하나? 공부를 더 했으니 공채로 또 괜찮은 직장에 다시 들어 갈 수 있지 않겠느냐. 하여튼 지금처럼 직장, 독서실, 집을 오가는 고시공부로는 합격이 절대 불가능하다. 공부한다고 고생하는 의미가 전혀 없다. 독서실에 입주하여 24시간을 내 시간으로 만들어서 공부해야 합격의 가능성이라도 있을 것이다. 아깝고 아쉽지만 회사에 사표를 내어야겠다. 신영보증기금에 입사한지도 벌써 1년이 다 되어 간다. 다음 달에 사표를 내어야겠다!'

강수는 조만간 신영보증기금에 사표를 내고 남은 시간 고시에 전념하겠다고 마음을 먹었다. 그 밤도 깊은 잠에 떨어지지는 못했지만 다음날 아침에 일어나 아무렇지 않다는 듯이 단정히 머리 빗고 타이 매고서 출근하였다.

살처럼 나는 시간을 잡으려

"엄마, 오늘이 내가 신영보증기금에 출근한지 딱 1년이 된 날이네…"
"그래, 네가 지난해 3월 2일부터 출근했으니까 오늘이 일주년이구나."
"시간 참 빨리 가네…"
"지난 1년 애 많이 썼다 강수야… 일하고 공부하고…"
 강수는 직장 마치고 독서실에 들렸다가 여느 때처럼 12시가 다 되어 집에 왔다. 씻고 나와 작은 간식을 앞에 두고 어머니 숙화와 식탁에서 잠시 대화를 나누었다. 식구들은 모두 다 잠이든 월요일 밤이었다. 강수는 직장을 그만두겠다고 마음먹었지만 자신이 임의로 관두어서는 안 된다고 생각했다. 최소한 어머니 숙화와 형 항수의 동의는 있어야 했다. 지금 기회에 어머니에게 회사를 그만두겠다는 자신의 결심을 말하는 것이 좋겠다고 생각했다.

"엄마, 저 신영보증기금 그만 다녀야겠어요."
강수가 숙화를 바라보며 말했다.
"그래? 아니 왜?"
숙화가 놀란 표정을 지으며 말했다.
"좋은 직장이긴 하지만 더 다니기가 어려울 거 같아서요."
"고시공부하기가 힘들어서 그렇구나."
"2차 시험은 1차 시험하고 달라서 공부 양 자체가 엄청나게 많고 또 몰입해서 공부하여야 답안을 쓸 수가 있어서요..."
"그래, 직장에 출근하면서 고시 합격하기는 어렵겠지..."
"그리고 올해에는 선발인원도 120명으로 예년의 반으로 줄였어요."
"젊은 애들 힘들게 정부는 왜 그러냐... 한꺼번에 그렇게 줄여도 되는 거야?"
"작년부터 나라경제가 엉망이라 정부도 가난해서 직원을 많이 못 뽑는 거죠."

"그래도 네가 벌어오는 월급이 생활에 큰 보탬이 됐었는데…"
"잠시 쉬다가 내년부터 다시 벌어오죠 하하…"
"애써 하다가 혹시 안 되면 어떻게 하니? 고시가 워낙 어려우니까…"
"고시공부 하던 사람은 어느 회사 입사시험이든 다 붙어요. 안되면 다시 좋은 회사 찾아서 들어가죠 머…"
"그럼 언제부터 안 나가니?"
"이번 달 월급은 받고 한 달 후에 4월 2일자로 사표 낼까 해요. 업무 마무리해야 할 것들도 있고…"
"…너의 결심에 엄마가 무어라 하겠니. 직장에서 욕먹지 않도록 마무리 잘하고 네가 잘 되기를 빌 뿐이다."
"1년 1개월 재직하고 퇴직하니까 퇴직금도 나올 거예요. 퇴직하고 즉시 그 돈으로 시험 때까지 독서실에 숙식 들어가려고요."
"…엄마는 네가 힘들어 병날까봐 걱정이다. 어릴 때 잘 먹이지도 못해서…"
"튼튼하니까 걱정하지 마세요."
"알았어…"
숙화는 강수의 손을 잡고 눈물이 나려는 것을 참으며 말했다.
"그리고 큰형에게도 제가 다음 달에 신영보증기금 그만둔다고 말씀드려주세요. 서로 바빠서 마주치기가 어려워서요."
"그래, 알았다..."
"잘 말해주세요..."
"형도 이해 할 거다. 내일 또 출근해야 되니 그만 어서 자거라."
"예, 엄마도 주무세요."
 강수는 어머니 숙화와 어머니를 통해서 형 항수에게도 신영보증기금에 사표를 내고 고시에 전념하겠다고 말하였다. 아쉬워했지만 어머니 숙화도 반대하지는 않았다. 형 항수도 사표는 안 된다고 계속 다니며 공부하라고 하지는 않을 것이다. 강수는 자기 방으로 가서 조금은 편안한 마음으로 깊은 잠에 빠져들었다.

"시우야 나 이제 신영보증기금 그만 다녀야 할 거 같아."
 강수는 시우에게 저녁이나 같이하자고 자리를 만들어서 회사에 사표를 내겠다는 자신의 생각을 말하였다.
"그래? 고시공부 때문에?"
 시우도 강수가 고시공부 하느라 시간이 없어 힘들어하는 것을 알고 있었지만 막상 회사를 그만두겠다하니 조금 놀라며 반문하였다.

"회사를 다니면서 고시공부 하는 것은 아무런 의미가 없는 것 같아서…"

"그래… 고시가 그리 쉽게 되는 시험은 아니긴 하지만…"

"요즘 같은 때 신영보증기금 같은 좋은 회사에 사표내고 나가기가 두렵기도 하지만 일단 질러보기로 했어."

"진만이도 나가고, 너도 나가고… 회사에는 나 같은 흑싸리 껍데기만 남는 구나야!"

시우가 술잔을 들어서 부딪치며 말했다.

"아, 이 사람아 무슨 말씀을 그렇게 하시나 하하…"

강수도 같이 술잔을 들어 원 샷으로 마시며 말했다.

"언제 사표 내려고?"

"내일, 다음 주 4월 2일자로 내려고. 딱 1년 1개월 근무하는 거야."

"그래, 우리 들어 온지 벌써 1년이 넘었구나."

"세월 참 빨라요…"

"그런데 너 나가면 유란이가 섭섭해 하겠다 하하…"

"여보세요! 유란이하고 내가 무슨…? 아무관계도 아닌데…"

"강수야 하여튼 잘되길 빈다. 어려운 시험이지만 너는 해 낼 거야."

"고맙다."

"자, 건배!"

"그래, 건배!"

강수는 오래간만에 술을 먹고 취하였다. 독서실로 가지 못하고 집으로 들어와 잠이 들었다. 그 날의 술자리는 시우와 강수의 송별연이 되었다.

시우는 평생을 신영보증기금에서 근무하고 퇴직하였다.

라 플라야(La playa)가 흐르고

"유란씨 혹시 이번 주 금요일에 시간되시면 제가 저녁 한번 살까요?"
"그러세요, 강수씨 사표 내셨다고 들었어요. 다음 주부터는 보기 어려우니 금요일 저녁 시간 있을 때 마지막으로 보셔요."
"마지막이라고 하시니 의미심장하네요..." 강수가 말했다.
"그러고 보니 처음이자 마지막 저녁이네요." 유란이 말했다.
 강수와 유란은 책상을 마주대고 있어서 출근하면 고개만 들어도 얼굴을 보는 사이였다. 유란은 잘 웃었다. 강수에게 친절하게 대해주었고 강수도 유란에게 조금씩 마음이 갔다. 그러나 둘이 따로 만나는 경우는 드물었다. 가끔 구내식당에서 점심하고 나서 커피를 뽑아 들고 빌딩 옆 공원을 걷거나, 어쩌다 사무실 일로(주로 유란의 서무업무 관련한 짐들을 들어주러) 잠시 같이 나가는 것 이외에는 둘이 따로 만난 적이 없었다. 당연히 둘만의 저녁자리도 이번이 처음이었다(2차 시험 발표 나고 낙방한 강수가 저녁 한번 사기로 한 것은 유야무야 지나갔다).

 강수는 이번에 유란이 흔쾌히 자신의 저녁 초청을 받아주어서 기분이 좋았다. 강수가 유란에게 마음이 있는 것처럼 유란도 강수에게 마음이 있으리라고 생각했다. 회사가 있는 대우빌딩 지하 1층에 유명하다는 이태리식당에 예약을 하였다. 유란을 만나면 자신이 사표를 낸 이유와 각오를 설명하고 올해에 고시에 합격할 것이며 유란에게 좋은 감정을 가지고 있으니 사귀어 보자는 말을 할 생각이었다.

 그러나 다른 것은 몰라도 여자에 대해서는 더욱 잘 알지 못하는 강수였다. 그 정도의 갈무리로 사귀자고 말하여도 되는 것인가?

 이태리식당은 은은하고 분위기 있는 조명에 유명한 영화 '안개 낀 밤의 데이트'의 주제곡인 '라 플라야(La playa)'가 조용히 흐르고 있었다.

누군가가 나와 사랑에 빠진다면
내 기타는 우리를 위해 연주할 거야
하지만 나를 원하지 않는다면
내 기타는 침묵 속에 눈물을 흘릴 거야

누군가가 나와 사랑에 빠진다면
내 미소는 돌아올 거야
하지만 날 원하지 않는다면
내 슬픔은 계속될 거야
내 사랑, 내 말을 좀 들어봐

'라 플라야(La playa)'는 1968년 산레모가요제에서 빅 히트곡 '카사비안카(Casa Bianca, 우리나라에서도 패티김이 '하얀집'이라고 번안하여 불렀다)'로 세계적인 가수가 된 '마리사 산니아(Marisa Sannia)'가 부르는 분위기 있는 노래였다. 맑고 호소력 있는 '마리사 산니아'의 목소리로 '누군가가 나와 사랑에 빠진다면'이라는 노랫말이 무드를 더해주는 멋진 이태리식당에서 와인 잔을 부딪치며 유란과 처음 마주 앉은 강수의 마음이 들떴다.

"유란씨 이렇게 저녁에 보니까 사무실에서 볼 때보다 훨씬 미인이시네요."

"그런 말 처음 듣네요. 호호호... 기분 좋으라고 칭찬해 주시는 건가요?"

"제 눈에 보이는 사실대로 드리는 말씀입니다. 하하..."

"그런데 사표내고 고시공부에 전념하시려고요?"

"회사 다니면서 하면 답이 없어서요..."

"열심히 하셔서 잘 되면 좋겠어요."

"그런데 유란씨를 못 보게 돼서 공부가 잘 될지 걱정이네요."

"예?"

"보고 싶어질 거 같아서요."

"예? 저를요?"

"예! 유란씨는 제가 기다려온 사람 같아요..."

"..."

유란은 잠시 말이 없었다.

"제가 회사를 나가더라도 유란씨를 계속 만날 수 있으면 좋겠습니다."

"..."

유란은 계속 말이 없었다.

"강수씨."

"네!"

"저와 사귀자고 말씀하시는 거죠?"

"네, 그렇습니다."

"저도 강수씨를 마음 있어 한다고 생각하시고요?"

"예... 그렇죠. 하하..."

"..."

유란이 또 말이 없었다.

"유란씨 저는..."

"죄송해요 강수씨... 강수씨가 그렇게 생각하시도록 하게 한 제 탓이에요."

유란이 강수의 말을 끊으며 말했다.

"네?"

"저도 강수씨를 좋은 분으로 생각하지만 제가 사귈 남자로까지는 느낌을 가지지 않고 있어서요."

"그 동안 내게 친절하게 대해주시고 잘 웃어주시고..."

"저는 강수씨를 일 잘하고 재미있는 직장동료로 생각했어요. 강수씨가 저를 여자로 생각하고 사귀고 싶어 하시는 줄도 몰랐고요."

"아... 그러신가요...?"

"죄송해요."

"…"

강수는 잠시 말이 없었다.

"아니요... 제가 더 죄송합니다..."

"강수씨는 좋으신 분이에요. 잘되시길 빌고 잘 되실 거라고 믿어요."

"말씀 들으니 고맙네요..."

"죄송합니다."

"…"

강수는 잠시 말이 없었다. 어색한 침묵이 흘렀다.

"유란씨."

"네."

"그럼 오늘 제가 드린 말은 없던 것으로 하시고 잊어주세요."

"예, 그럴게요."

"고맙습니다... 우리 건배할까요?"

"예, 좋아요."

"렛즈 취어스."

"취어스."

둘은 와인 잔을 들어 건배하였다. 그리고 마치 아무 일도 없었다는 듯이 강수는 태연하게 일상적인 회사 얘기, 요즈음의 정치상황 얘기 등을 하며 유란과 와인 한 병을 다 비우고 처음이자 마지막인 저녁 만남을 끝냈다. 그날은 약간의 술기운도 있었지만 유란은 아무런 변수가 아니라는 듯이 한두 시간이라도 공부를 하겠다고 강수는 집으로 안가고 독서실로 갔다. 그러나 강수의 마음이 편하게 유란과의 만남을 없던 것으로 하고 공부할 수는 없는 노릇이었다. 커다란 실연을 당한 정도의 깊은 아픔은 아니었지만 강수의 가슴이 시리고 편안하지 않았다.

유란의 마음을 예단하여 '주관적 착각에 의한 객관적 오류'에 빠진 강수가 치르는 비용이었다. 사표내고 유란과 사귀며 고시 공부를 하겠다는 자기의 일정계획대로 되지 않은 것에 기분이 좋지 않았다. 그리고 무엇보다도 도대체 유란이 왜 그렇게 거절의 의사표시를 했는지 이해하기가 어려워 답답했다. 강수에게 잘 웃어주고 친절하게 관심을 가져주던 유란이었다. 그리고 강수는 자신의 이목구비(耳目口鼻)나 신언서판(身言書判)이 나쁘다고도 생각하지 않았다. 나름 괜찮은 남자라고 생각했다. 좋은 직장에 사표까지 던지고 단단한 각오로 2차 시험 공부를 하니 아마 합격할 것이다. 이런 강수가 사귀자고 하는데 왜 싫다고 하였을까? 그렇다면 왜 그렇게 웃음을 보여주고 친절하게 대해 주었을까? 강수는 그날 마신 와인 탓도 있지만 유란으로 인해 시작된 남여의 심리에 대한 생각 때문에 공부를 할 수가 없었다.

 공부 대신 강수는 생각을 정리하여 '심리에 대한 분석'을 써 내려갔다. 시린 마음을 가다듬으며 집중하여 다 쓰고 나니 시간이 너무 늦어졌다. 버스 막차도 놓쳐서 택시를 잡아타고 졸음을 참으며 집으로 갔다.

 인간의 심리에 있어서 순간과 영원은 완전히 일치한다. 지금, 이 순간 이 상태가 변함없이 지속되어 영원을 이루리라고 생각한다. 지금 '아름답고 좋은 것'은 변함없이 계속 아름답고 좋을 것이고, 지금 '추하고 안 좋은 것'은 앞으로도 언제나 추하고 안 좋을 것이라고 생각한다. 그러나 세상에 어느 것 하나 변하지 않는 것이 있겠는가? '아름답고 좋은 것'이 추하고 나빠질 수 있고 '추하고 나쁜 것'이 아름답고 좋아질 수 있는 것이 자연의 이치이다. 이러한 자연의 이치와 다른 인간의 심리이기에 이해하기 어려운 행동의 특성이 나온다.

사람의 마음을 얻고 사랑을 받기 위해서는 '아름답고 좋은 것'이어야 한다. '아름답고 좋은 것'이 '추하고 안 좋은 것'으로 변하게 되면 사람의 마음도 변하게 된다.

사람의 마음을 얻기 위해서는 지금, 이 순간 '아름답고 좋은 것'이어야 한다. 지금은 아름답지도 않고 좋지도 않지만 앞으로 아름답고 좋아질 것이라고 하면서 마음을 얻을 수는 없다. 지금 '아름답고 좋은 것'이어서 마음을 얻었다 하더라도 아름답고 좋은 것을 잃어버릴 때에 마음도 변하게 된다.

사람의 마음을 잡고 그 마음이 변하지 않도록 하려면 변하지 않는 '아름답고 좋은 것'이어야 한다. 마음이 열리지 않음을 탓하지 말고 자신이 '아름답고 좋은 것'이 아님을 탓하여야 한다. 마음이 변하였음을 탓하지 말고 자신이 '아름답고 좋은 것'에서 변하였음을 탓하여야 한다.

'아름답고 좋은 것'을 추구하는 인간의 마음은 자연스럽다. 그것은 아마도 이 세상을 '아름답고 좋은 것'으로 가득 차게 하려는 신의 섭리가 들어있어서 그런 것으로 보인다. '아름답고 좋은 것'을 좋아하며 그 것을 찾아서 변하는 사람의 마음은 차라리 아름답다. 순리대로 흐르는 자연의 법칙이다.

내게 운명이 정해준 여자가 나타났을 때 그의 마음을 얻지 못해서 운명을 그르치는 일이 없도록 나 자신 '아름답고 좋은 것'이 되어 있어야 한다. 그리고 그 '아름답고 좋은 것'을 잃지 않고 영원히 간직하는 인생을 살아야한다.

강수가 쓴 '심리에 대한 분석'은 치기어리고 어설픈 글이어서 옳은 글이라고 할 수는 없으나 '아름답고 좋은 것'이 되겠다고 다짐한 부분은 그에게 좋게 작용하였다. 그 후로 부터는 강수가 신기할 정도로 유란에 대한 감정은 물론 기억까지 다 없어지고 공부에만 전념하게 되었다.

강수는 사표가 수리되어 짐을 정리하고나와 바로 독서실로 들어갔다. 회사를 나오는 날, 강수는 막다른 골목에서 자신을 구해주고 새 길을 갈 수 있도록 만들어 보내주는 신영보증기금에 진심으로 감사했다. 한편으로는 집을 떠나는 것처럼 아쉬운 감정이 교차했다.

독서실에서 24시간을 숙식하며 하루 15시간이상 공부하는 몰입의 시간이 계속되었다. 강수는 이제 24시간이 모두 자신의 것이라는 사실이 편안하고 좋았다. 따라오는 고독은 25살 젊은 강수가 오롯이 감수하고 넘어야 할 산이었다.

오사카의 기미가요마루(君代丸)

 강수가 직장을 다니다가 행정고시 2차 시험 공부에 전념하기 위하여 회사에 사표를 내고 독서실로 들어간 그 비슷한 나이에 강수의 아버지 정환은 '운명의 여자' 숙화를 만나러(물론 가는 도중에는 몰랐지만) '기미가요마루(君代丸)'를 타고 일본으로 들어가고 있었다.
 '기미가요마루'는 920톤 여객선으로 길이가 63m 폭이 11m에 이르며 최대 680명까지 승객을 태울 수 있는 큰 배였다. 처음에는 러시아 군함이었으나 일본이 러일전쟁에서 승리한 후에 무장해제 시키고 일본 해운사인 아마사기기선(尼崎汽船)이 러시아에서 구입하여 제주에서 오사카 정기여객 노선에 투입한 배였다. 제주에서 오사카까지 860km를 이틀에 항해하였으니 요즈음 기준으로 보아도 속도가 느린 배는 아니었다.

'기미가요마루'에는 갑판을 기준으로 위의 상등선실과 아래의 하등선실이 있었으며 하등선실은 상층과 하층의 2단으로 구성되어 있어 사람이 서면 머리가 천장에 닿을 정도였다. 상등선실 운임은 하등선실보다 3배나 비쌌다. 상등선실은 비는 경우가 있어도 하등선실이 다 차지 않는 경우는 없었다.

 승객들은 거의 대부분이 제주에서의 찢어지게 궁핍한 삶을 벗어 던지려 오사카로 일하러가는 젊은 사람들이었다. 오사카는 항구도시이고 공업도시였기에 그 곳에는 젊은이들이 일 할 자리가 많았다. 섬유공장, 유리공장, 화학공장에서부터 조선, 철강 그리고 염색, 세탁, 잡부, 막노동에 이르기까지 할 수 있는 일자리는 항상 있었으나 노동자들의 권리가 보장 받는 시절이 아니었기에 일의 강도는 강하고 노동은 힘들었다.

무정한 군대환은 무사(무엇 때문에) 날 태워 완(와서),
이추룩(이토록) 고생만 시켬신고(시키시는고)
청천 하늘엔 별도 많지만,
내 몸 위에는 고생만 많구나

이 몸은 이추룩(이토록) 불쌍허게,
일본 어느 구석에 댁겨지고(던져지고)
귀신은 이신건가(있는건가) 어신건가(없는건가),
날 살리잰(살리려) 올 건가 말건가
나신디(나에게) 날개가 이서시문(있었으면)
나랑이라도(날라서라도) 가구정(가고자) 허건만(하겠지만),
날개가 어신(없는) 것이 원수로다

  고향 제주를 떠나 '기미가요마루'를 타고 오사카로 건너온 제주사람들이 힘든 노동에 지치고 향수에 젖을 때 신세를 한탄하고 마음을 달래며 부르던 제주민요조의 노래였다.
  정환은 같이 '기미가요마루'를 타고 가는 다른 제주사람들처럼 일본에 가서 그런 슬픈 노래를 부를 일도 없었다. 경성의 어머니가 쥐어준 적지 않은 돈이 있었다. 그들처럼 짐짝 취급을 받는 하층선실이 아니라 상층선실에서 여유롭게 푸르른 태평양 바다를 바라보며 편안하게 2일간의 항해를 끝내고 오사카로 들어갔다. 다만 2대독자 외아들로써 경성에 홀로 되신 어머니를 두고 떠나왔다는 자책감과 앞으로 일본에서의 기약 없는 삶에 대한 막연한 불안감이 조금 마음을 불편하게 하였을 뿐이다.

오사카는 한국의 부산과 같은 일본 제2의 도시이다. 정환이 '기미가요마루'를 타고 들어간 1944년에도 인구와 경제규모 면에서 동경에 이은 일본 제2의 도시였다. 천년동안 천황이 수도인 교토에 있었으며 오사카는 교토의 외항으로써 경제의 중심지였다. 전국시대 일본을 통일한 도요토미 히데요시가 1583년에 거대한 오사카성을 쌓고 오사카에 머무르면서 오사카는 일본 정치 경제와 군사 면에서도 가장 중심적인 도시가 되었다. 도요토미 사후에 정권을 잡은 도쿠가와 이에야스가 17세기 당시에 허허벌판이던 에도(도쿄)에 막부를 설치하여 쇼군이 오사카를 떠나고, 1867년 천황에게 통치권을 반환한 대정봉환(大政奉還) 이후에 천황도 교토에서 에도로 옮겨감에 따라 오사카의 위상은 많이 축소되었으나 그 경제 군사적 중요성은 여전한 도시였다.

오사카시(大阪市)는 요도가와 강 하구에 오사카만을 끼고 있어 해외와의 무역이 활발하였다. 화란(네덜란드)이나 청나라에서 약재와 섬유가 오사카로 들어와 전국으로 거래되었으며 점차 직접 약재와 섬유를 생산하는 공장들이 오사카에 들어섰다. 지금도 일본 1위이며 세계 10위의 초대형 제약회사인 다케다를 비롯한 여러 대형 제약회사들이 오사카에 본사를 두고 있고, 쿠라레이, 테이진 등 대형 섬유기업들도 오사카에 본사를 두었다.

오사카는 또한 군사도시였다. 근대 일본군의 창시자이며 야스쿠니 신사 앞에 동상으로 세워져 있는 오무라 마스지로(大村益次郎)는 정예 일본군을 오사카에 주둔시켰으며 오사카 항은 일본 해군의 군항으로도 사용되었다. 청일전쟁, 러일전쟁 그리고 태평양 전쟁에서 일본군의 해외원정 출발지가 오사카였다.

태평양 전쟁에서 일본의 패색이 짙어지던 1944년 말부터는 미국의 일본 본토 공습이 시작되었다. 미국은 장거리 폭격기 B-29를 개발하고 일본을 공습할 수 있는 지점인 일본본토와 2,400km 떨어진 사이판의 마리아나 제도를 점령한 후에 1944년 11월부터 2,000여회 일본 본토를 공습하였다, 공습의 주된 목표지역중 하나가 오사카였으며 오사카는 1944년 11월부터 전쟁이 끝나는 1945년 8월까지 한번에 100여대의 B-29가 동원되는 대공습 10여회를 포함하여 50여회의 공습을 받았다. 정환이 제주에서 타고 온 커다란 여객선 '기미가요마루'도 1944년 말의 대공습으로 피격되어 침몰하였다.

정환은 '기미가요마루' 갑판에서 부두로 붙인 승객용 계단 브리지를 걸어 내려왔다. 오사카 땅에 첫발을 디뎠다. 다른 사람들은 허름한 작업복이나 빛바랜 낡은 한복 차림이었으나 정환은 회색 줄무늬 양복을 말쑥하게 차려입은 모습이었다. 1944년 4월의 오사카는 평온하였다. 이 아름다운 도시에 생지옥 같은 무차별 폭격이 일어나리라고는 누구도 상상할 수 없는 완벽한 봄날의 평온함 이었다.

정환의 눈길을 끈 것은 민항구역과는 차단되어 있는 오사카 군항에 정박한 군함들이었다. 제주에서 '기미가요마루 군대환(君代丸)'을 처음보고서 엄청난 크기에 놀랐던 정환은 그보다 더 큰 일본 군함들을 직접보고 나서는 입이 다물어지지 않았다. 배의 앞과 옆으로 수많은 함포들이 붙어있는 군함이 한 두 척도 아니고 종잡아 수 십 척은 늘어서 있었다. 명치유신(明治維新) 이후 일본제국 군대의 군기(軍旗)인 욱일기(旭日旗)가 입항하고 출항하는 군함들의 마스트에서 펄럭이고 있었다. 조선에서는 상상도 할 수 없는 광경이었으며 막연히 느껴지던 일본의 힘을 현실로 눈앞에서 보게 되니 정환의 다리에 힘이 빠졌다.

1940년에 일본의 공식 통계로 재일조선인은 124만 명이었다.

재일조선인의 최대 거주지역이 오사카였으며 재일조선인 인구의 4분의 1인 30만 명이 오사카에 살고 있었다. 오사카에 재일조선인은 주로 공업부문에서 일하고 있었으며 열 명에 두 명 정도가 상업부문과, 토목건축부문에서 노동하고 있었다. 오사카에는 규모가 큰 제철, 주물, 기계 등 금속공업 공장들과 포탄, 탄약, 병기류 등을 생산하는 대형 군수산업 시설들이 많이 있었으며 재일조선인 노동자들이 들어가 일하지 않는 공장이 없었다. 섬유공업, 유리공업, 의약화학공업 등의 공장들도 그 규모가 대단하였고 그 곳에도 모두 예외 없이 조선인들이 들어가 노동하고 있었다.

정환은 조선에서 변변한 공장시설 하나 제대로 본 기억이 없었다. 수수백년 농업국가 조선에는 산업이라는 것이 없었다. 기껏해야 조금 규모가 큰 가내수공업 정도의 공방이었다. 일제 식민지가 된 후에 일제가 필요한 곳에 일본에 의해서 부분적으로 철도가 놓아지고 몇 군데 공장이 세워졌지만 크게 규모라고 할 것도 없었다. 오사카에 있는 공장들은 그 규모에서부터 정환의 상상을 넘게 컸으며 그러한 공장들이 수도 없이 많았다. 오사카 거리도 도시계획이 잘 되어 있어서 길은 넓고 깨끗했으며 현대식 빌딩들이 수없이 들어차 있었다. 길거리 가판

대에서는 오사카를 찾은 사람들을 위하여 오사카 지도인 대판시안내도(大阪市案內圖)도 팔고 있었다.

 정환은 경성에 살면서 한 번도 경성의 지도를 본적이 없었다. 지도를 가지면 역모를 꾸미는 반역자이거나 외적의 세작(細作)이라는 관념을 가졌던 조선의 전통과 굳이 지도를 제작해서 보통의 식민지 시민들에게 편의를 제공할 이유가 없다는 총독부의 생각이 서로 맞아 떨어져 조선에서는 일반인이 사서 볼 수 있는 지도가 거의 없던 시절이었다.
 정환은 대판시안내도 하나를 샀다. 일제의 거대한 군함들과 수 없이 많은 대형 공장들 그리고 큰 빌딩들과 계획적으로 정비가 잘된 시내를 보고 묘한 열등감을 느끼며 조금은 주눅이 들은 정환은 대판시안내도를 보고 하루 밤 묵을 료칸(旅館)을 찾아갔다.

인민이 주인 되는 나라

"요우코소 하지메마시테(어서오세요 반갑습니다)."

기모노를 곱게 차려 입은 료칸의 여주인인 '오카미(女将)'가 웃음 띤 얼굴로 정환을 맞아주었다.

료칸은 오사카의 중심부 추오구(中央區)를 가로지르는 도톤보리 강가에 있었다. 오래된 분위기가 물씬 풍기는 료칸은 오사카 도심에 있는 료칸 같지 않게 조용하고 정갈하였다.

오카미는 보통 료칸 주인의 딸이나 며느리이며 선대로부터 료칸의 전통과 경영을 물러 받아 서비스를 총괄하는 총지배인이었다. 나이가 지긋해서 족히 50은 되어 보이는 료칸의 오카미가 앞장서 걸으며 정환을 방으로 안내하였다. 방문을 여니

방 한가운데 밥상 같은 테이블이 놓여있고 방석이 양편으로 2개 깔려 있었다. 다다미가 6장 깔려있는 크지 않은 방이었다. 방문의 맞은편 벽에 있는 도코노마(床間)에는 벚꽃이 곱게 그려진 일본화가 걸려있고 분홍색, 빨강색, 노랑색 꽃으로 꾸며진 화사한 꽃꽂이 화분이 하나 예쁘게 놓여있었다.

"후벤나 도코로와 이츠데모 잇테구다사이(불편하신 점은 언제든지 말씀해 주세요)."

오카미가 열려있는 방문 밖에서 무릎을 꿇고 앉아서 두 손을 앞으로 가지런히 모으고 반쯤 엎드리며 말하였다.

"아리가토 고자이마스 오카미상(고맙습니다 오카미상)." 정환이 말하였다.

정환은 족히 어머니뻘은 되어 보이는 오카미가 과할 정도로 공대하며 맞아주니 조금은 당황하였으나 기분이 나쁘지는 않았다.

오카미가 일어나 인사를 하고 서너 발 뒷걸음쳐 뒤돌아 나가고 잠시 후 훨씬 젊어 보이는 여성이 역시 기모노를 입고 정환이 입을 유카타를 가지고 왔다. 료칸의 객실 담당자인 '나카이(仲居)'였다. 정환은 료칸에서 오카미를 보좌하여 손님에게 안내와 식사 등 서비스를 전담하는 여자직원을 나카이라고 한다는 것을 알고 있었다. 거의 정환 또래로 보였다. 나카이가 수줍게 인사를 하며 온천장 위치를 안내하고 유카타를 내밀었다. 정환이 온천을 하고 오면 시간에 맞추어 방으로 일본 전통음식인 가이세키요리(會席料理)를 가져오겠다고 했다.

"와카리마시타 나카이상(알겠습니다 나카이상)." 정환이 말하였다.

정환은 나카이가 가져온 유카타를 갈아입고 온천탕으로 향하였다.

이틀간 항해의 피로는 뜨거운 온천물로 깨끗이 씻어져 내려갔다. 방으로 돌아와 야채와 어류, 육류 그리고 따듯한 음식과 찬 음식이 조화가 잘 되어 나오는 료칸의 성찬인 가이세키(會席)를 맛있게 다 먹고 나니 비로소 일본에 왔다는 실감이 들었다.

정환의 기분이 묘해졌다. 일본이 어느 나라인가? 조선을 식민지로 삼은 제국주의 국가가 아닌가? 더욱이 일본은 350년 전인 1592년에 조선을 침략하여 당시 조선인구 1,200만 명 중에서 200만 명을 도륙한 나라가 아닌가?1) 정환이 생각하기에 일

---

1) 조선에서는 세금징수를 위해 3년마다 호구조사를 하였는데 무급의 향리들이 무슨 제대로 조사를 하였겠는가? 더욱이 세금을 작게 부담하기 위해서, 그리고 노비는 누락해서 인구를 형편없이 적게 기록하였는데 임진왜란 직

본은 조선민족 원수의 나라였다. 일본은 '나쁜 놈'들이 사는 '나쁜 나라'이어야했다. 그러나 정환이 와서 본 일본은 그렇지 않았다. 도시는 조선과는 비교할 수도 없이 발전되고 정돈되어 있으며 사람들은 친절했다. 공장은 거대했고 경제는 부유했다. 오사카 군항에 잘 정박되어 있는 거대한 군함들은 일본의 무력을 보란 듯이 과시하고 있었다. '부국강병(富國强兵)'을 실현하고 '경세안민(經世安民)'을 시행하는 나라였다. 두고 온 조선과는 너무나 큰 차이가 났다.

도대체 조선은 왜 일본에게 임진왜란 7년 전쟁에서 그러한 참화를 당하고 또 임진왜란이 끝난 후 불과 30년 만에 중국에게 정묘호란(丁卯胡亂), 병자호란(丙子胡亂)이라는 두 차례나 대참사를 또다시 당하고 나서도 '부국강병'과 '경세안민'을 하는

전인 1543년(중종38년) 중종실록에는 조선인구를 4,162,021명이라 기록하고 있으나 실제 인구수는 1,150만이라는 것이 정설이다. 고종실록에도 조선인구를 670만으로 기록하고 있으나 불과 30년 후 1910년 일제가 한일합방하고 조사한 인구는 1,300만이었으며 일제가 끝나는 1945년에는 2,300만 인구가 되었다(서울대 사회학과교수 박경숙은 논문 '식민지시기 조선의 인구동태와 구조'에서 일본과 만주에 있는 조선인구를 제외하고도 순수한 국내 조선인구만 1910년에 1,650만명, 1945년에 2,526만명이라 밝히고 있다). 선조실록에는 임진왜란 7년전쟁의 피해가 조선군7만, 명군3만, 왜군14만 사망 그리고 민간인15만 사망 포로5만이라고 하나 조총으로 무장한 침략왜군이 조선군보다 두 배나 많이 죽었다하는 등 역시 믿기 어려운 기록이다. 정환은 실록의 기록보다 선조 때에 실제 조선 인구는 1,200만이며 임진란7년 전쟁의 결과 200만의 인구가 줄어든 사실에 근거한 생각이었다.

나라로 거듭나지 못하였을까? 도대체 왜 그처럼 끝까지 병든 나라가 되어 일본의 식민지가 되어버리는 사변을 당하였을까? 조선은 무엇 때문에 그처럼 무능해 빠진 나라가 되었을까?
 밤이 깊어져도 잠은 오지 않고 정환의 생각만 깊어져 갔다. 생각이 깊어져 갈수록 기분은 안 좋아졌고 차라리 분노까지 치밀어 올랐다.

 '무능한 조선의 왕과 사상이 썩어빠진 집권세력 때문이다!'
 정환은 조선이 일제에 나라를 잃고 백성들이 이처럼 고초를 당하는 이유는 바로 무능한 조선의 왕과 부패한 집권 양반세력 때문이라고 생각했다. 그들의 무능과 부패의 연원은 바로 그들이 가지고 있는 썩어빠진 사상 때문이었다.
 조선을 지배한 사상은 유학인 성리학이다. 성리학은 공자 맹자의 유학을 집대성한 학문이었다. 성리학은 유학의 가르침인 '대학(大學)', '논어(論語)', '맹자(孟子)', '중용(中庸)' 사서(四書)를 경전화(經典化) 시키면서 그 해석의 '주(註)'를 달은 주희(朱熹, 1130~1200)의 학문으로 주희를 높여 불러서 주자학(朱子學)이라고도 하였다. 조선에서 주자학은 유일사상이고 통치이념이었으며 지배논리였다. 주자학 이외의 사상은 물론 같은 성리학이라도 주자의 해석을 변용하는 것은 모두 '유교의 가르침을 어지럽히는 도적'인 사문난적(斯文亂賊)으로 처단되었다. 그러나 사람이 어떻게 유교의 가르침만으로 살고 한 나라가 어떻게 주자의 가르침 하나만으로 잘 될 수가 있겠는가? 조선이 임진왜란, 병자호란을 비롯해서 수많은 국란에서 교훈을 얻거나 자생력을 가지지 못하고 일본에게 결국은 망하게 된 그 이유가 바로 교조주의(敎條主義)적 유일 신앙인 주자학 때문이었다.

주자학은 유교에 철학적인 면과 논리적인 면을 더한 학문이나 '공리공론(空理空論)'과 '명분주의(名分主義)'의 학문이었다. 현실적으로 백성의 삶을 책임지고 나라의 안전을 보장하여야 하는 왕이나 관료집단 같은 집권 통치세력이 가져야할 이념으로는 맞지 않는 사상이었다.

세상 만물의 이치인 '이(理)'와 세상 만물의 기운(에너지)인 '기(氣)'가 같은 것이냐 아니냐를 놓고 같은 것이라는 '이기일원론(理氣一元論)'과 다른 것이라는 '이기이원론(理氣二元論)', 그리고 주된 것이 '이(理)'라는 '주리론(主理論)' 과 주된 것이 기(氣)라는 '주기론(主氣論)'으로 나뉘어, 부국강병이나 경세안민을 위한 전술전략(戰術戰略)을 가지고 실사구시(實事求是) 하여야 할 정부 관리들이 철학자처럼 끝없이 공허한 논쟁을 계속하였다.

 공리공론이 없을 때에는 문약(文弱)에 빠져 한시(漢詩)나 읊고 난(蘭)이나 치면서 고고한 선비가 되어 세월을 보냈다.

 만물의 기운, 형상 또는 힘인 '기(氣)' 보다는 만물의 불변적 이치인 '이(理)'를 강조하면서 조선에는 명분론(名分論)이 득세하였다. '이(理)'는 인간사에서 '의리(義理)'로 나타나며 국가와의 의리, 왕과의 의리, 부자간의 의리를 지키는 것이 '이(理)'를 실현하는 것이므로 의리를 불변의 진리와 같이 지켜져야 했다. 의리를 지키는 것이 명분(名分)이고, 의리와 명분이 밖으로 나타난 것을 예(禮)라고 하였다. 명분을 어기는 대가는 죽음이었다. 이러한 명분론 때문에 어느 왕비가 죽었을 때 상복을 누구까지 입느냐, 색깔을 무엇으로 하느냐하는 사소한 문제로 싸우다 사화(士禍)가 일어나고 수많은 선비들이 죽어나갔다. 명분을 지킨다며 다 없어진 명나라에 사대하다가 전란을 자초하여 수없이 많은 백성들이 전쟁의 참화로 죽었다. 명분은 늘 실리를 죽였고 명분과 실리의 공존은 불가능하였다.

 그러나 주자학 때문만은 아니었다. 정환의 생각이 더욱 깊어져 갔다.

 조선에서 왕의 관심사는 통치이념인 주자학의 실현이 아니라

왕통의 안보였다. 주자학은 이를 위한 도구에 불과했다. 자신의 왕 자리를 포함하여 '종묘사직(宗廟社稷)'의 보전을 위해서는 사대부인 신하들은 아무리 죽어나가도, 백성들은 끝없는 고통을 당해도 아무런 문제가 되지 않았다. 서구에서는 시민의 권리를 신장하는 명예혁명과 해외 식민지 개척을 위한 대항해 시대가 시작되던 17세기 말에 조선의 왕은 왕의 첩 문제, 왕의 원자 문제 등 국가정책과 아무런 관련이 없는 문제를 들어서 왕권 강화만을 목적으로 경신환국(庚申換局), 기사환국(己巳換局), 갑술환국(甲戌換局), 정미환국(丁未換局) 등을 일으켜 수많은 사대부 정부 관리들을 처형하였다.

  왜적이 침범한 임진란 때에는 왜적이 부산에 들어온 지 불과 열흘 남짓 만에 왕인 선조는 종묘사직의 위패를 들고 북으로 피난을 가고 무장 해제된 조선 땅에서는 수도 없이 많은 백성들이 왜적의 손에 붙여져 죽음을 당하였다. 인조는 1627년 후금이 압록강을 건너 침략하지 불과 닷새 만에 강화도로 종묘의 위패를 들고 도망갔으며, 1636년에 후금이 청으로 국호를 바꾸고 다시 쳐들어오자 강화 가는 길이 막히니 남한산성으로 숨어들어 역시 무장 해제된 조선 땅에서는 당시 인구의 5%에 이르는 50만 명의 백성이 도륙을 당하거나 노예로 잡혀갔다. 왕권만 지켜진다면 백성들의 무한한 참화는 그들의 관심 밖이었다.

  집권세력인 양반 사대부들의 관심사도 나라의 안위와 백성의 안녕이 아니었다. 오직 '자기의 가문이나 소속된 집단의 부귀와 영화'만이 그들의 관심사였다. 왕권(王權)에 대해서 도전만 하지 않는다면 주자학의 명분론을 펼쳐서 왕권을 적절히 제약하면서 충분한 신권(臣權)을 확보하고 권력과 재물을 챙길 수 있었다. 그리고 경쟁자인 다른 사대부 세력에 대하여는 주자학의 명분론처럼 그들을 제거하기에 좋은 도구도 없었다. 자신에게는 '똥'이 묻어 있어도 그것이 지금 보이지만 않는다면(보이더라도 현재 권력을 가지고 있다면 거론되지 못하게 하고) '겨' 묻은 정적을 명분론으로 가열하게 공격하여 제거할 수 있었다. 인간은 신이 아니기에 크고 작은 잘못이 없을 수 없었고, 과거에는 잘한 것이지만 지금의 잣대로는 잘못한 것이 될 수도 있었기에 그 누구도 명분론의 공격에서 살아날 수는 없었다. 무오사화(戊午史禍), 갑자사화(甲子士禍), 기묘사화(己卯士禍), 을사사화(乙巳士禍) 등에서 보듯이 사소한 일을 거창하게 포장하고 명분론을 펼쳐서 상대방을 공격하는 조선 사대부의 혀는 뱀처럼 춤추었고,[2] 공격을 받은 자들은 떼죽음을 당하였다. 이

---

[2] 김훈의 「남한산성」에서 차용.

미 죽었더라도 관에서 꺼내져 목이 잘리는 부관참시(剖棺斬屍)를 당하였다. 나라와 백성을 생각하는 능력 있는 사대부들은 벼슬길을 멀리하거나 높이 중용되지 못했고 관직은 소속된 당파의 이익을 추구하며 간교하게 정치에만 능한 정상배(政商輩)들로 채워졌다. 주자학은 그들 집단의 이익을 강고하게 보호하기 위한 좋은 수단에 불과하였다.

조선왕조 내내 유능하고 올바른 인재는 살아남을 수 없었고, 무능하고 부패한 왕과 집권 사대부들만 칡넝쿨처럼 끝없이[3] 살아남았다. 조선이라는 나라와 그 땅의 백성들만 시들고 병들어 죽어갔다.

백성은 나라의 주인이 아니라 무능하고 탐욕스런 왕과 사대부 관리들의 수탈의 대상에 불과했다. 조선의 통치세력인 왕과 양반 사대부들은 무한한 권력을 가지고 있었지만 그 권력은 오로지 자신들만을 위한 것이었다. 그들이 가진 권력은 나라와 백성이 번영을 누리도록 부국강병(富國强兵)과 경세안민(經世安民)을 위한 것이라는 생각은 상상 속에도 들어있지 않았다. 백성들은 전쟁 같이 커다란 참화가 올 때는 나라의 보호를 받지 못하고 오롯이 맨몸으로 지옥 같은 현실을 받아야 했다. 평

---

[3] 김훈의 「남한산성」에서 차용.

상시에는 일군 재물이 조금이라도 있는 백성은 '네 죄를 네가 알렸다.'라고 하면서 장독이 차오르도록 치도곤 내려치는 곤장을 맞지 않으려면 지배계급의 요구에 두말없이 자신의 재물을 내 놓아야했다. 백성들은 어차피 지배계급에게 빼앗길 것이니 재물을 모을 의욕이 생길 수 없었다. 조선에서 상업이나 산업이 일어날 수가 없었고 벼슬아치 이외에는 다 같이 지독하게 가난했다. 땅도 전부 왕이나 벼슬아치 사대부들의 땅이었고 백성은 모두가 소작농에 불과했다. 백성의 가난은 미덕이 되었고 나라는 병들어 허약하기 이를 데 없는 조선이었다.

 정환은 임진왜란이 끝나고 아니면 병자호란이 끝나고 나서라도 그러한 이씨조선이 망하고 새 나라가 들어섰어야한다고 생각했다. 그렇다면 오늘처럼 일본의 식민지가 되지도 않았을 것이고 어쩌면 일본과 어깨를 나란히 할 수도 있었다고 생각했다.

 나라를 그처럼 거의 망해먹고도 왕조가 무너지지 않은 이유는 무엇인가?
 유교에서도 순자(荀子)는 '군자주야 서인자수야 수즉재주 수즉복주(君者舟也 庶人者水也 水則載舟 水則覆舟, 군주는 배요 백성은 물이다. 물은 배를 띄울 수도 있지만 뒤집어엎을 수도 있다)'라고 하지 않았는가. 맹자(孟子)도 제나라 선왕(宣王)이 '제후인 탕왕, 무왕이 하나라 걸왕, 은나라 주왕을 토벌했다고 하는데, 신하가 임금을 죽여도 됩니까?'라고 묻자 '인(仁)을 해치는 것을 적(賊)이라 하고, 의(義)를 해치는 것을 잔(殘)이라 합니다. 잔적(殘賊)을 저지르는 사람은 필부(匹夫)에 불과합니다. 필부(匹夫)에 불과한 걸(桀)과 주(紂)를 죽였다는 말은 들었어도 임금을 시해했다는 말은 듣지 못했습니다.'라고 하지 않았는가? 조선이 통치이념으로 채택한 유교에서도 백성을 위하지 않는 무능하고 부패한 왕은 방벌(放伐)할 수 있다고 하였는데 조선의 왕은 왜 방벌되지 않았는가?

정환은 생각하였다.
삼백년 전에 임진란, 병자란의 참화를 겪고도 조선이 망하지 않은 이유는 조선의 단물을 빨아먹고 사는 왕과 집권 사대부 양반세력이 가지고 있는 '조선을 그대로 끌고 나가려는 힘'이 인민의 힘보다 세어서였기 때문이다. 세 번에 걸친 무방비한 전쟁의 참화를 겪고 이반될 대로 이반된 조선백성의 민심이, 왕과 집권 사대부가 함께 타고 있는 배를 엎어버릴 만큼 강한 힘을 가지고 있지 못했기 때문에 조선에서 새 나라가 열리지 못했다. 그 결과로 지금 조선은 일제에 나라를 빼앗기고 백성들은 불쌍한 식민지 백성이 되고 말았다.

 이제는 백성의 힘이 세어져야 한다. 다시는 왕과 집권 사대부들에 수탈당하고 나라를 잃어버리는 나약한 백성이 되어서는 안 된다. 일제의 식민지배에서 벗어나고 해방이 되는 그 날에는 백성이 주인이 되는 그런 나라가 되어야 한다.

 정환의 깊어졌던 생각이 정리가 되어갈 즈음에 밤은 더욱 깊어져 새벽으로 달리고 있었다. 정환은 다다미에 깔려진 요위에 누워서 '인민이 주인이 되는 나라'를 잠꼬대처럼 중얼거렸다. 온천욕으로 나른해진 정환의 몸에 감기는 순면의 유카타 감촉이 부드러웠다. 정환의 눈이 스르르 감기고 자신도 모르게 깊은 잠으로 빠져들었다.

메지로 캠퍼스에서

"카쿠세이니 아이니 키마시타(학생을 만나러 왔습니다)."
"도노 카쿠세이오 오사가시데스까(어느 학생을 찾으시나요)?"
"고쿠분각구부노 김숙화 카쿠세이데스(국문학부에 김숙화 학생입니다)."
"도치라 사마데스까(누구이신가요)?"
"죠센카라 키타 신세키데스(조선에서 온 친척입니다)."
"쥬교오가 오와루마데 시바라쿠 오마치구다사이(수업 끝날 때까지 잠시 기다려주세요)."
"아리가토 고자이마스(감사합니다)."
일본여자대학(日本女子大学, 니혼죠시다이가쿠)은 동경 한복

판에 있었다. 일본천황이 기거하는 황거에서 6km 남짓 거리였다. 숙화의 존경하는 작은아버지 김면식이 다니던 와세다대학과는 개천을 갓 면한 작은 강 하나를 사이에 두고 있었다. 대학은 크지 않았다. 메이지 시대에 세운 일본 최초의 여자대학으로 가정학부·국문학부·영문학부의 3개 학부가 있으며 학생 수는 300명을 넘지 않았다.

 메지로길(目白通)을 따라 여학교를 보호하는 붉은 벽돌담이 길게 뻗어 있었다. 벽돌담 한가운데에 역시 붉은 벽돌로 커다란 기둥을 두 개 높이 쌓아올리고 굵은 창살의 아치형 철문을 중압감 있게 달아 놓은 정문이 있었다. 정문 오른쪽의 붉은 벽돌 기둥에는 동으로 만든 '日本女子大学' 학교명이 세로로 박혀있었는데 파란색으로 뒤덮인 동판의 녹이 학교의 고풍스러운 기운을 더해주었다.

 정환은 기차를 타고 동경으로 올라와 도시마구(豐島區) 메지로역(目白駅)에 내렸다. 메지로역은 깔끔했으며 그 앞의 메지로길(目白通)은 깨끗했다. 메지로역 바로 앞에는 일본의 황족과 화족들을 교육하는 기관인 가쿠슈인(学習院, 1949년에 일반인들도 다닐 수 있는 学習院大学이 되었다)이 있었는데 정원 같은 교정과 고색창연한 건물들이 멋있었다. 정환은 깔끔한 역사(驛舍)와 깨끗한 길 그리고 일본의 멋진 정원과 건물에 묘한 부러움과 열등감까지 느끼며 메지로길을 걸어 내려왔다. 메지로길 가에 위압적으로 서있는 경시청 메지로경찰서(警視庁目白警察署)를 지날 때에는 자기도 모르게 움츠려들고 손에 땀이 나기도 했지만 대학가에 흔한 젊은이처럼 자연스럽게 지나쳤다. 정환은 메지로역에서 약 20분을 걸어서 1.5km 거리에 있는 일본여자대학에 도착하였다. 정문은 굳게 닫혀있고 정문 옆에 붙어있는 작은 문만 열려있었다. 작은 문으로 들어가니 옆에 역시 붉은 벽돌로 지어진 수위실에서 제복을 입은 수위가 나와 안으로 안내하였다. 여학교라 남자들은 출입이 안 된다고 하면서 정환에게 용건을 물어보았다. 수위는 정환보다 훨씬 나이가 많아 보이는 중년이었으나 정환을 대하는 말투와 몸짓이 불손하지 않고 친절했다. 뒤편의 의자를 가리키며 잠시 기다리라고 했다. 어디론가 전화를 하더니 숙화가 수업중이며 한 시간 내에 수업이 끝나면 내려올 것이라고 하였다.

 정환은 수위가 가리키는 나무로 만든 벤치형 장의자로 가서 조용히 앉았다. 의자 앞에는 작은 탁자가 하나 놓여있었다. 들고 온 손가방을 탁자위에 올려놓았다. 한참을 앉아있으니 졸음이 밀려왔다. 23살 젊은 나이이지만 경성에서부터 제주를 거쳐 이틀간 배를 타고 오사카로 들어와서 동경까지 올라오는 일정이 녹녹하지는 않았다. 자기도 모르게 고개를 떨어트리며 깜빡 졸고 있었다.

"안녕하세요?"
 수업을 마치자마자 '조선에서 도대체 누가 날 찾아왔지?' 의아해하며 숙화가 수위실로 급히 내려왔다. 수위실 뒤편의 의자에 앉아서 머리를 끄떡이며 졸고 있는 젊은 남자를 옆에 서서 조용히 지켜보았다. 단잠을 깨기 미안한 감정과 누구인지 자세히 편하게 살펴보고자하는 마음이 숙화로 하여금 졸고 있는 정환을 잠시 지켜보게 하였다. 그러나 수위들에게도 폐가 될 수 있으니 오래 보고 있을 수는 없는 노릇이었다.
 숙화는 정환의 어깨를 가볍게 잡아 흔들며 조금 큰 목소리로 '안녕하세요.'하고 깨웠다.

 정환은 잠시 꿈속에 있었다. 어린 시절부터 뛰어 놀던 낯익은 낙원동 골목길을 걷고 있었다. 어느 운동가에게 전해주라는 김용한으로 부터 받은 서신을 어떤 이유에서인지 전달하지 못하여 불안한 마음을 가지고 급히 집으로 들어가는 길이었다. 어머니가 열어주는 낙원동 집의 대문을 들어서려는 순간 누군가가 뒤에서 어깨를 잡으면서 '잠깐보세요.'하며 부르는 소리가 들렸다. 깜짝 놀라며 잠이 확 깨었다.
 한 쪽 입가로 흐르는 침을 급히 손등으로 닦았다.

"어머, 죄송해요 주무시는데…"
 앉아서 졸다가 깜짝 놀라며 일어나 당황해하는 정환을 보고 숙화가 어쩔 줄 몰라 하며 말했다.
 "아니… 괜찮습니다. 제가 더 죄송합니다. 제가 그만 깜빡 졸았나보네요."
 정환은 재빨리 뒷주머니에서 손수건을 꺼내어 입가와 손등의 침을 닦으며 말했다. 정신을 차리고 보니 꿈속에서처럼 자기를 체포하려는 사복일경이 아니라 원피스 정장이 잘 어울리는 예쁜 여대생이 눈앞에 서 있었다.
 "제가 김숙화입니다. 저를 찾아오셨다고요?"
 "예, 저는… 경성에서 온 서정환이라고 합니다."
 "안녕하세요. 그런데… 어쩌신 일로…"
 "제주에 계신 김면식 선생님께서 김숙화 학생에게 전하는 서찰을 가지고 왔습니다."
 "작은아버지께서 제게 편지를…?"
 "여기 있습니다."
 정환은 마치 서찰만 전하고 바로 가겠다는 듯이 탁자위에 놓앉던 작은 손가방에서 김면식의 편지를 꺼내어 손에 쥐고 내밀며 말했다.
 숙화가 두 손을 내밀어 놀란 표정으로 정환을 올려보며 편지를 잡았다.
 편지는 마치 하나의 끈처럼 정환과 숙화의 손을 연결하였다.
 편지 봉투에는 '姪女 淑嬅 에게' 라고 적혀있었다.

 제주에서 태어난 숙화와 서울에서 태어난 정환, 태어난 해가 같다는 것 외에는 아무런 인연이 없는 두 사람이 만나는 운명적인 순간은 거창하지 않았다. 아니 차라리 평범하지도 못했다. 평생을 같이 할 운명의 여자를 만나는 순간에 정환은 침을 흘리며 졸고 있었다.
 강수는 대학을 다닐 때에 어머니 숙화에게서 아버지 정환을 만난 처음 순간을 이야기 들은 적이 있었다.
 "아버지를 처음 만난 게 그러니까 그 때 23살에 아버지가 서울에서 동경의 학교로 엄마를 찾아오셨어. 작은외할아버지 편지를 들고서... 수위실에서 누가 기다린다고 해서 수업이 끝나고 내려가 보니 웬 젊은 사람이 정신없이 자고 있는 거야. 침까지 흘려가면서... 그래서 조금 기다리다가 '여보세요.'하고 깨웠더니 화들짝 놀라 일어나서 엄마를 보고 허둥대는 모습이...

귀여웠다할까? 호호... 지금도 기억이 난다 얘. 호호호..."

강수는 생각하였다.
'아니, 아버지는 궁금하지도 않았나? 자기 또래의 여대생을 만나러 와서 그 잠깐을 기다리지 못하고 침까지 흘리며 졸고 있었다니... 그리고 엄마는 또 뭔가? 자기를 만나러 와서 침까지 흘리며 졸다가 놀라 허둥대는 남자가 귀여울 것까지 뭐가 있는가...? 첫눈에 좋아지셨다는 건가?'
강수는 아버지 정환과 어머니 숙화를 부부의 연으로 만나게 하려는 운명은 하늘이 만들었는지 모르지만 그 운명을 잡은 힘의 8할은 어머니 숙화의 것이었다고 생각했다. 아버지 정환의 역할은 2할을 넘지 못했다.
정환은 아무런 생각 없이 조직의 큰 어른인 김면식의 편지를 전하는 임무로 동경에 와서 숙화를 만났다. 물론 김면식의 편지에 정환을 한동안 동경에 있도록 도와주라는 말이 있었지만 그야말로 그냥 사무적으로 도와주기만 하면 되었다. 정환이 여대생 숙화를 자신의 여자로 만들 여지는 많지 않았다. 인근에 와세다대학에는 조선인 유학생도 많았고 몇 안 되는 조선인 여자대학생은 인기가 많았다. 숙화는 콧등이 약간 크고 키가 조금 작았지만 예쁘게 생긴 눈에 입술의 윤곽이 뚜렷한 미인

형 얼굴로 와세다대와 일본여대 두 대학의 연합조선인학생 모임에서도 인기가 있었다.
 강수는 어머니 숙화도 아버지 정환을 만난 책임의 8할이 자기에게 있음을 안다고 생각했다. 그처럼 가난과 무명의 삶을 살아온 아버지 정환을 끝까지 붙들고 이 가정을 지켜온 어머니 숙화였기 때문이다.

 숙화는 정환에게서 편지를 받아 봉투를 열었다.
 작은아버지 김면식의 편지를 찬찬히 읽었다.
 편지에는 오사카에 계신 부모님에 대한 안부와 함께 숙화의 동경 유학생활을 격려하고, 편지를 전달하는 정환에 대한 소개의 글과 당분간 일본에 있도록 편의를 보아주라는 당부가 들어있었다.
 숙화는 편지를 다 읽고 접어서 봉투에 넣으며 말했다.
 "작은아버님은 건강해 보이시던가요?"
 "지난해 봤을 때보다 건강은 조금 안 좋아지신 것 같습니다."
 정환은 김면식이 얼마 사시지 못할 것 같아보였으나 숙화에게는 지난해보다 건강이 조금 나빠지신 것 같다고만 말해주었다.
 "반갑습니다. 오시느라고 너무 고생이 많으셨어요. 작은아버님 편지를 이렇게 가져와 주셔서 감사합니다... 마침 점심시간이니 제가 점심을 대접하겠습니다."

"아닙니다. 맛있는 데로 안내해주시면 점심은 제가 사겠습니다."

정환이 탁자위의 가방을 챙겨들고 일어서며 말했다.

칸다강가의 벚꽃

 숙화는 정환을 조용한 일본 전통식당으로 안내하였다.
 일본여자대학 담을 따라 메지로길을 한참 걸어 내려와 히고호소가와정원(肥後細川庭園)으로 들어섰다. 공원을 지나 경성의 청계천과 같은 칸다강(神田川)에 놓인 가마추카다리(駒塚橋)를 건너 오른편 길가에 조용하고 분위기 있는 음식점이었다. 학생들이 다니는 허름한 음식점이 아니어서 식당입구에서부터 점원의 안내를 받아 숙화와 정환은 1층 창가 옆의 테이블에 앉았다. 크게 낸 창밖으로는 칸다강 뚝 위의 연분홍 벚꽃이 끝도 없이 흐드러지게 피어있었다.
 "오마카세(お任せ) 정찬으로 주세요."

숙화가 메뉴를 들고 온 점원에게 말했다.

오마카세는 '맡긴다'라는 뜻으로 그 식당의 요리사에게 알아서 좋은 재료로 최고의 맛을 내는 요리를 만들어 주시라고 하는 메뉴이며 당연히 가격도 가장 비싼 메뉴였다.

정환은 한참을 걸어 내려와 식당에 들어오니 비로소 졸렸던 기운이 다 사라지고 피로가 가시었다.

정환은 숙화를 처음 만난 순간에는 졸다가 정신이 없어서, 그리고 한참을 같이 걸어오면서는 쑥스러웠는지 앞만 보고 걸었기 때문에 숙화의 얼굴을 자세히 보지는 못했다. 다만 허리에 벨트를 하고 하얀 레이스로 목의 라운드와 팔의 소매를 예쁘게 마감한 연한 감청색 원피스가 숙화의 몸에 잘 어울린다는 느낌을 받았고 뒷굽이 약간 있는 검정색 단화가 여대생의 분위기를 더해준다고 생각했다.

정환에게 숙화의 옷차림은 인상적이었다. 하긴 경성에서나 연전의 중국여행에서나 정환이 보는 대부분의 조선여자들은 거의 예외 없이 허름한 한복 치마저고리에 고무신 차림이었으니 숙화의 옷차림이 정환에게 매우 인상적으로 보인 것도 무리는 아니었다.

정환은 점원의 안내를 받아 식당 테이블에 마주앉은 후에야

숙화를 자세히 볼 수 있었다.

 긴 머리는 아니지만, 어깨에 닿을 듯한 중단발머리를 귀가 보이도록 뒤로 빗어 넘기고 귓불에는 작은 보석이 박힌 은색 귀걸이를 하였다. 동그란 이마에 두 눈썹이 가지런하였으며 깊고 검은 눈동자는 긴 속눈썹 뒤에서 그녀의 지성의 깊이를 말해주는 것 같았다. 반짝이고 큰 눈은 그녀의 선한 기운을 더해주었으며 코와 입술의 윤곽이 뚜렷하고 보기 좋았다. 갸름하지도 동그랗지도 않은 얼굴과, 원피스의 라운드넥 위로 드러난 하얀 목이 잘 균형을 이루고 있었으며, 화려하지 않지만 그렇다고 소박하지도 않은 은색 목걸이가 하얀 목살 위에서 반짝 빛나고 있었다. 연한 감색의 원피스는 팔을 칠 부만 가리는 짧은 소매였는데 식당의 테이블 위에 팔꿈치를 올린 그녀의 손목에는 당시엔 귀한 물건이었던 은색 손목시계가 팔을 움직일 때마다 반짝반짝 빛나고 있었다.
 옷차림이나 장신구에서도 숙화가 여느 집 처녀가 아님을 알 수 있었으며 이 식당에서 가장 비싼 오마카세 정찬을 스스럼없이 시키는 것을 이해할 수 있었다.

 정환에게 숙화의 외모뿐이 아니라 그녀의 태도도 인상적이었다.

 보통의 조선 처녀들처럼 수줍어하며 소극적으로 대화를 하는 것이 아니라 처음 보는 그의 얼굴을 자연스럽게 마주보면서 스스로 이야기를 이끌어 갔다. 아마 숙화가 대학까지 다니는 신여성이어서, 또는 정환이 존경하는 작은아버지가 보증한 사람이니 믿어서 그런 점도 있었지만은, 숙화의 그러한 태도에는 처음 보았음에도 정환에 대한 숙화의 마음이 분명 열려있었기 때문이었다.

 정환도 그러한 숙화가 싫지 않았다.

 조용한 목소리와 말에는 기품이 있었으며 특히 숙화의 웃는 모습이 예뻐서 좋았다.

 연분홍 벚꽃에 반사되어 테이블 옆의 커다란 창문을 뚫고 들어오는 햇살이 숙화의 얼굴을 밝게 물들이며 그녀를 더욱 예쁘게 해주고 있었다.

 숙화는 정환이 수위실 장의자에 앉아 졸고 있을 때부터 그의 얼굴을 자세히 뜯어보았다. 고개를 조금 숙이고 있어 얼굴의 윤곽이 전부 가늠되지는 않았고, 눈은 조느라 감고 있어 잘생긴 눈인지는 모르겠지만, 연하게 기름을 발라서 가르마를 타고 빗어 넘긴 머리와 미간에서부터 쭉 뻗은 우뚝한 코, 그리고 반쯤 벌린 입술의 윤곽이 뚜렷하고 위아래 균형이 잘 잡혀있었다.

 숙화가 '여보세요'할 때 벌떡 일어나며 인사하는 정환을 보는 순간 숙화는 가슴이 덜컹할 정도의 놀라움을 금치 못했다.

 어느 날 갑자기 자기를 찾아왔다는 조선남자가 숙화가 살아오면서 처음 보는 보기 드문 미남자였다.

 누구를 닮은 것 같았다.

 아주 잠깐, 정환이 내밀은 편지를 두 손으로 마주잡은 순간, 숙화는 그를 올려다보면서 생각하였다.

 '어디서 본 듯한 이 미남자는 누구일까?'

 숙화가 지금까지 보아온 어느 누구보다도 잘 생긴 얼굴이었고 입고 있는 굵은 줄무늬 양복도 영화배우처럼 잘 어울렸다.

 '그렇다! 로버트 테일러! 로버트 테일러야... 그와 너무나 닮았어... 똑같아!'

 로버트 테일러(Robert Taylor)가 도대체 누구인가.

 1936년에 영화 '춘희(Camille)'에서 세기적인 여배우 그레타 가르보(Greta Garbo)와 사랑에 빠지는 젊은 귀족의 역할을 맡은 당대 최고의 미남배우이며, 1940년에 영화 '애수(Waterloo Bridge)'에서는 세계의 연인 비비안 리(Vivien Leigh)와 사랑에 빠지는 영국군 장교 역할을 맡은 그야말로 미남 중에 미남배우가 아닌가.
 당시에는 일본이 미영과 전쟁 중이라 그 영화들을 상영관에서 보지는 못했지만 대부분의 여대생들이 최고의 미남배우인 로버트 테일러의 사진을 한 장씩은 가지고 있었으며 숙화도 예외는 아니었다.

 그러나 정환이 아무리 이목구비가 선명하고 이상적인 윤곽의 얼굴형을 가지고 있어서 보기 드문 미남이라고 하더라도 그 당시 세계최고의 미남배우로 명성을 날리던 할리우드 배우인 로버트 테일러에 비할 수야 있겠는가.
 정환이 남들보다 어느 정도 잘생기기는 하였지만 숙화가 그를 로버트 테일러와 똑같다고까지 본 것은 조금 과한 것이었다. 그러나 이 또한 정환과 숙화를 운명적으로 이어주려는 하늘의 섭리가 작용한 것이 아니겠는가?
 정환을 처음 본 순간 '첫눈에 반하였다'까지는 아닐지 모르더라도 숙화의 마음의 문은 이미 반 이상 열려버렸다.
 숙화는 정환이 전하는 존경하는 작은아버지의 편지에 관심을 주지 못하고 손으로만 편지를 맞잡은 채, 정환의 얼굴을 정신이 나간 듯 잠시 동안 올려다보고 있었다.

강수가 신영보증기금을 다닐 때에 아버지 정환이 한 말이 기억났다.
 정환이 강수에게 먼저 어떤 이야기를 해주는 경우는 드물었는데 그날은 강수가 집에 일찍 들어와서 어머니 숙화와 셋이 저녁을 먹는 자리였다. 반주까지 한잔 곁들여 기분이 좋아진 정환이 말하였다.
 "강수야, 너희 엄마 같은 사람이 없다. 너희들은 엄마에게 잘 해드려야 한다. 아버지는 먼저 가겠지만 남은 너희들은 엄마에게 잘 하거라."
 정환은 강수뿐이 아니라 형 항수와 일수에게도 가끔씩 '엄마 같은 사람이 없다. 엄마에게 잘하거라.'라는 말을 하였다.
 그것은 자신이 숙화에게 잘하지 못했다는 자책의 다른 표현이었으며, 자식들에게는 자신은 잘해준 것이 없으니 아버지인 나는 너희들에게 바라지 않는다는 의지의 표현이었다.
 "…"
 강수는 말이 없었다. 속으로 생각했다
 '그러지 않으셔도 제 월급 봉투째 다 갖다드리고 있어요. 저나 형이나 뭐 아버지 이상은 엄마에게 잘하고 있습니다.'
 반주를 한잔 더 하고 난 후에 정환이 기분이 좋았는지 강수에게 한 마디 더 말하였다.

"강수야, 엄마가 고생하고 나이 들어서 그렇지 대학교 다닐 때 그러니까 엄마가 처녀 때에는 유명한 여배우 잉그리드 버그만과 똑같이 생긴 여자였어. 그리고 지성적이고 마음씨도 곱고…"

"아니, 이분이 반주 한잔 드시고 취하셨어요? 쓸데없이 오늘 말씀을 많이 하시네요."

숙화가 말을 끊으며 말하였다.

"강수야, 어서 저녁 먹어라. 식겠다."

"…"

강수는 생각하였다.

잉그리드 버그만(Ingrid Bergman)은 강수도 좋아하는 여배우이다.

금발의 절대미인으로 1942년에 영화 '카사블랑카(Casablanca)'에서 험프리 보가트(Humphrey Bogart)와 멋진 연애를 보여준 오뚝한 코와 육감적인 입술의 여배우가 아닌가. 그 후에도 세계적으로 히트한 '누구를 위하여 종은 울리나(1943)'와 '가스등(1944)'에서 주연을 하며 아카데미상을 세 번이나 수상한 세계적인 미모의 여배우이다.

강수도 어머니 숙화를 좋아하고 그녀가 미인형이라고 생각하지만 아버지 정환처럼 잉그리드 버그만 같다고까지는 할 수가 없었다. 검은 머리에 157센티도 안 되는 엄마 숙화와, 금발이 며 키가 175센티나 되는 잉그리드 버그만은 거리가 멀어도 한참 멀다고 생각했다.
'글쎄 입술과 콧날이 아주 조금은 닮았나?'
 강수는 엄마를 힐끗 쳐다보았다. 그리고 말없이 저녁을 먹었다.

 숙화와 정환이 만나서 첫눈에 서로를 당대 최고의 미남미녀 배우로 본 것 또한 이 둘을 부부의 연으로 묶으려 정해진 운명의 조화가 아니겠는가.
 1944년 봄, 동경의 칸다강가에 벚꽃은 유난히 아름답게 끝도 없이 피었다.
 조선에서 온 23살의 젊은 정환과 같은 나이의 조선인 일본여대생 숙화는 서로가 로버트 테일러와 잉그리드 버그만이 되어서 서로에게 빠져들어 갔다.

정환이 보거라

정환이 보거라.

네가 쫓기듯이 총총히 경성을 떠난 지도 벌써 한해가 지나갔구나.

그동안 소식 한번 없어서 네가 일본 어느 구석 어느 곳에서 무슨 고생을 하고 있는지 몰라 어미의 속이 꺼멓게 타들어가고 있는 중에 미군이 네가 간다는 동경이고 오사카고 마구 폭격하였다는 소식을 듣고서 너에게 화는 미치지 않았는지 두려워 실성하던 차에 너의 소식을 들으니 마치 죽었던 자식이 살아 돌아온 것처럼 기쁘고 마음이 놓이기가 그지없다.

네가 무탈하게 동경에서 잘 살고 있다니 천만다행이고 너를 살펴주시는 천지신명과 조상님들의 혼백에 감사드릴 뿐이다. 어미는 가끔씩 네가 무던히 보고 싶고 경성 장안에 혼자라는 외로움이 잠깐씩 스치는 것 외에는 무병하게 잘 지내고 있으니 부디 객지에서 살아가기도 어려운 네가 아무쪼록 어미 걱정까지 하지는 말거라.
　어미는 지난해 말에 낙원동 집을 팔고 신당동으로 이사하였다.
　네가 낙원동 94번지로 편지를 보낼 것이니 우체국 지서에 단단히 얘기하여 신당동 253번지 새집 주소에서 너의 편지를 받아보았다.
　낙원동 집을 팔면서 매우 서운하였으나 다행히 그 돈으로 신당동에 일본사람들이 급매로 내어 놓은 집을 두 채 샀다. 한 채는 사글세를 놓아 사는데 부족함은 없고 내가 살고 있는 집의 크기도 네가 왔을 때에 사는데 불편함이 없을 것 같구나.
　네가 돌아올 날을 기약하지 않고 떠나서 언제 다시 볼지 막막한 마음이 그지없다. 올해 들어서 부터 곧 좋은날이 올 거라는 말이 많이 들리니 어미는 어서 좋은 날이 와서 너를 다시 볼 수 있기만을 바랄뿐이다.

늘 조심하고 건강하여라.
경성에서 어미가.

 정환이 경성에 혼자계신 어머니 삼선에게 편지를 보낸 지 한 달 남짓 만에 바로 답장이 왔다. 지난해, 그러니까 1944년 4월에 어머니를 두고 떠나와서 처음 보낸 소식이었다. 어머니에게 소식을 전하여야겠다는 마음이야 있었지만 아직은 돈도 넉넉하게 남아있고 숙화와 만나는 시간이 점점 많아질 뿐 아니라 동경시내와 인근으로 유람을 다니느라 편지쓰기를 차일피일 미루며 실행하지 못하고 있었다.
 그러나 편지를 안 보낼 수가 없었다.
 해가 바뀌고 1945년 3월 9일 미국의 B-29 폭격기 350대가 천문학적인 양의 폭탄을 동경에 퍼부었다. 동경대공습이었다. 하룻밤 사이에 600만의 동경 인구 중에서 20만의 사망자와 100만의 부상자가 발생하였으며 엄청난 수의 가옥이 불타고 수많은 이재민이 발생하였다. 정환은 비로소 경성의 어머니가 걱정이 크실 거라는 생각이 들었다. 동경에서 잘 지내고 있다는 편지를 하였다. 숙화의 이야기는 편지에 넣지 않았다.

 수 년 전 삼선의 돈을 탈탈 털어서 만주로 중국으로 1년여

여행을 떠났을 때에도 소식 한번 없었다. 이번에도 낙원동 집을 저당 잡혀서 구한 급전을 들고 일본으로 떠난 지 1년이 넘도록 소식이 없었다.

 삼선은 아들이 잘못되지는 않았는지 걱정에 속이 타들어갔다. 경제적인 기반도 마련해야했다. 다행히 조상대대로 살던 낙원동 94번지 기와집을 제 값을 받고 팔았다. 정환에게 마련해주느라 빌린 급전을 갚고 남은 돈으로 일본의 패망과 조선의 독립이 멀지 않았음을 눈치 채고 일본으로 돌아가기 위하여 있는 재산을 급히 처분하려는 일본사람들이 헐값에 내놓은 가옥을 두 채 살 수 있었다. 조상 대대로 살아온 종로가 아니라 사대문 밖에 신당동인 것이 마음에 걸리기는 하였지만 그 돈으로 어쩔 수 없는 노릇이었다. 삼선은 몇 대째 살아온 많은 살림살이들을 혼자서 들고 내어서 이사하였다.

 아들 정환과 달리 현실에 굳건하게 발을 디디고 물적 토대를 중시하며 재산을 관리해 나갈 줄 아는 어머니 삼선이어서 그나마 다행이었다.

 숙화와 정환의 사랑은 동경에서 점점 깊어져 갔다.
 둘은 서로의 외모를 로버트 테일러와 잉그리드 버그만으로 보아줄 정도로 생긴 것이 맘에 드는데 더하여 대화도 잘 통했다. 정환이 썩어빠진 조선에 대한 비판과 인민이 평등하고 주인이 되는 나라를 세워야한다는 이야기를 할 때에 숙화는 유명한 좌익 독립운동가 김면식의 조카답게 호응하고 감동하였다. 숙화 또한 조선어를 사용한 것에 대한 반성문 쓰기를 거부하여 경성여의전에서 출교당한 지사(志士)가 아닌가?

 숙화는 일본여자대학 기숙사에서 살고 정환은 멀지 않은 곳에 자취방을 구하였다. 숙화는 수시로 정환을 찾아와 밥 해주고 빨래하며 청소까지 하는 등 정환의 살림을 챙겼다. 당분간 동경에 정착하도록 도와주라는 작은아버지의 당부보다도 정환에 대한 사랑으로 더욱 정성을 다하였다. 정환도 부자 집 딸이며, 명문여대생이며, 얼굴도 예쁜 숙화가 마음씨도 고운데 더하여 자기를 사랑해주기까지 하니 더 없이 좋았다.

 하늘이 부부의 연으로 맺어주는 운명이 이루어지고 있었다.

 숙화와 정환을 죽음만이 갈라놓을 수 있는 사이로 만들어준 또 하나의 사건은 바로 동경대공습이었다. 숙화는 학교기숙사에서 정환은 자취방에서 잠을 자고 있던 3월 9일 밤 12시경부터 동이 틀 때까지 동경에 무지막지한 불벼락이 떨어졌다. 사이판에서 출격한 350대의 미 B-29 슈퍼 포트리스 폭격기가 2,400톤, 8만 5,000발의 소이탄을 동경에 퍼부었다. 소이탄은 목조주택이 많은 동경을 불바다로 만들기 위한 폭탄이었다. 군시설, 공장, 주택가를 가리지 않고 폭탄이 떨어졌으며 동경 9,000여 곳이 엄청난 화염에 휩싸였다. 직접 폭탄이 떨어지지 않은 곳도 인근에 떨어진 소이탄의 열기로 불이 붙었다. 사람들은 불에 타서 죽고, 불길이 산소를 태워버려 질식해서 죽었다. 동경의 동북지역을 흐르는 스미다강에는 수 천 명의 사람들이 불을 피해 강으로 뛰어들었으나 강물 위에 까지 번지는 소이탄의 열기에 강물이 끓어올라 모두들 삶아져서 죽어갔다.

아비규환의 소리에 정환은 놀라서 집 밖으로 뛰어 나왔다.

일본여자대학 쪽으로 엄청난 폭발과 불길이 보였다.

'숙화는 안전한 것인가?'

등골이 오싹하면서 불안과 걱정이 밀려왔다. 그러나 갈 수도 없었다. 다른 사람들과 함께 공습경보훈련에 따라 인근의 지하시설로 대피하여야했다. 폭격은 밤이 새도록 이어졌다. 정환은 숙화에게 아무 일이 없기만을 기도하며 빌고 또 빌었다. 아침 7시 공습해제 사이렌이 울리자마자 정환은 방공호를 뛰어나와 일본여자대학 쪽으로 달리기 시작했다.

'숙화! 제발 아무 일도 없기를...'

눈물이 흐르려는 것을 억지로 참으며 숙화를 찾으러 기숙사를 목표로 뛰었다. 숙화를 만나러 자주 가던 길이라 눈에 익어야하는데 마치 처음 보는 길이었다. 불탄 집들과 불에 탄 시체가 길가에 널렸다. 현실감이 없었고 악몽 속에 있는 것 같았다. 멀리 일본여자대학 정문이 보였다. 학교 안에는 아직 잡히지 않은 불길이 검은 연기를 내놓고 있었다.

 교문을 나와서 급히 뛰듯이 오고 있는 여학생이 있었다. 숙화였다!

"숙화!"

"정환씨!"

뛰어와서 서로 와락 부둥켜안았다.

"다행히 기숙사 방공호는 괜찮았어요. 밤새 정환씨 걱정을 했습니다. 너무 불안하고 무서웠어요. 지금 정환씨를 찾으러 가는 길이에요. 그런데 이렇게 만나게 되다니…"

"안 다쳤으니 다행이오. 살아 있어줘서 고마울 뿐이요."

"정환씨…"

"숙화…"

숙화도 정환도 끝없이 눈물이 쏟아져 나왔다.

 그런 지옥을 같이 경험하고 다시 만났으니 둘의 사랑이 얼마나 더욱 깊어졌겠는가. 실로 죽음만이 이 둘을 갈라놓을 수 있는 사이가 되는 것도 당연하다고 하겠다.

연녹색 나무 잎에 물이 한참 오르고 아름다운 꽃들이 마음껏 색깔을 자랑할 5월에, 지옥과 같은 2차 동경대공습이 있었다. 1차 때보다 더 많은 500여대의 B-29 폭격기가 5월 23일 밤에 새카맣게 날아와서 새벽까지 다시 동경을 융단폭격하였다. 이 때에도 숙화와 정환은 다친 곳 없이 살아남았다.
 둘의 동지애와 같은 사랑은 더욱 깊어져갔다.
 하긴 부부의 연으로 운명 지워진 두 사람이 부부가 되기도 전에 그 무슨 잘못될 일이 있기야 하겠는가.

 미국의 일본 본토공습은 집요하고도 철저하게 계속되었다.
 3월 11일에는 300여대의 B-29 폭격기가 나고야를 폭격하였으며 3월 13일에는 오사카를, 3월 16일에는 고베를 폭격하였다. 일본의 4대 대도시가 모두 폭격으로 초토화 되었으며, 요코하마를 비롯한 일본의 거의 모든 중소도시들이 B-29의 폭격을 받아 쑥대밭이 되었다.
 그리고 마침내 8월 6일에는 히로시마에, 8월 9일에는 나가사키에 원자폭탄이 떨어졌다.
 1945년 8월 15일 정오 NHK 라디오의 '옥음방송(玉音放送)'이 예고되었다.

옥음(玉音)은 일본에서 천황(天皇)의 목소리를 말하므로 천황이 직접 방송에 나와 말을 한다는 의미였다.

미국에 보복을 하겠다는 선언인지, 소련에게 선전포고를 하겠다는 선언인지, 아니면 종전이나 항복 선언인지 누구도 알 수 없었다.

숙화와 정환도 마찬가지였다.

마침내 하나 되어

-짐은 깊이 세계의 대세와 제국의 현상(現狀)에 비추어보아 비상의 조치로써 시국을 수습하고자 하여, 이에 충량(忠良)한 그대들 신민에게 고하노라.

폭격을 면한 정환의 자취방에서 숙화와 정환은 12시 NHK 라디오 방송을 들었다. 라디오는 당시에 귀한 물건이었으나 정환은 객지 생활의 적적함을 달래기 위하여 큰돈을 들여서 하나 장만해서 자주 들었다. 숙화를 만나거나 어디 유람을 가지 않는 날에는 라디오를 듣는 것이 정환의 낙이었다. 그날은 일찍 숙화를 만나 같이 예고된 '옥음방송'을 듣기 위하여 함께 자취방으로 왔다.

 둘이서 방으로 들어와 나란히 앉아 라디오를 밥상위에 올려놓고 스위치를 틀었다.

 '지금부터 중대한 방송이 있겠습니다. 전국의 청취자 여러분께서는 기립하여 주십시오. 천황 폐하께서 황공하옵게도 전 국민에게 칙서를 말씀하시겠습니다. 지금부터 삼가 옥음을 보내드리겠습니다.'라는 아나운서의 말에 이어서 일본국가 기미가요가 연주되고 '옥음방송'이 시작되었다.

 일왕 히로히토의 목소리는 가늘게 떨리고 그 목소리도 작았다.

 -짐은 제국 정부로 하여금 미영지소(美英支蘇; 미국·영국·중국·소련) 4국에 대하여 그 공동선언을 수락한다는 뜻을 통고하게 하였으니, 애당초 제국 신민의 강녕을 꾀하고 만방공영(萬邦共榮)의 낙을 함께 함은 황조황종(皇祖皇宗)의 유범(遺範)이자 짐이 두 손 모아 신에게 빌어 마지않는 바이니 앞서 미·영에 선전포고를 한 소이(所以) 또한 실로 제국의 자존과 동아의 안정을 간절히 바람이며 타국의 주권을 배척하고 영토를 침범하는 것과 같음은 본디 짐의 뜻에 없도다.

 교전은 이미 사세(四歲)를 지내어 짐의 육해장병의 용전

(勇戰), 짐의 문무백관의 여정(勵精), 짐의 일억 서민들의 봉공(奉公)이 각각 최선을 다하였음에도 불구하고 전국(戰局)은 반드시 호전되었다고 할 수 없으며 세계의 대세 또한 우리에게 이득이 없음에 그치지 않고 적은 새로이 잔학한 폭탄을 사용하여 빈번히 무고한 자들을 살상하여 참해(慘害)에 미치는 바, 참으로 헤아리기 어려운 지경에 이르렀다.

여전히 교전을 계속하고자 함이 마침내 우리 민족의 멸망을 초래할 뿐 아니라 나아가 인류의 문명마저도 파각할 것이라. 이러하다면 짐은 어찌 하여 억조(億兆)의 아이들을 지키고 황실의 신령에게 사죄하랴. 이것이 짐이 제국 정부로 하여금 공동선언에 응하게 한 일에 다다른 까닭일지니, 짐은 제국과 함께 종시(終始) 동아의 해방에 협력한 여러 맹방(盟邦)에 대하여 유감의 뜻을 표하지 아니할 수 없다.

제국 신민이자 전진(戰陣)에서 죽고 직역(職域)에서 순직하고 비명횡사한 자들 및 그 유족에게 생각이 미치면 오장이 찢어지는 것 같다. 또한 전상(戰傷)을 입고 재화(災禍)를 입고 가업을 잃은 자의 후생(厚生)에 이르러서는 짐이 진념(軫念)하는 바이다. 생각하건대 금후(今後) 제국이 받아야 할 고난은 애당초 심상치 않노라. 그대들 신민의 충정(衷情)도 짐이 잘 알고 있다. 그러나 짐은 시운(時運)이 향하는 바,

견디기 어려움을 견디고 참기 어려움을 참음으로써 만세를 위하여 태평을 열고자 한다.

짐은 이에 국체를 호지(護持)할 수 있게 되며 충량(忠良)한 그대들 신민의 적성(赤誠)을 신의(信倚)하여 항상 그대들 신민과 함께 있나니, 만약 대저 정이 격해지는 바, 함부로 사단(事端)을 번잡하게 하거나 혹은 동포를 배제(排擠)하여 서로 시국을 어지럽게 하여 대도(大道)에서 벗어나고 신의를 세계에서 잃는 것과 같음은 짐이 가장 경계하는 것이다.

모름지기 거국(擧國) 일가 자손에 상전(相傳)하여, 굳게 신주(神州; 일본)의 불멸을 믿고, 맡은 바 무겁고 갈 길 멂을 생각하며, 총력(總力)을 장래의 건설에 기울여 도의를 두텁게 하고 지조를 공고히 하며 맹세코 국체의 정화(精華)를 발양하며 세계의 진운(進運)에 뒤쳐지지 않을 것을 기할지어다.

그대들 신민은 짐의 이러한 뜻을 잘 명심하여 지키라.

그리고 다시 일본국가 기미가요가 나오고 끝이었다.

천황의 칙어에 대한 어떠한 설명도 없었다. 아마 해설하는 것 자체가 불경이었기 때문일 것이다.

"아니, 도대체 무슨 말이야? 전쟁을 계속한다는 거야 끝낸다는 거야?"

소위 '옥음방송'이 끝나자 숙화가 말했다.

"글쎄... '항전하겠다.', '끝까지 싸우겠다.'라는 말이 없기는 하지만 '종전'이네 '항복'이네 그런 말 또한 한마디도 없으니 무슨 말을 하려는 건지..."

숙화보다 일본어 실력이 짧을 수밖에 없는 정환도 모르기는 마찬가지였다.

그것이 무조건 항복 선언임은 그 다음 날 밝혀졌다.

신문과 방송에서 일제히 옥음방송 첫머리의 '짐은 제국 정부로 하여금 미·영·중·소 4개국에 그 공동선언을 수락한다는 뜻을 통고토록 하였다'에서 말하는 '그 공동선언'이 1945년 7월 26일 발표된 연합국의 '포츠담선언'이며 이 선언에서 '일본의 무조건적인 항복'과 '일본군대의 무조건적인 무장해제'를 일본에 요구했다고 밝혔기 때문이다.

일왕이 포츠담선언을 수락함으로써 일본의 무조건적인 항복과 일본군대의 무장해제가 이루어지고 마침내 조선에서도 일제 강점기가 끝이 났다.

내일 당장 정환이 조선으로 돌아가더라도 일경에 잡혀갈 일은 없었다.

'옥음방송' 다음날 일본의 무조건 항복을 알게 된 숙화와 정환은 그들이 처음 만났던 칸다강(神田川) 가마추카다리(駒塚橋) 건너 조용한 음식점에서 만났다. 다행히 폭격으로 없어지지는 않았다.
"조선이 해방되었으니 경성으로 돌아가실 건가요?" 숙화가 말했다.
"이제는 별 탈이 없을 것이니 가도 되겠다 싶기도 하고…"
정환은 말을 흐렸다.
"몇 달 있으면 졸업이니 조금 기다렸다가 같이 가시면 어때요?"
숙화는 정환을 무작정 보내기가 두려웠다. 지금 이렇게 서로 헤어지면은 어쩌면 영영 보지 못할 것만 같았다. 동경과 경성은 너무 멀었다. 이별하여 떠나보내고 싶지가 않았다.
"나도 이 일본 땅 부서진 동경에 당신만 두고 가려니 내키지가 않아요. 경성에 나이 드신 어머니가 혼자 계신 것이 걸리지만 우리가 함께 갈 수 있다면 그 또한 감당해야 할 마음의 짐이라 생각해요."
정환도 숙화만 혼자 두고 가기가 싫었다. 지난 1년 반 동안 사랑이 깊어졌고 특히 두 번의 동경대공습으로 사선을 같이 넘으면서 숙화는 자기의 운명이라고까지 생각하게 된 터였다. 숙화가 먼저 정환에게 졸업하면 당신을 따라 경성으로 가겠다고 하니 반가울 뿐이었다.

 정환은 신당동 253번지로 어머니 삼선에게 편지를 썼다. 동경에서 마무리 할 일이 있어서, 해방이 되었지만 바로 경성으로 가지는 못하고 해가 바뀌어 내년 춘삼월이나 되어야 들어갈 수 있겠다고 했다.
 삼선은 반 년 만에 온 아들의 편지가 해방의 소식보다 더 반가웠다. 아들을 빨리 보지 못하는 것이 못내 아쉽고 낙담이 되었지만 그래도 몸 성히 잘 있다니, 몇 달 후에는 볼 수 있다니 다행이었다.
 그러나 삼선의 아들 기다림은 해가 바뀌고 춘삼월 지나고 나서도 한참이나 더 길어졌다.
 무심한 아들 정환이 숙화의 졸업식을 끝내고도 몇 달이 더 지나서야 비로소 어머니 있는 경성으로 향하였기 때문이다.

 "숙화야, 졸업 축하한다."
 오사카에서 졸업식에 참석하러온 숙화의 부모님과 오빠 필화가 말하였다.

숙화는 일본여자대학을 이듬해 그러니까 1946년 2월에 졸업하였다. 졸업식에는 정환도 참석하였다. 숙화는 정환을 부모님과 오빠에게 소개하였다.

"정환씨, 우리 아버지, 어머니 그리고 오빠에요. 인사드리세요."

"안녕하세요. 서정환이라고 합니다."

"학교 다니는 동안 저를 많이 도와주시고 지난 동경대공습에서도 위험할 때에 나를 구해주신 분이에요."

"그러시군요. 고맙습니다." 아버지 김준식이 말했다.

"그런데 하시는 일은? 무엇하시는 분이신지?" 오빠 필화가 말했다.

"특파원이에요... 동경특파원... 경성의 동양통신사에서 동경에 보낸..." 숙화가 말하였다.

"예, 조선동양통신사 동경특파원입니다." 정환이 말했다.

정환을 통신사 동경특파원이라고 부모님께 소개하기로 둘이 말을 맞추었는지 아니면 임기응변으로 그런 것인지 확실하지는 않지만 정환은 그날 동경특파원이 되었다. 숙화를 처음 만날 때 입었던 굵은 줄무늬 양복이 몸에 어울리고 잘생긴 얼굴에 키까지 훤칠하니 누가 봐도 잘나가는 젊은이로 보였다.

숙화의 부모님도 오빠 필화도 정환을 바라보는 눈빛이 온화해지고 태도도 친근하였다.

 일제강점기에 조선에 동양통신사라는 회사는 없었다. 해방 후인 1952년에 설립되었다가 1980년에 신군부의 언론 통폐합으로 사라진 동양통신사는 있으나 정환이 1946년에 동경에서 자신을 '조선동양통신사 동경특파원'이라고 한 것은 사실이 아니었다.
 김용한이 정환을 조직에서 떼어내어 일본으로 보낼 때 그에게 '조선동양통신사 동경특파원'이라는 허구의 직함과 경성 본사의 전화번호까지 들어간 명함을 만들어 주었다. 정환이 조선에 있다가 일경에 체포되는 일이 없도록 반드시 그를 일본으로 보내기 위한 장치로 '동경특파원'이라는 직함을 부여하였다.

 성정에 어울리지 않게 조선공산주의 조직원이 되었다가 받게 된 '동양통신사 동경특파원'이라는 직함이 숙화의 부모님에게 결정적으로 좋게 쓰인 것을 보면, 정환이 조선공산주의자 조직의 세포조직원이 된 것은 그의 운명의 여자 숙화를 만나기 위한 예정조화였다고 또 다시 생각하지 않을 수 없다. 정환은 숙화를 처음 만났을 때 김용한이 부여해준 직함대로 그녀에게 자신을 '동양통신사 동경특파원'이라고 하였다. 숙화는 나중에 사실이 아니라는 것을 알고 있었지만 정환을 부모님과 오빠에게 '동양통신사 동경특파원'이라고 멋있게 소개하였다. 숙화의 부모님과 오빠도 정환을 따듯하게 대하였다.

 정환은 숙화의 졸업식에서 그녀의 가족과 함께 한 가족처럼 사진도 찍고 식사도 같이하였다.

 졸업식이 끝나고 정환은 숙화와 함께 오사카에 부모님 집으로 갔다. 거기서 세 달을 더 살았다.
 장가를 '든다'는 것은 신랑이 처가의 집으로 '들어간다'는 의미였다. 정환은 오사카 처가 집에서 세 달간의 신혼을 보냈다. 장가를 들은 것이다.
 숙화가 정환과 함께 경성으로 가기 위해 오사카 부모님 집을 나선 것이 1946년 5월 중순이었다.
 아버지 김준식은 딸 숙화를 멀리 떠나보내기가 아쉽고 싫었지만 과년한 딸이 신랑을 따라 가는 순리를 막을 수는 없는 노릇이었다. 딸에 대한 애틋한 마음을 달래려 꽤 큰돈을 딸에게 지참하여 보냈다.

 숙화와 정환은 오사카항에서 부산으로 가는 여객선에 올랐다.

부두에서는 숙화의 아버지와 어머니가 손을 흔들며 눈물을 흘렸다.
 오후 3시에 오사카를 출발한 여객선은 어느덧 섬 하나 보이지 않는 바다로 나갔다. 여객선 간판 위에서 맑고 시원한 바다 바람을 맞으며 수평선을 바라보다가 서로 마주보는 정환과 숙화의 눈빛이 더없이 행복하였다.
 숙화가 약간의 헛구역질을 느꼈다.
 이제 막 두 달된 뱃속의 아기 항수였다.
 숙화가 제일 좋아하던 아들 항수, 엄마를 가장 사랑하던 아들 항수, 그리고 강수에게는 아버지와 같았던 형 항수가, 숙화의 뱃속에서 자라고 있었다. 숙화의 어머니는 배냇저고리를 비롯한 신생아 용품을 한 가방 가득 들려 보냈다.
 배는 그 다음날 정오가 다 되서야 부산항으로 들어왔다.
 어느 날 갑자기 총총하게 집을 떠난 후 2년이 훌쩍 넘어서야 돌아오는 독생자 아들 정환을 기다리며 경성의 어머니 삼선의 눈이 빠졌다.

제 3 부 사랑

확인 가능한가요?

정환이 예정조화로 맺어진 운명의 여자 숙화와 함께 뱃속의 아들 항수까지 데리고 경성으로 돌아오던 때와 같은 25살 젊은 나이에 강수는 묵은 먼지 날리는 독서실에서 홀로 고독과 친구하며 불확실한 미래와 싸우고 있었다.

1년여 다닌 첫 직장 신영보증기금을 그만두고 독서실에 입주하여 양 옆으로는 칸막이가 있고 위로는 책꽂이와 개인조명이 붙어 있는 허름한 작은 책상에 앉았다. 좋은 직장까지 버리고 하는 행정고시 공부였다. 떨어지면 기회비용이 너무나 컸다. 반드시 합격하여야 했다. '헌법', '행정법', '경제학', '행정학' 등 2차 시험 과목들을 하루 15시간 이상 안광(眼光)이 지배(紙背)

를 철(徹)하듯이 보았다. 잠은 군대 내무반보다도 못한 나무침상에서 자고 밥은 세끼를 모두 독서실 앞의 허름한 백반집에서 대어놓고 먹었다. 최소의 비용으로 최대한의 공부시간을 확보하는 그야말로 탄색(炭色)의 수험생활이었다. 젊은 강수의 단단한 각오와 끈질긴 인내도 한계에 이르는 7달이 지나갔다.

 시험은 4일 동안 계속되었다. 초겨울 11월의 쌀쌀한 날씨였다. 오전에 2시간 한 과목, 싸온 점심 도시락 먹고 오후에 두 시간 한 과목의 시험이 끝나면 택시에 몸을 실었다. 집으로 와서는 거의 밤새워 다음날 시험과목들을 최종적으로 공부하였다. 나흘 동안 제대로 먹지도 자지도 못하고 시험에 몰입하였다. 마지막 날 시험이 끝나고 파김치처럼 풀어진 강수는 택시의 백미러에 비치는 더부룩하게 자란 수염의 초췌해진 얼굴을 바라보며 집으로 왔다.
 쓰러지듯 방에 누웠다. 끝없는 잠으로 떨어졌다.

"강수야, 밥은 먹어야지. 그만 자고 일어나라."
"예… 지금 몇 시에요?"
 눈을 떠보니 어머니 숙화가 조금 걱정스런 표정으로 강수의 이마를 짚으며 얼굴을 내려다보고 있었다.

"11시가 다 됐어... 아픈 건 아니지? 열 같은 건 없는 거 같구나."

"벌써 그렇게 됐어요? 엄청 잤네."

 어제 시험 끝나고 집에 와서 5시경부터 자기 시작했으니 거의 18시간을 잤다. 나흘간 잠 못 자고 몰입했던 시험의 피로도 많이 풀린 기분이었다. 배가 고파졌다.

"밖에 아침 차려 놓았으니 어서 세수하고 오거라. 엄마도 너와 같이 먹으려고 아직 아침 안 먹었어."

"예, 알았어요."

 강수는 일어나 화장실로 가서 샤워를 하였다.

 시험을 앞두고 몸의 털을 깎는 것이 아니라는 말에 따라 벌써 열흘 가까이 면도를 하지 않아서 덥수룩하게 자란 수염도 깨끗하게 밀었다. 머리도 단정하게 빗어 넘겼다. 25살 젊은 얼굴이 말끔해 보였다. 강수는 거울을 쳐다보면서 생각했다.

 '이 정도면 괜찮게 생긴 얼굴 아닌가...? 여기에 행정고시만 합격시켜 주면 아주 딱 인데...'

"강수야 나흘씩이나 시험 보느라고 고생했다."

 프라이팬에 기름을 듬뿍 넣고 소금만 살짝 뿌려서 튀기듯이 구워낸 두툼한 갈치 반찬을 발려서 강수에게 건네주며 어머니 숙화가 말했다.

"나뿐아니라 다들 그렇게 보았는데요 뭐... 엄마도 4일 동안 점심 도시락 싸시느라 수고하셨어요."

"남들도 다 싸 주는 도시락인데 뭐..."

"아, 특별히 맛있었어요. 하하..."

"그래? 다행이네 호호... 그런데... 시험은... 어째 마음에 들게 보았니?"

숙화는 조심스럽게 강수가 시험을 어떻게 보았는지 물었다.

"글쎄요... 특별히 몰라서 망친 과목은 없는 것 같은데 워낙 우수한 사람들이 몰리는 데다 경쟁률까지 높은 시험이니 기다려 봐야 할 거 같아요."

"네가 좋은 직장까지 그만두고 고생하며 준비한 시험이니 잘 되면 좋겠다. 아니 잘 될 것이다. 조상님들이 굽어 살펴주실 것이니..."

강수는 시험을 끝내고 다시 갈 곳이 없는 실업자가 되었다. 행정고시 합격자 발표는 한 달 후인 12월까지 기다려야 했다. 합격의 보장이 없었기에 다른 대안을 찾아야했다. 매일 신문의 채용공고를 들여다보았다. 이미 많은 회사들이 신입사원 선발을 끝내서 채용공고도 드물었다. 다행히 12월 초순에 공개경쟁

시험을 보는 어느 증권회사의 신입사원 채용공고가 났다. 서류를 구비하고 시험을 보았다. 행정고시 합격자 발표 일주일 전이었다. 증권회사의 합격자 발표는 행정고시 합격자 발표일 다음 날이었다. 고시공부의 깊이가 있으니 증권회사 입사시험은 떨어지지 않으리라... 행정고시가 안 되면 증권회사의 신입사원이 되어 증권맨으로 살면 되었다.

 강수는 걸었다.
 행정고시 합격자 발표 날은 영하 5도까지 떨어지는 추운 날이었다. 발표기관 총무처에서는 발표시간인 오후 3시에 합격자 명단을 광화문 앞의 정부게시판에 방(榜)으로 붙였다. 신문에 합격자 보도는 그날 석간이나 다음날 조간에 났다. 가장 빠르게 아는 방법은 고시잡지사에 전화를 하는 것이다. 고시잡지사는 총무처로부터 합격자 명단을 미리 받아서 문의하는 수험생들에게 당락을 알려주었다.
 강수는 점심을 먹고 1시쯤 집을 나섰다. 갈 곳이 따로 있는 것도 아니고 만날 사람이 있는 것도 아니었다. 집에서 전화를 들 용기가 나지 않았다. 어디 아무도 모르는 곳에 가서 아무도 모르게 당락을 확인하고 싶었다.
 12월의 차가운 바람이 얼굴을 스쳤다.

"여보세요. 행시합격자 확인 가능한가요?"
"예, 말씀하세요."
"수험번호 10302번 서강수 입니다."
잠시 기다리는 순간이 끝없이 길게 느껴졌다. 가슴은 마구 쿵쾅거리고 공중전화 수화기를 들은 손은 가늘게 떨렸다.

"축하합니다. 서강수씨 합격하셨어요."
"아, 예, 그렇습니까? 감사합니다! 감사합니다!"
강수는 마치 전화 받는 여직원이 합격시켜준 것처럼 수화기에 대고 '감사합니다.'를 연발하였다. 쿵쾅거리던 가슴이 빠르게 진정되고 마음의 평안함이 찾아왔다.
3년 전 공부를 한다고 산사(山寺)로 들어가기도 하면서 준비한 고시에 한 번의 낙방을 하였다. 그 후에 어렵게 잡은 직장을 1년 넘게 다니다 접고서 독하게 다시 공부한 행정고시 수험생활이 마침내 그 결실을 맺었다. 무모할 것으로 보였던 강수의 도전이, 안전한 직장까지 던지고 올인(all-in)한 강수의 도전이 마침내 그에게 성공으로 다가왔다.
강수는 자신에게 자축의 말을 하고 싶어졌다. 눈물도 한 방울 눈가를 적셨다. '강수야 축하한다! 드디어 해냈구나! 잘했어!'

다시 수화기를 들었다. 집으로 전화를 하였다. 어머니 숙화가 받았다.
"엄마, 저 이번에 행정고시 합격했어요."
"그으래? 어머머... 강수야 정말 합격했어? 아이고 장하다! 축하한다! 강수야... 너무 잘했다 강수야..."
숙화는 합격자 발표 날 조용히 집을 나서는 강수에게 아무런 말도 하지 않았다. 속으로만 조상님들에게 강수를 굽어 살펴주시기를 빌고 또 빌었다. 집안일이 전혀 손에 잡히지 않았다. 강수가 꼭 합격의 소식을 전해주어야 했다.
숙화는 전화를 기다리고 있었다. 전화벨 소리가 반가웠다. 떨어졌다면 전화하겠는가 합격의 소식이리라. 수화기를 들은 숙화에게 거짓말 같이 합격을 전하는 강수의 목소리가 들려왔다. 너무나 반갑고 안도가 되었다. 합격해준 강수가 고마웠다.
"강수야, 고생 많았다. 언제 집에 들어올 거니?"
"저녁 먹기 전까지 갈게요."
"아버지 바꾸어 드릴께 말씀 드려라."
숙화는 강수가 아버지에게 소홀하지 않도록 직접 말씀드리라 하면서 정환에게 전화기를 건네주었다. 강수는 아버지에게 이번 행정고시에 합격했다고 말하였다.

"그래, 잘됐다. 고생이 많았다."
아버지 정환의 짧은 대답이 수화기를 타고 강수에게 건너왔다.

부모의 마음 항수

　강수의 합격소식이 있은 그날 저녁은 형 항수와 일수 그리고 누이들까지 다 일찍 집으로 들어와 모처럼의 가족만찬이 되었다. 다들 마음이 편안한 저녁자리였다. 강수의 행정고시 합격에 모두 기분이 좋았지만 특히 형 항수는 더욱 기분이 좋았다. 중학교부터 자신이 학업을 챙겨준 동생 강수가 그 어려운 행정고시에 합격하였으니 자랑스러웠다.
　"오늘 저녁 우리 대한민국 전체에서 이런 기쁨을 누리는 가정이 120집에 불과하다. 자랑스럽고 대단한 일이야. 강수야 큰 일했다. 수고 많았고 축하한다."
　"감사합니다, 형님."

항수가 어디서 선물을 받아와 아끼며 보관해두던 양주를 가져왔다. 유난히 병이 예쁘게 생겨서 따서 먹기도 아까운 양주였다.
"강수 고시합격을 축하하며 한잔 하자." 항수가 말했다.
"예, 형님."
강수는 양주를 처음 먹어보았다. 목이 불붙는 것 같았다.

강수는 다음 날 면접 서류 준비도하고 학과 교수님들께 인사도 드릴 겸하여 학교로 향했다. S시립대 정문에는 강수와 다른 몇 명 동문의 행정고시 합격을 축하하는 플래카드가 걸렸다. 2년 전 강수에게 자격지심을 가지게 했던 같은 과 친구 봉추와 용현의 합격 플래카드와 똑같은 모양으로 이번에는 강수의 이름이 들어있었다. 바라보는 강수의 기분이 좋았다.
이틀간에 걸친 3차 면접시험은 무난히 치렀다. 1981년의 마지막 날 하루 전인 12월 30일에 최종합격하여 고급스런 짙은 감청색 융단 커버에 금장으로 멋지게 도장이 박힌 합격증서를 받았다.
합격증서를 펼쳐 보며 자기 방 책상에 편하게 앉아있던 강수는 1976년 2월 S시립대 합격생 등록마감일이 다 되어가던 어느 날이 생각났다.

"형님, 그만 가시죠. 등록금 대출해주는데 이렇게 까다롭게 구니 못하겠네요. 합격등록 하지 않을래요. 대학 담에 가지요 머."

"강수야, 잠깐 기다려 봐라. 서류 미비한 것만 조금 보완하면 등록금을 바로 대출해준다 하지 않니..."

행정학과에 합격한 강수는 등록금 대출을 받기 위하여 연대보증인인 형 항수와 함께 어느 은행의 S대학교 근처 지점에 와 있었다. 한참 동안 줄을 서서 만난 담당 창구직원은 매우 불친절하였으며 몇 개의 추가 서류들을 요구하였다. 강수의 기분이 좋지 않았다. 그러지 않아도 원하던 S대학교에 가지 못하고 S시립대로 온 것이 못내 맘에 들지 않던 강수였다. 대출해주는 은행직원까지 까다롭게 구니 기분이 나쁘고 화가 났다. 형 항수에게 학자금 대출을 포기하겠다고 등록하지 않겠다고 하였다. 형 항수는 잠깐 기다리라 하면서 강수를 말리고 있었다.

항수가 은행 창구직원과 한참을 애기해서 일부 서류를 다음 날까지 추가 제출하는 조건으로 학자금 대출을 받기로 하였다. 사립 Y대나 K대 등록금의 1/4 수준인 10만원 조금 넘는 금액이었으나 그 당시 자장면 값이 50원, 쌀 1가마(80kg)가 1만원하던 시절이니 적은 돈도 아니었다.
 학자금도 강수가 갚을 것이 아니라 항수의 부담이었다. 항수는 강수가 이번에 학자금 대출을 받아서 등록을 하지 않는다면 제대로 된 대학을 갈 기회가 없어질 것이라 생각했다.

 강수는 그 당시에는 몰랐다. 대학은 고사하고 검정고시로 고졸자격을 취득하여 직장에 다니던 나이 30살도 되지 않은 형 항수가 강수의 대학입학을 그처럼 챙긴 것은 형의 마음가짐이 아닌 부모의 마음가짐이었음을... 강수는 새삼 형 항수에게 감사했다.
 항수는 강수가 대학을 다니는 동안에 방송통신대학에 입학하였고 졸업한 후에는 유명 사립대학 대학원에 진학하여 석사학위까지 취득하였다. 강수의 마음의 부담을 조금은 덜어주었다.

 항수는 강수보다 키도 훨씬 크고 더욱 잘생겼다. 항수는 유년기와 중학교 졸업 때까지는 유복한 집안에서 할머니와 부모의 사랑을 독차지하는 큰아들이었다. 머리도 좋았고 공부도 잘했다. 아버지 정환이 서울의 전 재산을 정리하고 지방으로 이사하여 항수가 다니게 된 중학교에서는 늘 전교1등을 놓치지 않았다. 전국의 수재들만 온다는 서울의 K고등학교에 낙방하자

이듬해에 바로 대입검정고시에 응시하여 합격하였다. 같은 또래 아이들은 고등학교 2학년이 될 때에 S대학교 입학시험을 치렀으나 합격하지 못하자 어려운 집안을 생각해서 18세 나이로 입사시험을 치르고 직장인이 되었다. 20살에 징집영장이 나오자 휴직하고 군에 입대하여 하사관으로 제대하였다. 군에 있을 때에 돈을 많이 벌 수 있다는 월남전에 지원하려 하였으나 큰 아들을 전쟁터로 보낼 수 없다고 울면서 말리는 어머니 숙화의 성화에 못 이겨 제대하고 이전에 다니던 직장으로 복직하였다.

 항수는 숙화가 일본의 모든 기반을 다 버리고 사랑하는 남자 정환을 따라와서 처음 낳은 큰아들이었다. 숙화의 무조건적인 사랑이 크지 않을 수 없었다. 정환이 가장의 역할을 다하지 못하여 집안이 어려워짐에 따라 숙화의 항수에 대한 안쓰러움과 미안함은 항수에 대한 사랑과 집착으로 깊어져갔다.
 항수는 어머니 숙화를 누구보다 사랑하는 효자였다. 그것은 어머니 숙화의 깊은 항수사랑에 대한 보답이었으며, 일본에서 대학까지 졸업한 어머니에 대한 존경과 자부심이었으며, 아버지의 무능으로 능히 받아야할 삶을 살지 못해온 어머니에 대한 안타까움이었다.

항수에게는 늘 아버지를 대신하여 집안의 가장 역할을 해야 된다는 책임감이 있었다. 열심히 벌고 모아서 가족이 함께 살 2층 양옥집도 지었다. 부모님과 동생들은 모두 자기가 챙겨야 된다고 생각했다. 그러나 항수의 신부도 그와 생각이 같을 수는 없었다. 10살이나 많지만 사랑이 깊어져 결혼했다. 하지만 결혼하고 맞이하는 큰며느리의 역할은 쉽지 않았다.

 어머니를 극진히 생각하는 효자 남편, 지적이며 교양미 넘쳐서 며느리를 언제나 한 수 아래로 보는 시어머니, 그리고 존재하는 시동생과 시누이들… 아직은 어리다고 할 젊은 새댁이 마치 적진에 혼자 들어온 병사처럼 두려워하며 무기력해 한 것은 어쩌면 당연하다고도 하겠다.

 사랑만으로 넘기 어려운 시집살이는 결혼의 달콤함도 길지 않게 하였다. 신부와 항수 그리고 나머지 가족 모두에게 새로운 전환이 필요했다.

 마침 항수에게 갑자기 급전이 필요한 일이 생겨서 집을 팔고 분가하였다. 새댁에게도 2년이 다되도록 함께 살았으니 짧은 시집살이가 아니었다. 부득이하게 부모형제와 떨어져야하는 항수의 얼굴이 편안하지 않았기에 드디어 자기의 살림을 차려나가는 젊은 새댁도 기뻐하는 표정을 짓지는 못하였다.

그 2층 양옥집을 지을 때에 마치 십장(什長)처럼 매일 나와서 현장을 감독하고 벽돌을 나르던 아버지 정환은 못내 아쉬워하였다. 큰 아들과 같이 살지 못하고 헤어져야하는 어머니 숙화의 얼굴빛도 내내 어두워 보였다.

강수 어렸을 적에

'드르륵'하며 교실 앞쪽 미닫이문이 열렸다.

학교에서 심부름하는 급사가 쪽지를 한 장 수업하던 선생님에게 전해주었다. 선생님은 한 번 들여다본 후에 고개를 들어 학생들을 훑어보았다. 머리는 짧게 깎고 목의 칼라에는 후크까지 채운 까만 교복의 중2생 70명이 조용히 무슨 일인가하고 선생님을 보고 있었다.

"서강수... 서강수 일어나봐."

"예..."

강수는 심장이 뛰었다. 힘없이 일어서며 모기소리 만하게 대답하였다.

"등록금 아직 납부 안했냐?"

"…"

"책가방 챙겨서 교무실로 담임 선생님께 가봐라."

 강수는 주섬주섬 가방을 챙겨서 선생님께 목례로 인사하고 교실 뒷문으로 나갔다. 뒤통수가 너무나 따가웠고 어디 그대로 쥐구멍이라도 들어가서 사라져 버리고 싶었다. 부끄럽고 창피하였다.

 강수는 공부도 잘하는 학생이었다. 학급 뒤의 학생게시판에는 항상 학급10등까지 학생들의 이름과 석차가 붙어있었는데 강수의 이름은 언제나 상층부에 있었다. 그날도 맨 위의 첫째 칸에는 강수의 이름이 검은 매직으로 잘 쓰여 있었다.

 담임선생님은 등록금 납부일이 1달이나 지났기 때문에 등록금 납부 할 때까지 등교할 수 없으니 부모님께 잘 말씀드려서 빨리 납부하고 다시 출석하라하였다. 요즘의 기준으로 보면 매우 비교육적인 처사일 수 있으나 강수가 중학교 다니던 시절에는 당연한 일이었다.

 강수가 다닌 D중고등학교는 그 당시 최고 시설을 갖춘 매우 교육적인 학교였다. 교실에는 스팀난방을 하였으며 수세식 화장실과 어학실습실, 과학실험실, 시청각교육실 등의 최신 교육시설을 갖추고 미국 피바디대 교육학박사 출신의 교장과 우수

한 선생들이 열정적으로 학생들을 가르치던 미션스쿨 명문사학이었다. 그런 학교에서도 등록금 납부를 한 달만 지체하면 강수처럼 공부 잘하는 학생까지 집으로 돌려보냈다.
 강수는 한참을 걸어서 공립도서관으로 갔다. 오후 시간을 도서관에서 보내고 하교시간에 맞추어 집으로 향했다. '우리 집은 도대체 왜 이렇게 가난한 거야…'하면서 길가의 자갈을 발로 걷어찼다.

 형 항수가 취업을 해서 직장을 다니던 1학년 때에는 등록금을 납부일 넘어 내는 경우는 흔하였어도 이렇게 교실에서 불려나오기까지 하는 경우는 없었다. 그러나 형 항수가 징집되어 군에 들어간 후에 강수는 중학교를 졸업할 때까지 몇 번 더 교실에서 불려나감을 당하였다. 처음보다는 강도가 덜했지만 창피함은 여전하였다. 그러나 공부를 잘하였기 때문에 위축되거나 아이들로부터 '따'를 당하지는 않았다. 그리고 등교를 못하는 날도 길지는 않았다. 하루나 이틀 내에 어머니 숙화가 어떻게 구하였는지 등록금을 마련해 와서 강수를 학교로 보냈다.
 강수는 D중학교를 졸업하고 같은 학교인 D고등학교에 진학하였다. 강수는 1차에 공립명문 고등학교를 시험 보았으나 낙방하고 2차로 D고등학교에 시험을 봐서 합격하였다. 그 당시에도 상층부 아이들은 고입 사교육을 받지 않는 경우가 거의 드물었으니 사교육이라고는 학원 단과반 한번 안 가본 독학파 강수에게 공립명문 고등학교 낙방은 당연하였으며 사립명문인 D고등학교 합격은 차라리 감사한 일이었다.

 강수는 서울에서 태어났다. 지금은 한양도성박물관으로 변한 E여자대학병원에서 태어났는데 해산일이 한참 지나도 나오지 않아서 그 당시에는 귀하고 첨단 약품인 '자궁수축호르몬제'를 맞고 태어났다. 그 약은 언니가 어떻게 될까봐 걱정하던 숙화의 동생 산부인과의사 길화가 어렵게 구해왔는데 강수가 나오고도 남아서 그날 다른 아이들 2명이 더 그 약을 맞고 나왔다.

 아버지 정환이 전 재산을 정리하여 경기도 북부지역의 소도시로 이사했기 때문에 강수는 유년기를 시골에서 보냈다. 형들과 붉은 고추잠자리가 수 없이 나는 갈대 언덕을 뛰어 다니던 기억들, 개천에 들어가 맑은 물속의 작은 바위들을 뒤집으며 가재를 잡던 기억들, 겨울에 얼어붙은 논 위에서 썰매를 타다가 얼음 위로 튀어나온 벼에 걸려서 넘어져 구르던 기억들이 강수에게 파편적으로 남아 있다. 아마 그러한 기억들이 나중에 강수가 등단시인까지 되는 감수성을 길러 주었을 것이다.

강수는 항수가 다니던 중학교 옆에 있는 초등학교에 입학하였다. 강수는 엄마의 손을 잡고 낙타 등 같은 신작로를 다리가 아프도록 한참 동안이나 걸었다. 하얀 손수건을 왼쪽가슴에 핀으로 꽂고 불안한 표정으로 서있는 빡빡머리 어린이 강수는 입학식이 끝나고 엄마가 가버리자 교실에 들어가며 울어버리고 말았다.

 아버지 정환이 지방 소도시 생활을 청산하고 서울로 돌아온 것이 1965년 이었다. 청계천변 판잣집에 자리를 잡았다. 청계천8가에서 조금 더 내려와 바우당교(지금은 멋진 아치형 다리지만 그 당시에는 나무로 만든 엉성한 다리로 '검정다리'라고 불렀다)를 지나서 청계천9가 조금 못 미치는 곳에 정환은 단칸방 판잣집을 얻었다. 한 일 년 살다가 기회가 생겨서 방 두 칸에 작은 부엌이 있는 판잣집을 지었다.
 강수도 얼마 멀지않은 Y초등학교 3학년으로 전학을 왔다.
 청계천은 한국전쟁이후 북에서 내려온 피난민들부터, 개발시대 영호남을 가리지 않고 서울로 무작정 상경한 빈민들이 모여 사는 서울의 대표적인 슬럼가였다. 청계천은 오염되어 악취가 났으며 판잣집 사람들은 여름 장마철에는 집안까지 들어오는 물난리의 두려움 속에서 그리고 겨울철 추울 때에는 하루가 멀다 하고 발생하는 큰 불의 공포 속에서 살아야했다. 아이들에게도 청계천변 조금 남은 모래밭에서 뛰어 노는 것은 재미있었지만, 여름 장마에 집으로 밀려드는 더러운 물이나, 추운 겨울에 옆 동네 집을 활활 태우는 시뻘건 불은 너무도 무서웠다.

 청계천은 열악할 뿐 아니라 도시의 흉물이었다. 일거에 해결하는 방법은 복개 밖에 없었다. 1958년부터 1961년까지 광교~동대문운동장 구간을 복개하였으며 1965년부터 1967년까지 청계6가~청계8가 구간을 그리고 1970년부터 1977년까지 청계8가~신답철교 구간을 복개하였다. 주변의 판잣집들은 철거되고 고가도로가 건설되었다.
 강수의 판잣집은 1969년에 철거되었다. 강수는 초등학교 기간을 오롯이 청계천 판잣집에서 살았다. 나중에 부총리까지 된 강수와 비슷한 또래의 행정고시 후배 K도 청계천변 판잣집에 살았다하여 유명한데 아마 강수와 같은 시기에 청계천에서 뛰어놀던 어린이였을 것이다.
 청계천은 2003년 7월부터 2005년 10월까지 시행한 복원사업에 의해 서울의 랜드마크로 다시 태어났다. 청계천변 판잣집에서 청계천의 복개와 고가도로 건설을 지켜보던 빈민촌 어린이 강수가 청계천을 복원하는 시의 고위 공직자가 되어 복개 콘크리트와 고가도로를 뜯어내고 서울의 랜드마크를 만드는데 힘을 보탰다.

강수가 초등학교 6학년이던 1968년도 지나가는 11월 어느 날 아침, 건장한 사내 2명이 청계천 판잣집으로 불쑥 들어왔다. 그들은 신발을 신은 채로 방으로 들어왔다. 숙화와 정환은 사색이 되었고 강수는 너무나 무서웠다. 그들은 경찰이라고 신분을 밝히고 정환을 긴급체포한다고 하였다. 그리고는 아버지 정환을 끌고 나가 좁은 골목길을 올라가서 길가에 세워놓은 검은색 지프차에 태우고 떠나버렸다. 날벼락을 맞은 어머니 숙화는 혼이 나갔고 강수는 엄마에게 매달려 울었다.

아버지 정환은 감옥으로 가고 어머니 숙화는 정환의 변호와 옥바라지에 혼신을 다하느라 강수는 그해에 중학교를 진학하지 못했다. 13살 소년 강수는 다른 아이들이 책가방을 들고 중학교에 다닐 때 '아이스케익'('하드'라고도 하였다)통을 어깨에 메고 장사를 나갔다. 강수의 집 근처에 색소 넣은 단물을 캡슐에 넣어 얼음과 소금으로 얼려서 '아이스케익'을 만드는 공장(공장이라 해봐야 판잣집에 허름한 기계나 하나 있는)이 있었는데 강수 같은 동네 아이들이 어깨에 메는 통에 몇 십 개씩 받아 넣고 길거리에 다니면서 큰소리로 '아아이스케에에익~', '하아아드~'하며 파는 여름 한철 장사였다. 강수가 나중에 어른이 되어 생각하니 그 당시의 어린 강수가 불쌍하여 눈물이 나기도 했지만, 어린 강수가 생각하기에는 하루 종일 걸어 다니기가 힘든 것만 빼면 '아이스케익'도 먹을 수 있고 돈도 생기고하니 나쁜 일이 아니었다.

강수는 집에서 아버지 보던 책을 무작정 읽었다. 안 계시니 꺼내다 읽기도 좋았다. 혼자서 시간도 많았다. '데카메론' 같은 이야기책이나 '죄와 벌, '지상에서 영원으로', '대위의 딸' 같은 문학작품들이었는데 어린 강수가 작품을 이해하기는 어려웠어도 가끔씩 남여가 사랑을 나누는 장면의 묘사들은 재미있었다. 강수는 나중에 소설가까지 되는 자신의 문학성이 그 때에 태동하였다고 생각했다.

강수는 어디서 종합 전과 책 하나를 얻어서(아마 중학교도 못 간 강수가 안쓰러워 숙화가 어떻게 구해다 주었을 것이다) 중학교 1학년 과정을 틈틈이 공부하였다. 독학이 안 되는 영어는 어느 야학에서 영어를 배운 둘째형 일수가 가르쳐 주었다. 1969년부터 중학교 입시가 없어졌기에 학군 내 D중학교에 배정되었다. 강수는 초등학교 졸업 후에 일 년을 쉬고 드디어 197

0년에 입고 싶었던 중학생 교복을 입었다. 기분이 매우 좋았다. 중학교에 들어가자마자 본 첫 시험부터 성적이 잘 나왔다.

 서울사람 정환이 서울의 전 재산을 정리하고 경기도 북부의 소도시로 이사를 가면서부터 정환의 삶은 구차해지기 시작했다. 숙화와 아이들은 가난에 시달리며 초라한 삶을 살게 되었다. 숨어들듯이 서울의 청계천 판자촌으로 들어온 이유도 지방으로 이사나간 이유와 크게 다르지 않았다. 그것은 정환의 선택에 의한 시대와의 불화였다. 그 정점이 정환의 긴급체포와 2년여의 옥살이였다. 해방 후에 일본에서 숙화와 함께 서울로 들어 온 강수 아버지 정환의 이야기를 조금 더 하지 않을 수 없다.

불효자 정환이 왔습니다

"어머니, 불효자 정환이 왔습니다."
"오느라 고생이 많았다. 어디 아픈 곳은 없느냐?"
삼선은 벌써 며칠 전에 일본 오사카를 떠났을 아들 정환이 오기를 이제나 저제나 하며 눈이 빠지게 기다리고 있었다. 1946년 5월이 다지나가던 어느 날 삼선의 신당동집 문을 열고 드디어 정환이 들어왔다. 삼선은 그처럼 기다리던 아들을 보니 반가움에 부둥켜안고 울고 싶었지만 감정을 억누르면서 차분하게 말하였다. 그것은 양반가 아낙의 품위이기도 하였지만 정환을 따라 같이 들어온 젊은 처녀 때문이기도 하였다.
"같이 오신 분이냐?"

삼선은 정환의 뒤를 따라 들어온 숙화를 한번 쳐다보고 정환에게 말하였다.
"예, 어머니. 일본에서부터 저와 함께 있던 김숙화입니다."
숙화는 아무 말도 하지 못하고 허리를 90도로 굽히며 삼선에게 절을 하였다.
"그래... 어서 같이 들어 오거라."
일본사람들이 살던 집이어서 안방도 다다미가 깔린 방이었다.
"어머니, 먼저 저희가 큰 절을 올리겠습니다."
삼선은 앉아서 정환과 숙화의 큰 절을 받았다.
정환으로서는 어머니에게 숙화와 결혼한 사이임을 알리는 의식이었고 삼선으로서는 아들의 결혼을 받아들이고 숙화를 며느리로 맞이하는 의식이었다.

삼선은 내심 아들이 야속하였다. 같이 온 처녀가 누구인지 모르니 미덥지도 않았다. 삼선은 만주로 중국으로 1년 이상 다녀 오겠다는 아들을 두 말 않고 지원해 주었고 이번에 일본에서 2년 이상을 사는 것도 집을 팔아가면서 지원해 주었다. 아들에 대한 물질적 지원은 그녀의 아들에 대한 깊은 사랑의 마음에 비하면 아무것도 아니었다. 하루도 객지로 나간 독생자 아들의 안위를 걱정하지 않은 날이 없었다. 그러한 어미에게 결혼과 같은 인륜지대사는 사전에 한번이라도 귀띔을 하여야 했다. 그러나 정환이 일본에서 보낸 두 번의 편지 어디에도 숙화의 이야기는 없었다. 2년 넘어 모자가 상봉하는 날에 처음 보는 처녀를 아내라며 데리고 왔다. 눈이 빠지고 목이 빠지게 기다리던 아들은 과연 만분의 일이라도 자기를 생각하는 아들인지 너무도 아쉬웠다.

　삼선은 그동안 일본에서 지내온 아들의 이야기를 들으며 숙화의 모습을 가만히 살펴보았다. 차분한 모습에 지적이었으며 얼굴과 목소리도 고운 편이었다. 일본에서 대학까지 졸업한 처녀라 하니 나쁘지 않았다. 무엇보다도 제주판관을 지낸 양반댁 손녀라 하니 며느리 감으로 마음에 들었다. 손이 귀한 서씨 집안인데 벌써 숙화의 배 안에서는 두 달된 손주아이가 자라고 있다는 말까지 들으니 순간 삼선의 입이 귀에 걸리며 목소리가 한없이 밝아졌다.
"아니고 아가야, 내가 무슨 복이 있기에 너처럼 귀한 며느리를 맞게 됐는지 모르겠다. 먼 길 오느라고 수고했다. 저녁상 차릴 테니 건너 방에서 좀 쉬고 있거라."

　그 다음해 정월에 정환과 숙화의 큰아들이며 삼선의 첫 손자인 항수가 태어났다. 2대 독자 집안에서 기다리던 남자아이였다. 첫아들이며 첫손자인 항수에 대한 젊은 부부와 할머니의 사랑은 극진하였다. 정환과 숙화 그리고 삼선 모두에게 평안하고 행복한 시간이었다. 집이 두 채나 있었으며 숙화가 일본의 부모에게서 적지 않은 돈을 받아왔으니 집안의 형편도 풍요로웠다.

정환이 시대와 불화하기 시작한 것은 해방 전에 공산주의자 조직의 세포조직원이 된 것이 시작이었으나 가장 큰 원인은 6.25전쟁이었다.

정환은 좌익 공산주의자들이 활개 치던 6.25전쟁 전 해방공간에서 공산주의자 활동은 전혀 하지 않고 있었다. 미군정과 경찰의 공산주의자들에 대한 단속이 치열하던 시절이었다. 정환에게는 이제 사랑하는 아내와 자식 그리고 연로한 어머님이 있었다. 사랑하는 가족을 두고 위험에 빠지는 일을 하고 싶지 않았다. 불과 2년여 전에도 일경에 쫓겨 집을 떠나지 않았는가. 그 결과로 숙화라는 운명의 여자도 만나고 아들까지 낳았지만 이제는 이 평화롭고 행복한 집을 떠나야하는 위험한 일에 더 이상 연루되고 싶지 않았다.

그러나 문제는 6.25전쟁이었다.

1950년 6.25전쟁이 터졌을 때 항수는 이제 세 살 된 어린 아기였고 숙화는 둘째 아이를 가진 거의 만삭의 임부였다. 어린 아기와 만삭의 아내 그리고 노모까지 모시고 세간을 이고 지고서 아는 이 하나 없는 남쪽으로 정처 없이 피난길을 떠날 수가 없는 상황이었다.
　게다가 정환의 사회주의적 사상 또한 그의 피난길을 막았다.
　북에서 내려온 조선노동당은 '반제반봉건민주주의혁명'을 완수하겠다고 하였다. 반민족적인 친일세력과 친미세력 그리고 자본주의 반동세력을 분쇄하고 남한을 해방하여 평등하고 정의로운 나라를 세우겠다고 하였다. 이를 위해 무상몰수와 무상분배에 의한 토지개혁과 산업의 국유화, 그리고 8시간 노동제와 남녀평등을 실시하는 혁명적 조치들을 취하겠다고 하였다.
　정환이 깊숙이 의식화된 공산주의자는 아니지만 그가 생각하는 '인민이 주인이 되는 나라'와 크게 다를 것이 없었고 굳이 그러한 세력을 피해서 힘들게 피난까지 갈 필요성을 느끼지 못했다.

　김일성은 6.25전쟁 직후에 '남한에서 이승만 정권을 타파하고 진정한 인민권력인 인민위원회를 즉시 수립할 것'을 지시하였다. 군사적으로 해방한 남한 지역에서 가장 중요한 것은 반동

세력을 제압하고 공산주의 혁명을 이행할 권력기관의 수립이었다.

서울시 인민위원회가 결성되고 남로당 출신으로 월북하여 북한의 초대 사법상을 지낸 이승엽이 인민위원장으로 내려왔다. 경기도 인민위원장으로는 해방 전에 정환을 세포조직원으로 활용하다 일본으로 보내고 월북한 김용한이 내려왔다.

인민위원회는 관할 구역 내에서 친일분자와 민족반역자를 제외한 전 인민이 참여하는 인민권력이라고 하였다. 인민권력은 해방된 인민에 대해서는 민주주의를, 혁명의 대상인 친일분자와 민족반역자에 대해서는 인민독재를 실시한다는 혁명권력이었으며, 전쟁에 필요한 인적·물적 자원을 징발하여 전쟁터로 동원해 보내는 전시동원권력이었다.

인민위원회는 해방지구에 인민민주주의질서를 조속히 수립하고 전쟁을 빠른 시일 내에 승리로 종결시키겠다고 하였다. 서울에서 미처 피난하지 못한 수많은 우익 인사들을 감금하고 인민재판으로 처단하였으며 젊은이들을 의용군으로 강제 징집하여 전선의 총알받이로 보냈다.

정환은 아직 30살이 되지 않은 젊은 나이였다.
언제 인민위원회에 잡혀서 의용군으로 전선에 동원될지 모르는 일이었다. 2대독자이기 때문에 해방 전 일본 군국주의 시절에도 징집되거나 징용에 나가지 않았는데 인민정부나 인민군대는 그러한 사정을 봐줄 것 같지도 않았다.

 정환은 경기도 인민위원장 김용한을 찾아가 봐야겠다고 생각했다. 서울시 인민위원장 이승엽도 김용한의 심부름으로 한두 번 본적은 있으나 자신을 기억하고 도움까지 줄 정도는 아닌 것 같았다. 정환은 '김용한은 도움이 될 것이다. 아니 도움이 되어야한다.'라고 생각하며 집을 나섰다.

 아내 숙화와 어머니 삼선이 걱정스런 얼굴로 문밖까지 배웅하였다.

"정환동무 반갑소. 일본에서는 언제 귀국하였소?"
"해방 이듬해에 귀국했습니다.
 경기도인민위원회는 구 경기도청 건물에 있었다. 지금의 광화문 앞 시민열린마당 자리이다. 정환은 신당동 집을 나서서 한참을 걸어왔다. 인민위원장 김용한의 집무실은 경기도지사 방이었다. 웬 젊은이가 위원장을 잘 안다며 만나러 왔다고 하니 의심해서 내치려던 직원이 혹시나 하고 김용한에게 쪽지를 넣어 어렵게 만날 수 있었다. 김용한은 정환이 해방될 때까지 일본에 가있으라고 한 자신의 지령을 잘 지켰는지 먼저 물어보

앉다.

"조선으로 들어와서는 무슨 일을 하고 지냈소?"

용한은 혹시 그 사이에 변절하거나 의심할 일은 없었는지 정환을 똑바로 쳐다보며 물어보았다.

"아이가 생기고 노모도 모시고 있어서 다른 일 없이 지냈습니다."

"그 사이 장가가서 아이까지 났소? 하하하… 축하하오."

"감사합니다."

용한의 날카로운 눈매도 조금 풀어지고 말투도 사뭇 부드러워졌다.

"그래, 나를 찾아온 무슨 용건이 있소?"

"저는 일제에 맞서서 미력이나마 동지님을 모시고 혁명하던 경험이 있습니다. 조국이 해방되고 지금 진행되는 반제반봉건 민주주의 혁명에도 저의 미력을 보태고 싶어서 위원장 동지를 찾아왔습니다."

김용한에게 의용군에 징집될까 두려우니 힘 좀 써 달라는 말은 하기가 어려웠다. 의용군으로 징집되지 않고 서울 거리를 다닐 수 있으려면 인민위원회에 신분을 하나 가지는 것이 필요했다. 마음에 있는 말은 아니지만 혁명에 미력을 보태겠다고 하였다.

"…"

김용한은 잠시 생각하였다.

뚫어지도록 한참동안 정환을 바라보다가 말하였다.

"정환동무 잘 생각했소. 서울시당 위원장 김웅빈 동지를 찾아가 보시오."

"알겠습니다. 위원장 동지."

김용한은 바로 전화를 들어 조선노동당 서울시당위원장 김웅빈에게 전화를 하였다. 옛 세포 조직원에 대한 지원이기도하지만 자신의 수하로 다시 쓰지 않고 다른 사람에게 소개하는 것으로 보아 앞으로는 자신을 찾아오지 말라는 무언의 표시였다.

전화를 내려놓고 일어서며 정환에게 손을 내밀었다.

"잘 가시오."

정환은 두 손으로 용한의 내민 손을 잡으며 고개 숙여 인사하였다.

"감사합니다. 위원장님."

정환은 김웅빈의 도움으로 형식적인 절차를 거쳐 인민위원이 되었다. 남한 내 모든 점령지역에서 1950년 7월부터 9월 사이에 인민위원들이 선출되었다. 인민위원은 7만명이나 되었고 큰 권한이나 할 일이 많은 자리는 아니였으나 정환에게 의용군

징집을 막아주는 보증수표였다.

 그러나 그 당시에는 몰랐지만 그것이 남은 정환의 일생을 '비 오는 날 마당에 널린 빨래'처럼 만들었으며 그의 사랑하는 아내 숙화와 아이들이 겪어야 할 힘겨운 가난의 연원이었다.

 그해 9월 28일 서울이 수복되자 용한은 다시 북으로 도주하였고 정환은 북으로 갈 이유와 생각이 없으니 그대로 서울에 남았다.

혁명을 피해서

　-친애하는 애국동포 여러분! 은인자중하던 군부는, 드디어 오늘 아침 미명을 기해서 일제히 행동을 개시해, 국가의 행정, 입법, 사법 3권을 완전히 장악하고, 이어 군사혁명위원회를 조직했습니다.

"항수아버지 어서 일어나 라디오 좀 들어보세요."
　숙화가 아직 잠에 빠져있는 정환을 급히 흔들어 깨우며 말했다. 아침준비를 하려고 일어나 라디오를 켜니 긴장된 목소리로 군사혁명 방송이 나오고 있었다. 정환도 일어나 라디오에 귀를 기울였다.

'군부가 궐기한 것은 부패하고 무능한 현 정권과 기성 정치인들에게 이 이상 더 국가와 민족의 운명을 맡겨둘 수 없다고 단정하고, 백척간두에서 방황하는 조국의 위기를 극복하기 위한 것입니다.'

"밤사이에 군사 쿠데타가 일어났나봐..."
　정환이 놀란 표정으로 숙화를 보며 말하였다. 방송은 계속해서 군사혁명위원회의 혁명공약을 내보냈다.

　　-군사혁명위원회는 첫째, 반공을 국시(國是)의 제일의(第一義)로 삼고, 지금까지 형식적이고 구호에만 그친 반공태세를 재정비 강화할 것입니다.
　둘째, 유엔헌장을 준수하고 국제협약을 충실히 이행할 것이며, 미국을 위시한 자유우방과의 유대를 더욱 공고히 할 것입니다.
　셋째, 이 나라 사회의 모든 부패와 구악을 일소하고, 퇴폐한 국민도의와 민족정기를 다시 바로잡기 위하여 청신한 기풍을 진작 할 것입니다.
　넷째, 절망과 기아선상에서 허덕이는 민생고(民生苦)를 시

급히 해결하고, 국가 자주경제 재건에 총력을 경주 할 것입니다.

 다섯째, 민족적 숙원인 국토 통일을 위하여, 공산주의와 대결할 수 있는 실력 배양에 전력을 집중 할 것입니다.

 여섯째, 이와 같은 우리의 과업이 성취되면, 참신하고도 양심적인 정치인들에게 언제든지 정권을 이양하고 우리들 본연의 임무에 복귀할 준비를 갖추겠습니다.

 애국 동포 여러분, 여러분은 본 군사혁명위원회를 전폭적으로 신뢰하고, 동요 없이 각인의 직장과 생업을 평상과 다름없이 유지하시기 바랍니다. 우리들의 조국은 이 순간부터 우리들의 희망에 의한 새롭고 힘찬 역사가 창조되어 가고 있습니다. 우리들의 조국은 우리들의 단결과 인내와 용기와 전진을 요구하고 있습니다. 대한민국 만세, 궐기군 만세.

 이어서 행진곡 풍의 군가가 방송되고 조금 지나자 똑같은 군사혁명 방송이 계속되었다.

 1961년 5월에 군사혁명이 일어났다.
 군사혁명위원회는 반공을 제일의 국시(國是)로 하며 그동안의 형식적이고 구호에 그친 반공태세를 점검하고 강화한다는 것을 첫 번째 혁명공약으로 발표하였다.

 정환은 6.25전쟁 시에 적 치하 서울에 남아서 인민위원을 하였던 것이 못내 마음에 걸렸다.

 전쟁이 끝나고 나서도 인민위원 나간 것을 아는 사람하고 혹시 거리에서 마주칠 수도 있어서 주로 집안에서만 생활하던 정환이었다. 무슨 취업을 하거나 어떤 장사라도 할 생각을 하지 못하고 6.25전쟁이 만든 굴레에 빠져서 은둔의 삶을 살고 있었다.

 거기에 그를 더욱 퇴행의 삶으로 밀어 넣은 것이 5.16군사쿠데타였다.

 정치권의 부패와 무능 그리고 국가발전은 도외시하는 정쟁에 지친 많은 국민들과 지식인들이 5.16군사혁명을 지지하였고 군사혁명정부는 이에 부응하여 혁명공약을 실천하는 조치들을 강력하게 추진하였다.

 반공 방첩 정보기관인 중앙정보부를 신설하고 혁명재판소와 혁명검찰부를 설치하여 용공분자를 색출한다며 대대적인 좌익사범 검거가 시작되었다.

 길거리에는 '반공방첩만이 우리가 살길이다. 자수하여 광명찾자!'라는 시뻘건 글씨의 커다란 현수막과 포스터들이 수 없이 걸렸다. 국민의 지탄을 받던 정치깡패들은 잡아서 서울거리로 조리돌림을 한 후에 즉시 처형해 버렸다. 군사혁명정부의 서슬이 시퍼랬다.

　정환은 서울거리에서 언제 무시무시한 군사혁명정부에 용공분자로 잡혀갈지 모른다는 생각이 들었고 무슨 방안을 마련하여야했다.

　그것은 해방 전 일경에 쫓길 때 일본으로 몸을 피하던 바로 그 방식이었다.

그러나 이번에는 홀몸이 아니었다. 어머니 삼선과 처 숙화 그리고 이제 5살 된 강수 밑으로 백일이 채 되지 않은 막내딸까지 5명의 아이들이 있었다. 다 같이 떠나야했다.

"어머니, 이사를 가야할 것 같습니다."
"느닷없이 이사를 가다니 웬 일이 있느냐?"
　삼선은 아들이 갑자기 신중한 표정으로 이사를 가야겠다고 하니 가슴이 덜컥 내려앉았다. 오랜 동안 살던 종로구 낙원동 집에서 신당동 집으로 그리고 전쟁이 끝난 후 용두동의 작은 한옥으로 한 번 더 이사하였다. 계속해서 집이 줄어드는 이사였지만 아들 내외와 함께 손자들까지 보며 사니 나쁘지 않았다. 집안 재산이 줄어드는 것은 아들 정환이 벌이가 없기 때문이었고 정환이 경제활동을 하지 못하는 이유도 삼선은 잘 알고 있었다. 숙화가 지참해온 돈도 벌써 다 없어진지 오래고 집을 줄여서 생활을 해 나가야 했다. 이제 또 이 집을 줄여서 어디로 간단 말인가.

"군사쿠데타 정부가 반공을 제일의 국시로 한다면서 사람들을 마구 빨갱이라며 잡아들이고 있습니다."
"네게도 위험이 있는 것이냐?"
"김용한을 만나 잠시 인민위원을 한 것과 어쩌면 해방 전에 일까지 문제 삼을까 걱정이 되기는 합니다."
"그럼 어디로 가려고 하느냐?"
"아는 사람이 전혀 없는 경기도 북쪽의 작은 도시로 잠시 이사 갔다가 조용해지면 다시 들어오는 것이 어떨까 싶습니다."
"네 처와는 상의된 일이냐?"
"예, 항수어멈도 이사 가는 것이 잘못되는 것보다는 낫다고 하였습니다."
"너의 안위가 걸린 일이니 어찌하겠느냐. 집은 오늘이라도 바로 내놓고 빠른 시일 내에 이사하는 것이 좋겠다."

삼선은 두말없이 집을 팔았다. 정환이 만주로 상해로 다녀오겠다고 해서 한번, 일경을 피해 일본으로 가있겠다고 해서 한 번, 그리고 세 번째 아들을 위한 재산 정리였다. 이번은 전 재산을 팔아서 아들에게 다 주었다. 삼선은 손자들까지 주렁주렁 딸린 하나밖에 없는 아들이 군사혁명정부에 잡혀가서 빨갱이로 고초를 당하는 일은 눈뜨고 볼 수가 없었다. 아는 사람 하나 없는 시골로 가기는 싫었지만 아들을 지키는 길이니 어찌하겠는가. 또 다시 집을 팔고 낯선 동네로 이사 하는 것도 감수하지 못할 일이 아니었다. 이제는 더 이상 아들에게 줄 재산도 없다. 다만 아들 정환이 일찍 남편을 여의고 아들 하나 믿으며 키워온 이 어미의 마음을 알아주기만 바랄 뿐이었다.

정환이 어머니 삼선과 처 숙화 그리고 아이들 다섯까지 모두 데리고 경기도 북부 접적지역의 작은 마을인 영북면 운천리로 이사한 것이 1961년 늦가을 그의 나이 40살 때였다. 서울에서 좋다는 중학교에 다니던 항수는 졸지에 운천리 시골에 있는 Y중학교로, 밑으로 동생 둘은 Y초등학교로 전학하였고 일본에서 대학까지 나온 숙화는 시골아줌마가 되었다.
 강수는 나이가 들어가면서 도대체 아무리 군사혁명정부가 무서웠다 하더라도 아버지 정환이 인생의 황금기를 시작하여야 할 40세에 노모와 사랑하는 아내 그리고 젖먹이 아이까지 포함해서 다섯이나 되는 어린 자식들을 다 끌고서 서울에서 그 산골로 숨어들 듯이 들어간 것을 이해하기가 어려웠다.

의식화된 골수 공산주의자도 아니고 엄청난 빨갱이 활동을 한 것도 아니니 군사혁명정부라 하더라도 무슨 크게 처단을 하기야 하겠는가. 체포되지 않으면 좋고 체포되더라도 어느 정도 처벌로 끝날 일이 아니겠는가. 서울에서 기회를 잡고 돈을 벌거나 직장을 잡고 커리어를 쌓아야 할 그 나이에 그야말로 퇴행적인 결정을 하고 그것을 실행함으로써 끝없는 가난으로 노모에게는 불효하였으며 처와 자식들에게는 힘든 삶을 살게 하였다고 생각했다.

정환의 입장에서는 무슨 삶의 전환이 필요했다. 숙화와의 사랑은 깊어서 아이들이 다섯이나 생겼지만 가장은 하는 일이 없어 늘 집에만 있었다. 아내 숙화가 가져온 지참금도 다 없어졌고 어머니의 재산이 조금 있지만 자신의 항산(恒産)이 없는 한 아이들도 커가니 금방 없어질 것이 뻔했다. 정환도 자기에게 맞는 일을 하여 가정을 책임지고 자신의 성취를 이루어야 했다.

서울에서는 정환을 알아보는 사람이 신고만 하면 잡혀 들어갈 것 같으니 일을 할 수도 없었다. 아는 사람 없는 지방으로 가서 적합한 자신의 일을 찾아야했다. 군사혁명정부가 반공을 국시로 하고 빨갱이라며 사람들을 마구 잡아들이는 이때에 잠시 소나기도 피하고 자신의 삶을 전환시키는 계기로 삼는 것이 옳다고 생각했다.

용두동의 한옥을 판돈으로 영북면 운천리에 작은 자동차정비소를 하나 샀다. 적당한 집을 마련하여 어머니 삼선까지 여덟 식구가 이사하고도 적지 않은 돈이 남았다. 정환은 자동차정비소 사장이 되었으며 동네사람들도 서울에서 돈 많은 인텔리 부부가 왔다고 친절하게 대하여서 시골생활의 시작이 나쁘지는 않았다.

그러나 그 결과까지 좋지는 않았다.

삼선의 혼백도 울고

　정환이 운천리로 온 이듬해 그러니까 1962년 6월에 군사혁명 정부는 화폐개혁을 단행하였다. 화폐단위 '환'을 '원'으로 바꾸고 구화폐의 현금과 예금을 동결하며 구권을 신권과 10:1의 비율로 그것도 500원을 한도로 하여 일정기간 동안만 교환해 준다는 혁명적 조치였다. 주로 현금을 쌓아놓고 있는 화교나 지하경제자금을 타겟으로 한 조치이나 그 직격탄은 정환이 맞았다. 당시 정환은 서울의 집을 팔고 남은 돈과 자동차정비소를 운영하며 도는 돈을 모두 현금으로 집에 보관하고 있었다. 정환이 지금까지 집에 그렇게 많은 현금을 가지고 있은 적이 없었다. 군사혁명정부와의 계속되는 악연이었다. 집에 있는 적지 않은 돈을 모두 마대자루에 담아 은행으로 가서 신권 500원으로 바꿔왔다. 경제적인 타격이 컸으며 생활도 어려워지기 시작했다.

 결정적인 것은 자동차정비소를 실질적으로 운영하는 김광열의 사기와 도주였다. 애초에 정환이 자동차정비에는 문외한이니 원래 주인인 김광열이 계속 정비소 공장장으로 근무하는 것으로 하고 자동차정비소를 인수하였다. 자동차정비소는 민영 자동차가 거의 없던 시절이니 관용 자동차나 인근의 미군부대, 한국군부대의 자동차를 경정비하는 업소였다. 김광열은 마치 자신이 계속 주인처럼 행세하며 수익을 빼돌렸다. 그리고 마지막에는 정비소의 등기이전이 미비한 것을 이용하여 제3자에게 다시 팔아먹고 잠적해버렸다. 정환의 첫 번째 사업은 완벽히 실패하였으며 돈벌이 없는 시골에서 더 이상 살기도 어려웠다. 다시 서울로 가야했다. 정환이 4년 가까운 운천리 생활을 청산하고 숨어들듯이 서울 청계천 판자촌으로 이사 온 것이 1965년 여름이었다.

 청계천 판잣집 단칸방에서 삼선이 돌아갔다.
 정환이 운천리에서 청계천으로 어머니 삼선을 모시고 온 그해 12월의 어느 추운 겨울날 돌아갔다. 환갑을 두 살 넘긴 나이었다. 정환이 어머니를 모시고 병원에 다닐 돈은 물론 없어서 숙화가 한 번씩 의사인 동생 길화에게 가서 약을 구해다 주사를 놓았으나 소용이 없었다.

 서울의 양반집으로 시집온 개성의 부잣집 딸이었으나 남편이 일찍 떠나 늘 독생자 아들 정환을 안쓰러워하며 살아왔다. 삼선의 삶은 언제나 아들을 위하였으며 아들에게는 그녀의 가지고 있는 재산도 가슴속 깊은 사랑도 전부다 주었다.

 아들을 위하여 이사한 낯설고 물설은 시골이 마음에 가지 않은데다 시골집은 외풍도 있고 경기북부라 서울보다 훨씬 추웠다. 거기에서 병이 들어 깊어진 해소가 청계천 판잣집에서 도져서 한밤에 자다가 돌아갔다. 아마 시골살이까지 받아들이며 있는 재산을 모두 아들에게 넘겨주었으나 아들 정환이 그 재산을 건사하지 못하고 급기야는 빈민가 판잣집으로까지 들어오게 되니 삼선이 기가 막혔을 것이고 그 또한 병이 도진 이유의 하나가 되었을 것이다.

 판잣집 단칸방에서 어머니 삼선의 관이 나갈 때에 정환은 관에 엎드려 굵은 눈물을 흘렸다. 자기에 대한 어머니의 무한한 사랑과 지원은 이미 알고 있었다. 무녀독남 외아들 자신의 그러한 어머니에 대한 불효와 부족함도 충분히 느끼고 있었다. 그러나 지금 그가 할 수 있는 일은 슬퍼하며 우는 일 뿐이었다. 정환과 결혼하여 지금까지 삼선을 모시고 살아온 숙화도 시어머니의 관을 내보내며 한없이 눈물을 흘렸다.
 화장하고 작은 유골함에 들은 삼선을 시내 어느 비구니 절에 모셨다.

"서정환씨 맞죠?"
"예, 그런데 누구시죠?"
"서울시경에 김재엽 형사입니다."
"도대체 무슨 일이요? 왜이래?"
"서정환씨를 반공법 위반 혐의로 체포합니다."
"반공법 위반이라니 무슨 말이오?"
"영장입니다. 같이 가셔야겠습니다."
"무슨 마른하늘에 날벼락 같은 말이야?..." 정환이 소리치듯 말했다.
"안돼요! 아이들 앞에서 아버지를..." 숙화가 울먹이며 말을 잊지 못했다.

 삼선이 돌아간 지 3년이 채 되지 않은 1968년 11월 어느 날 이른 아침에 건장한 남자 두 명이 정환의 청계천 판잣집으로 들이닥쳤다. 정환이 도주할 경우를 대비하여 신발도 벗지 않고 방으로 들어서서 정환에게 바로 수갑을 채웠다. 정환은 물론 숙화를 비롯해서 항수와 동생들까지 모든 식구가 벼락을 맞은 듯이 놀라고 사색이 되어 무서움에 떨었다. 정환은 두 건장한 남자들에게 양팔을 잡히고 끌려 나가 그들이 타고 온 검은색 지프차에 태워져 서울시경 대공과로 잡혀갔다. 삼선이 그처럼 보지 않으려했던 아들이 빨갱이로 잡혀가는 현실이 드디어 발생하였다. 삼선의 생전에 그런 일을 보지 않은 것이 다행이나 아마 그날도 아들을 끔찍이 생각하는 삼선의 혼백이 그 장면을 지켜보며 눈물 속에서 어쩔 줄 몰라 하였을 것이다.

반공법은 '반공을 국시로 삼고 형식에 그쳤던 반공체제를 재정비 강화한다.'라는 5.16군사혁명공약 제1호를 이행하기 위하여 군사혁명정부가 혁명 달포만인 1961년 7월 3일에 제정 공포한 법이다. 기존에 국가보안법이 있었으나 속칭 빨갱이들을 강력하게 때려잡기 위하여 특별히 만든 법이었으며 자의적 해석이 가능한 조항들과 법률제정 이전의 공산주의 활동까지 처벌하는 소급입법이었다. 반공법은 무소불위로 적용되어 1965년에 영화감독 이만희, 1967년에는 전 국회의원 김두한, 1972년에는 시인 김지하 등 유명한 사람들 뿐 아니라 별 일 없는 일반 시민들까지 수많은 무고한 사람들을 처단하였다. 시민들의 원성이 큰 법이었으며 1980년에 폐지되어 국가보안법으로 통합된 법이다.

정환의 혐의는 '반국가단체에 가입한 자'와 '반국가단체의 이익이 되는 것을 알면서 그 구성원 또는 지령을 받은 자와 회합·통신한 자' 두 가지였다. 모두 7년 이하의 징역이고, 두 죄의 경합범이므로 정환은 최대 10년 6개월까지 징역에 처해질 수 있었다.

'반국가단체에 가입'한 혐의는 바로 정환이 적 치하에서 인민위원 한 것을 말하였다. '지령을 받은 자와 회합·통신한 자'라는 혐의는 대공 부서에서 정환을 찾아내고 체포한 직접적인 혐의였는데 북에서 남파된 간첩 김모(金某)가 체포되어 서정환을 만났다고 불었기 때문이었다.

김모(金某)는 숙화의 먼 친척 되는 제주사람인데 6.25전쟁때 월북하였다가 남파 간첩으로 내려왔다. 과거에 좌익 활동도 하였던 것으로 알고 있는 정환을 포섭하려고 어떻게 하여 한번 만났다. 그는 정환이 빈민촌의 필부가 되어 아무런 활용가치가 없는 것을 확인하고 다시 만나지 않았으나 다른 간첩활동을 하다가 체포되어 아마도 모진 심문을 받으며 정환의 이름과 사는 곳까지 댄 것이다. 인민위원을 한 혐의는 대공과에서 모르고 있었으나 정환이 계속되는 심문에서 견디지 못하고 자백을 한 혐의였다.

  대공과는 대단한 고정간첩을 잡았다고 하였다.

  6.25전쟁때 인민위원을 하고 서울에서 암약하다 전 가족을 대동하여 월북하려고 휴전선 앞 접적지역으로 들어갔으며, 그곳에서도 군부대 자동차 정비업소를 운영하면서 군사기밀을 탐지하다가 다시 지령을 받고 서울의 빈민촌으로 잠입한 간첩 서정환이었다.

  정환을 체포해간 대공과 직원들은 그 공적으로 특진까지 하였다.

  1심 법원에서는 기소된 혐의를 모두 인정하여 정환에게 반공법 위반으로 징역 10년을 선고하였다. 그러나 2심 고등법원에서는 판단을 달리하였다. 인민위원을 하였다는 혐의는 정환의 자백만 있을 뿐 이를 뒷받침할만한 서류 등 증거가 없으므로 무죄이며, 간첩과 회합·통신한 혐의는 정환이 김모(金某)를 만나기 전후에 그가 간첩임을 알지 못했고, 반국가단체에 이익이 된다는 정을 알았다고 보기 어렵기 때문에 무죄라고 판단하였다.

숙화는 2심 판결을 앞두고 재판부에 지금까지 자신이 일본에서부터 정환을 만나 3년 전 돌아가신 어머니와 자식들 다섯을 데리고 살아온 이야기를 직접 펜을 들어 이십 장이 다되는 탄원서로 제출하면서 정환의 무고함과 선처를 호소하였다. 탄원서는 여느 중년의 여성이 썼다고 할 수 없을 만큼 명필이고 명문이었다. 고등법원 형사부 재판장 한만춘 부장판사의 마음을 움직였다.

　정환은 1971년 6월 3일 감옥 문을 나왔다. 잡혀갈 때만큼 예기치 못한 출소였다. 1심에서 10년이나 되는 형을 선고 받았기 때문에 2심에서 무죄는 기대하지도 않았다. 2년여의 옥살이를 끝내고 나오는 정환 앞에 숙화가 눈물을 흘리며 생두부를 들고 서 있었다.

　정환은 옥살이를 하면서 나중에 그의 사망의 직접 원인이 되는 당뇨병까지 얻었지만 재판을 받고 난 후에는 마음은 편해졌다. 막연한 체포의 공포에서 벗어날 수 있었고 자신의 작은 좌익 활동이 처단 받는 죄가 아니라는 것을 알게 되어 좋았다. 자신을 옥죄고 있던 굴레에서 벗어난 느낌이었다. 이제는 은둔해서 집안에만 있을 필요도 없었다. 무어라도 하고 싶었다. 그러나 가진 자본도 없고 기술도 없이 이제 오십 줄에 들은 정환이 할 수 있는 일이 얼마나 많이 있겠는가.

 숙화는 일본어를 잘했고 정환도 숙화 만큼은 아니지만 일본 사람 못지않게 일본어를 잘했다. 둘이서 신설동 로터리 허름한 건물에 작은 일본어 학원을 차렸다. 강사는 숙화와 정환 단 둘이었다. 학원은 그런대로 굴러갔다. 조금 지나서 직장인들이 많아 수강생 모으기에 좋다는 시청 앞으로까지 진출하여 서소문으로 학원을 옮겨갔다. 아내 숙화와 단둘이 하는 작은 학원이라 벌이도 적었고 길게 운영하지는 못했지만 정환이 처음 하는 일다운 일이었다.
 숙화와 정환, 나이 많은 강사만 있는 학원에 수강생들이 점차 많이 모이지도 않고 힘도 부치게 되어 한동안 운영하다 일본어 학원을 접었다.

내가 날씨에 따라 변할 사람 같소?

  - 당신 하는 짓거리가 뭐요? 요즈음 잘한다고 생각하쇼? 매일 비나 쏟아 붓고 며칠 째인지 해도 너무하는 것 같지 않느냐 말이요. 당신이 그렇게 몰인정하니까 사람들 인심마저 사나워지지 않소! 오늘쯤은 비를 멈춰 줘야 할 거 아니오. 일 좀해서 내 목구멍에 뭘 좀 집어넣게 해주란 말이요. 우리가 뭐 공으로 먹여 달랬소? 날씨만 맑아 달라 이거지 그러면 내 몸으로 벌어먹겠단 말이요.(천둥소리)

  - 자네가 고함을 지르니까 하늘이 더 큰 고함을 지르지.4)

---

4) 이강백 작 '내가 날씨에 따라 변할 사람 같소?' 에서 차용

강수는 무대 아래 의자에 앉아서 두 배우의 대사와 동선(動線)을 주시하다 일어서며 말했다.

"두 분 좋아요 좋습니다. 그런데 칠장이 하영득씨! 칠장이는 이 연극의 시작을 하는 매우 중요한 역 입니다. 무대에 조명이 들어갔을 때 꽉 들어찬 관객이 모두 주시하는 초점이에요. 그러면 관객들이 무언가 '꽝'하고 놀라거나 '쿵'하고 감동이 되게 대사와 동작을 해야 해요. 천천히 무대 중앙으로 걸어 나와서 분노한 표정으로 말없이 하늘을 올려다보다가 팔을 들어 손가락으로 하늘을 찌르듯이 하면서 강하게 '당신 하는 짓거리가 뭐요' 하고난 후 두 팔을 아래로 뻗어 내리면서 목을 쭉 빼서 얼굴을 더 하늘을 향해 보고 '요즘 잘한다고 생각하쇼?' 하면 좋을 거 같아요. 그 때 발뒤꿈치도 조금 들어서 더 하늘에 대드는 느낌을 주어도 좋고. 자 다시 한 번 가봅시다."

과천에 중앙공무원교육원은 새로 지어서 깔끔하고 최고의 시설을 갖추고 있었다. 교육원 강당에서 강수가 연출하는 연극연습이 한창이었다.

강수가 행정사무관으로 임관되어 신임관리자 연수를 받기위해 과천 중앙공무원교육원에 들어온 것이 1982년 3월이었다. 연수는 3개월간의 합숙이었으며 아침 7시에 기상하여 국민체

조로 하루를 시작하고 저녁 6시까지 학과수업이 진행되었다. 막 출범한 5공화국 정부의 경직함이 그대로 반영된 공무원교육이었다.

  수업이 끝나고 석식을 한 후에는 연수생들이 모두 특별활동 시간을 보내는데 누구나 음악반, 서예반, 영어반 등 한군데 특별활동반에 들어야 했다. 연수가 끝나는 5월, 부모와 애인이나 친지들을 모두 초청하는 연수원 오픈하우스 날에 반별로 발표가 예정되어 있었다. 강수는 서예반에 들어갔다. 연극반도 있었지만 강수는 들어가지 않았다.

"서강수씨 학교 다니면서 연극을 하셨다는 얘기 들었습니다. 서예반 말고 연극반으로 오셔서 연극 지도를 좀 해주시죠. 연극반이라고 모였는데 연극을 아는 사람이 하나도 없으니 뭘 어쩔지 모르겠어요. 수료날에 발표도 해야 된다는데…"

  석식을 마치고 연극반 대표라는 정재훈과 몇 명이 강수를 찾아왔다. 같이 합격하여 연수 들어온 강수의 S시립대학교 동기 3명이 강수가 학교 다니면서 연극만 하였다고 이야기하며 다녔다.

"그래요… 연극반에 몇 명이나 있어요?"
"일단 들어온 사람만 20명 다 됩니다."

120명 연수생이 의무적으로 하나 이상 특별활동반에 가입해야했기 때문에 연극반원이 적지는 않았다. 연극반은 사실 촌극반이었다. 강수의 전 기수 연극반에서는 '김주사와 박과장'이라는 10분짜리 촌극을 만들어 공연하였다. 하긴 고시공부만한 사람들이 두 달여 만에 어떻게 연극을 올릴 수 있겠는가.

강수는 잠시 생각하였다. 조금 욕심이 생겼다. 언제 또 이렇게 연극을 할 기회가 생기겠는가. 연극에 문외한들과 연극하기가 어렵고 힘들겠지만 매우 잘 해야 되는 강박이 있는 경우도 아니지 않은가. 대학연극반 시절에 연출하려다 말은 연극 '내가 날씨에 따라 변할 사람 같소?'가 생각이 났다. 극작가 이강백의 동아연극상 대상 작품이고 극단 실험극장에서 제60회 정기공연으로 막을 올린 작품이다. 연극도 소극(笑劇, farce)이어서 쉽고 재밌었다.

"그러면 촌극 말고 제대로 된 연극을 한번 해볼까요?" 강수가 말했다.

"우리가 할 수 있을까요?"

"어차피 저녁시간에 갈 데도 없는데 5월까지 연습하면 어느 정도 수준으로 연극을 올릴 수 있을 겁니다."

"좋습니다. 전문가를 모시니 안심입니다 하하..."

'내가 날씨에 따라 변할 사람 같소?'는 3막짜리 연극으로 공연시간도 90분이 넘고 등장인물만 14명이나 나오는 대작이었다. 강수는 등장인물을 한명 줄이고 희곡을 한 시간 정도의 분량으로 줄였다. 연수원에서도 오픈하우스 날에 강당에서 연극반이 한 시간 공연할 수 있도록 해주었다. 매일 석식 후 몇 시간씩 연습에 들어갔다. 연수원에서 나가지 못하는 연수생들이라 연습에 빠지는 경우가 드물었으며 연극이라고는 난생 처음 하는 고시합격생들이지만 연극에 대한 재미가 생기기 시작해서 연극 연습은 종종 자정을 넘기기도 하였다. 강수는 반드시 여자를 써야하는 소녀(장군의 딸)역으로 10년 만에 유일하게 나온 행정고시 여성합격자인 장옥수를 설득하여 모셔왔으며 나머지 여성인물 두 명은 부득이 남자 연수생을 여장하여 출연시켰다. 연극 연습의 열기도 더해갔다.

- 보라! 세상은 식탁과 같도다. 사람들은 둘러앉아서 먹고 마시며 서로 사랑하고 서로를 속이는 도다. 그리고 저쪽에는 죽음이 이쪽에는 생명이 자리 잡고 있도다. 그대 죽음이여 그대는 누구를 데려갈까 그 생각만 하고 있구나.
- 누구를 데려가도 좋단 말인가?
- 그럼 그대 마음대로지

- 이제 우리는 아무것도 두려워하지 않노라. 죽음마저도 다시 살아나기 위한 과정일 따름이도다. 시간은 흘러가는 것이 아니라 멈춰있으며 다만 우리들 자신이 그 시간 속에 나타났다가는 사라지고 사라졌다가는 다시 나타나노라.
 - 다시 나타난 이 사람인가 그대 진정 사랑하는 사람이?
 - 네, 그래요 바로 이 사람이에요!
 - 그대는 어떤가? 거듭된 죽음과 생명에서 이 처녀에게 무어라 말하겠는가?
 - 사랑합니다! 영원히! 5)

'짝짝짝짝짝...' 관객들의 큰 박수가 터졌다.

칠장이, 미장이, 땜장이, 분장사 등 날씨에 따라 먹고 살기도 힘든 힘없는 소시민들이 장군의 딸과 그녀에게 빠진 가난한 하숙집 아들을 엮어주기 위하여 꾸민 극중극에서 두 젊은 남녀가 사랑을 확인하는 장면이었다. 3개월간의 합숙 연수가 끝나는 연수원 오픈하우스 날 연극 '내가 날씨에 따라 변할 사람 같소?'를 하는 연수원 강당이 연수생들의 부모와 친지들로 꽉 들어찼다. 별 기대를 안 하고 들어왔는데 연수생들이 예상외로 3막짜리 정식연극을 어색하지 않게 소화하여 잘하고 있으니

---
5) 이강백 작 '내가 날씨에 따라 변할 사람 같소?' 에서 차용

한 시간의 연극이 끝난 후 우레와 같은 박수를 보냈다. 재미있는 대사와 소극(笑劇, farce)의 맛을 극대화하는 연출로 연극 중간 중간에 관객들의 많은 웃음이 터졌다. 연극은 대성공이었다.

"강수야, 학교 다니면서 연극만 하더니 연수원와서도 연극을 하는구나. 하여튼 오늘 네 연극이 제일 볼만했고 재미있었어. 잘했다."

정환과 같이 연수원 오픈하우스에 온 숙화가 연극이 끝나고 연수원 식당에서 강수와 점심을 먹으며 말했다.

"예, 아버지도 재미있게 보셨어요?"

"그래, 그런 거 같구나."

언제나 그렇듯이 아버지 정환의 말은 길지 않았다.

"오늘은 연극반 연수생들하고 저녁 쫑파티가 있어서 늦을지 몰라요."

"술 너무 많이 먹지 말고 조심하고…" 숙화가 말했다.

강수가 연수원 생활 내내 혼신의 노력을 쏟은 연극이었다. 연극반 연수생들은 연극에 문외한이었지만 나름 연출의 말을 잘 이해하고 따라주었다. 한 편의 연극을 올리기 위해서 연출자 강수가 하여야 할 일들은 많았다.

 방송국 PD하는 친구를 찾아가 연극에 삽입하는 음악과 효과음향을 떠왔다. 공연 날은 강수의 대학 연극반에서 조명기기들을 가져와 강당에 추가로 설치하였으며 분장도구를 가져와 강수가 배우들 분장을 직접 하였다. 공연 전에는 작은 포스터와 팸플릿까지 만들었다.

 강수는 연극연습이 끝난 후에도 밤 깊을 때까지 기숙사 방에서 연출 구상을 하고, 연극의 감을 잃지 않도록 다른 희곡들을 읽었다.

 강수는 모두들 불가능 해보이던 일을 성공적으로 마무리하게 되어 마음이 편안했다. 한번 해보고 싶었던 작품을 그런대로 만족하게 재미있는 연극으로 올릴 수 있어서 기분이 좋았다.

 연수원 연극반 쫑파티는 밤늦게까지 계속됐으며 강수는 그 후로 동기들에게 '서감독'이 되었다.

아주 젊으시네요

"과장님, 이집은 가장이 불구폐질이라 노동력이 없고 아직 학교에 다니는 아이들 둘이 있는 집입니다. 여자가 파출부로 일해서 생계를 유지하고 있습니다."

사회담당이 강수에게 말했다.

"아 그렇습니까? 잠깐 들어가 보죠."

강수는 K구청 사회복지과장으로 발령을 받았다. 담당과장으로써 현장을 직접 파악하기 위하여 관내 생활보호대상자들을 방문하였다. 80년대 초반 K구는 서울의 대표적인 영세민(지금은 수급권자라고 한다) 집단 거주 지역이었다. 그중에서도 봉춘5동(지금은 성훈동이라는 그럴듯한 이름으로 바뀌었다)은 동

주민의 거의 100%가 영세민이었다. 거미줄 같은 골목길을 돌고 돌면서 봉춘5동 속칭 '가마니촌'의 영세민 가구들을 방문하는 중이다.

 강수는 문이라며 걸려있는 가마니를 한손으로 들어 올리고 집안으로 들어갔다. 가마니를 젖히니 바로 부엌이었고 그 뒤쪽으로 단칸방이 하나 붙어있었다. 봉춘5동은 남향의 산동네이기 때문에 집집마다 햇빛이 잘 들어서 집안이 어둡지는 않았다.

"안녕하세요. 구청에서 나왔습니다."

사회담당이 방문에 대고 소리치듯 말했다.

"무슨 일이요?"

병색이 짙어 보이는 중년의 남자가 방문을 열고 얼굴만 내밀며 말했다.

"구청 사회복지과장님 오셨습니다." 사회담당이 말했다.

"안녕하세요. 사회복지과장 서강수입니다. 잘 지내시는지 제가 직접 찾아뵙고 구청에서 도와드려야할 일은 없는지 확인하러 나왔습니다."

"구청에서 쌀도 보내주고 연탄도 주고 해서 늘 고맙게 생각하고 있어요. 뭐 부족하고 필요한 것이야 많지만은 하늘도 책임 못 지는 가난을 나라가 어찌 책임지겠어요... 내가 빨리 병이 나야 할 텐데..."

"아이들도 아직 학교에 다니는데 빨리 쾌차하시기 바랍니다. 구청에서도 어려운 분들을 위한 여러 가지 지원책들을 마련하고 있습니다."
"늘 고맙게 생각하고 있어요."
"특별히 구청에 바라시는 말씀이 있으시면 온 김에 제게 해주시죠."
"…"
남자가 잠시 생각하다 강수를 바라보며 말했다.
"보다시피 여기는 집집마다 화장실이 없어서 공중변소에 가서 용변을 보는데 그게 태부족이라 줄서다가 똥을 지리는 사람이 많아요. 쌀도 좋고 연탄도 좋지만 공중변소나 좀 여러 개 지어주세요."
"알겠습니다. 구청의 다른 과들과 협의해서 최대한 장소를 확보하고 공중화장실 숫자를 늘려보도록 하겠습니다."
"빨리 좀 해주세요."
"그리고 조금 도움이 되시라고 댁에 오늘 라면 두 박스 긴급지원해드리도록 하겠습니다."
강수는 따라온 사회담당에게 라면 두 박스 오늘 중으로 이 집에 긴급지원 조치하라고 하였다.
"아이고 고맙습니다... 그런데 과장님이 아주 젊으시네요."

구청의 계장들이 강수 아버지 정환과 같은 20년대 생들이었다. 그런데 과장이 젊은 청년이니 남자가 의아해하며 '아주 젊으시네요'하고 말았다.
"고시합격해서 바로 오신 과장님이신데 젊으시지 그럼…"
사회담당이 가마니문을 울릴 듯한 유난히 큰 목소리로 말했다.
강수는 영세민 몇 개 가구를 더 방문하고 구청 사회복지과로 6시가 다되어 돌아왔다.

강수는 과장 책상에 앉아서 생각에 빠져들었다.
'아니 대한민국 서울에 아직도 어렵다 못해 그처럼 열악하게 사는 극빈자들이 이렇게나 많단 말인가?'
강수도 어렸을 적에 서울의 빈민촌인 청계천 판잣집에서 살았다. 그러나 오늘 방문해서 보고 온 봉춘5동 가마니촌에 비하면 청계천 판잣집은 빈민촌도 아니었다. 봉춘5동 '가마니촌'은 한마디로 사람들이 살 수 있는 곳이 아니었다. 그야말로 거의 토굴이나 움막 같은 주거환경에서 네다섯이 넘는 가족들이 함께, 또는 두 세 가구가 같이 살고 있었다. 집집마다 문도 없어 거적데기 같은 가마니를 문이라고 걸어놓았다. 수도도 화장실도 없어 멀리 떨어진 공중수도와 공중화장실을 쓰고 있었다.

그러한 빈곤과 열악한 환경은 수수 십 년째 계속되고 있었으며 그 곳에 사는 사람들이 그곳을 벗어날 수 있는 희망도 없었다. 모두들 무기력하게 주어진 운명으로 생각하며 그 곳의 삶을 살아가고 있었다.

봉춘5동만 그런 것이 아니었다. 봉춘본동부터 봉춘11동까지 12개동, 신립본동부터 신립12동까지 13개동 그리고 남훈동을 포함하여 K구의 전체 27개 동 중에서 봉춘2, 3, 5, 6, 9동 신립7, 10동 7개동은 주민의 거의 100%가 영세민으로 봉춘5동 가마니촌과 하등 다를 것이 없었다. 나머지 동들도 주민의 1/2~1/3이 생계가 어려운 영세민들이어서 K구 전체 주민 60여만 명 중에서 30만 명 이상이 법정영세민이었다.

K구뿐이 아니었다.

서울의 곳곳에 가마니골, 밤나무골, 바위골, 뚝방촌, 희망촌 등등... 통칭하여 문학성 있게 달동네라고 부르는 빈민촌들이 도처에 수도 없이 많았다. 그들을 위한 국가의 생계지원은 그야말로 형식에 그쳤으며 영세민으로 책정되지 못한 한계가구들은 그나마 지원도 있을 수 없어 생계를 오롯이 자신의 힘으로 다해야했다. 가장들은 불구폐질로 노동력이 없는 경우가 많았으며 일이 있어도 거의 대부분이 막노동 같은 단순 일용직이나 조악한 행상 일이었다.

 무직이나 저임금 가장의 수입만으로는 살수가 없었기에 여자들도 파출부 등의 일을 하러 나가야 했다. 열악한 가정환경과 경제적 어려움으로 아이들 교육은 당연히 잘 할 수가 없었고 빈곤은 대물림되기 십상이었다.

 사회복지과장 강수는 영세민들에게 제대로 된 직장을 마련해 주고 자활의 의지를 심어주는 것이 중요하다고 생각했다. 그러나 그 당시 어느 구청에나 영세민에 대한 법정 생계지원 이외에 그들을 위한 예산은 없었다.

 강수는 예산을 쪼개고 만들어 영세민들을 운전학원에 보내 면허를 취득하게하고 관내의 버스 택시회사들의 협조를 받아 그들을 취업시켰다. 영세민들에게 지원이라고는 입에 풀칠하는 지원만 생각하던 그 시절에 획기적인 탈영세민 지원책이었다. 매달 한번 시장 앞에서 모든 구청장이 모이는 간부회의에 K구청장의 좋은 보고거리였다. 구청장의 신임이 커졌으며 구청 내에서 사회복지과장 강수의 위상도 높아져갔다. 강수는 보육원으로, 노인정으로, 부녀복지관으로 현장을 다니면서 구청의 도움을 필요로 하는 사람들 앞에서 연설하고 위로하고 물품을 지원하였다.

그 당시 사무관 월급이 17만원으로 강수가 다니던 신영보증기금에서 받던 월급 35만원의 반에 불과한 박봉이었으나 아직 서른이 되지 않은 젊은 사회복지과장 강수는 어려운 사람들을 도와줄 수 있는 공직에 보람을 느꼈다. 공직자가 된 것을 자랑스럽게 생각했다.

 영세민들의 집단 거주지역은 이제 서울에서 거의 사라졌다. 그곳의 땅은 대부분이 시유지였는데 민간건설회사에 일부 사유지에 대한 토지수용권까지 주면서 강력하게 재개발을 추진한 결과 봉춘5동 '가마니촌'은 물론 서울에 대부분의 영세민 집단 거주지역들은 번듯한 아파트촌으로 바뀌었다. 인간으로서 존엄과 가치를 지킬 수 없는 열악한 영세민들 삶의 현장을 생생히 기억하는 강수가 보기에 기적적인 변화였다.
 영세민 집단지역이 아파트 숲으로 변하면서 시유지이지만 무허가라도 집을 소유하고 있던 사람들은 아파트를 분양 받아 개발이익(투기꾼들에게 넘어가는 경우도 있었지만)을 챙겼다. 아무것도 없던 세입자들도 수도가 잘 나오고 화장실도 있으며 힘들게 연탄을 나르고 땔 필요도 없는 임대아파트를 받아서 인간의 존엄과 가치를 해치지 않는 주거환경에서 살 수 있게 되었다.

혹자들은 원주민을 내쫓는 재개발이라 폄훼하기도 하지만 청계천 판잣집에도 살아본 경험이 있는 강수가 생각하기에는 아무런 희망도 없는 도시빈민들에게 그 열악한 환경의 삶에서 벗어날 수 있도록 하는 특혜와 계기였다. 아마 그런 특혜와 계기가 없었다면 지금도 봉춘5동 '가마니촌'은 물론 수많은 서울의 달동네들이 그대로 계속되고 있을 것이다. 그 안에서 인간다운 삶을 포기한 빈민들의 열악한 삶도 지금까지 지속되고 있을 것이다.

오랫동안 영세민 집단 거주지역으로 빈민촌의 대명사이던 봉춘동(본동부터 11동까지)과 신립동(본동부터 13동까지)이라는 동명도 번듯한 아파트들이 들어오면서 은전동, 청린동, 은현동, 신시동, 삼선동 등등 그럴듯한 이름으로 전부 바뀌었다.

영세민 집단 거주지역도 동 이름과 함께 역사 속으로 사라져 갔다.

태극처럼 하나 되어

"안녕하세요? 반갑습니다. 서강수라고 합니다."
"어머 그러세요? 저는 서경아인데요..."
"예? 그럼 저하고 같은 서씨? 종친이시네요..."
"친구가 오늘 소개팅에 나오시는 분이 구청과장이라고만 해서 성함을 몰랐어요. 죄송해요..."
"제게도 친구가 학교선생님이라고만 얘기하고 이름을 말 안 해서..."
"그러면 무슨 서씨이시죠?" 강수가 말했다.
"이천서가에요."
"아, 저는 달성서인데 다행이네요."

"다행이요? 호호호…"

강수는 조금 난감하였다. 그러지 않아도 구청 일이 늦어져 약속시간에 한 10분 늦은데다가 넥타이는 매었지만 잠바(사회복지과장은 업무 특성상 잠바를 많이 입었다)를 입고 장소에 나타났다. 그런데 소개팅 나온 아가씨가 공교롭게도 강수와 같은 서씨였다. 아가씨 입장에서는 강수를 무례하거나 부주의한 사람으로 볼 수 있는 상황이었다. 일찍 결혼한 강수의 고시동기 친한 친구가 자기 부인의 친구를 강수에게 소개하는 자리였다. 그 자리에 아가씨와 같이 나와 있던 강수의 친구도 난감해했다.

"그러고 보니 두 분이 같은 서씨네. 나는 서로 잘 어울릴 것 같다는 생각만 해서 소개했는데… 거기까지 챙겨보지 못했어… 미안해 하하… 어쨌든 이렇게 만나셨으니 두 분이 커피나 한잔 같이하고 가셔. 나는 먼저 가께…"

경아는 예뻤다. 특히 웃는 모습이 예뻤다.
선한 눈매에 목소리는 안정감 있게 차분하였으며 어깨까지 내려오는 중단발의 약간 파마기운 있는 머리가 잘 어울렸다. E여대를 졸업하고 고등학교 선생님이 되었으며 올해부터 E여대 대학원 석사과정에 다니고 있다했다. 지성미와 차분한 미모를 함께 갖춘 아가씨였다.

 강수는 자신에게 점지되어 있는 '여자'가 있을 것이라고 생각했다. 그리고 그 여자가 반드시 자신에게 나타날 것이라고 믿고 있었다. 일에 전념하는 주중은 차라리 괜찮았다. 레저나 취미활동도 흔하지 않던 시절이었다. 젊은 강수에게 사귀는 여자 하나 없이 혼자서 지내야하는 주말은 더욱 외롭고 허전했다. 강수는 지난 주말에도 집에서 혼자 보내며 시를 썼다.

   걱정 할 것 없어
   기다리고 있으면 돼
   지금 너에게 아직
   그 시간이 오지 않았을 뿐이야

   일에 묻혀 지내는 시간보다
   혼자 있을 주말이 더욱 두려운 네게
   신 내린 내가 해주는 말은
   오래전 너에게 예정된
   그 시간이 오고 있다는 거야

   그 날이 오면

하얀색 블라우스에 하늘색 치마를 입고
웃는 모습이 예쁜 여자가
긴 머리에 눈부신 후광을 하고
기다리던 너에게로 올 거야

지금 너는 오르지 못 할 나무
걱정 할 것 없어
기다리고 있으면 되[6]

  강수는 경아를 처음 보았지만 잠시 이야기를 같이하면서 경아가 자신이 기다려온 '여자'가 아닌가하는 생각이 들었다. 어머니 숙화가 아주 조건이 좋은 혼처라며 몇몇 선을 보였지만 모두 마다한 강수였다. 그러나 경아는 놓치고 싶지 않았다. 성씨가 같은 것이 문제가 될 수 없었다. 동성동본도 아니지 않은가.
  "경아씨 오늘 처음 뵈는 날에 이렇게 잠바입고 나오게 되서 정말 죄송합니다. 구청장님과 현장방문 일정이 있어서 부득이 잠바입고 출근해서요."
  "괜찮습니다. 잠바도 잘 어울리시는데요 뭐. 호호..."

---
6) 서강석 시집 '단정히 머리 빗고 타이 매고서' 에서

"오늘 저는 저녁시간도 되는데 괜찮으시면 저녁까지 같이 하시면 어떠세요?"

"어머 저는 오늘 얼굴 뵈고 차만 한잔하는 걸로 알아서 저녁시간이 안 되는데…"

경아가 조금 난감한 표정을 지으며 말했다.

이대로 헤어지면 경아를 다시 만날 기회가 없어질 것 같았다. 강수는 다음 약속을 반드시 받아내어야 했다.

"그러시면 다음 주에 다시 보세요. 저는 어느 날이든 괜찮습니다."

"글쎄요. 저는 제 대학원 수업도 있고 저녁에는 학교수업도 있고 해서…"

"그러시면 오늘처럼 다음 주 토요일 오후에 뵈시죠."

강수의 적극적인 요청에 경아는 마지 못해하며 다음 주 토요일 약속을 잡아주었다. 강수는 안도가 되었다. 택시를 잡아 경아를 배웅하여 태워 보냈다. 차 한 잔 하고 헤어진 짧은 만남이었다.

강수는 기분이 매우 좋았다. 집으로 가는 발걸음이 가벼웠다. 다음날 집에 있어야하는 주말도 전처럼 허전하지 않았다. 경아와의 만남을 시로 썼다.

보도블록들은 새가 되어 날아오르고
파란 잔디가 땅에서 쑤욱쑥 올라온다.
길가에는 팬지 튤립 영산홍 봄꽃들이 튀어나오고
신호등에선 빨간색 파란색 장미꽃이 쏟아져 내린다
빌딩들은 나무가 되고 동산이 되고
버스와 지하철은 말하고 노래한다.
회색의 도시는 없어져버리고
아름다운 정원이 아침 햇살을 받아 멋지게 빛난다.

황홀한 도시의 변화
기다리는 하루는 길었지만
흑백사진 같은 사람들 배경 속에서
칼라로 빛나는 한 여자가 걸어 나오고 있다.
내게로 다가온다.
찬찬히 바라본다.
웃고 있다
낯이 익다

웃. 는. 모. 습. 이. 예. 쁜. 여. 자.[7]

---

[7] 서강석 시집 '단정히 머리 빗고 타이 매고서' 에서

초봄에 시작된 강수와 경아의 만남은 조금씩 깊어져 갔다. 강수는 경아가 자신이 기다려온 '운명의 여자'라고 생각했으니 그녀를 만나는 주말이 행복했다. 경아도 강수가 싫지는 않았다. 그의 자상함과 지성적인 면이 마음에 들었다. 그러나 문제는 빨리 결혼을 하고 싶어 하는듯한 강수의 태도였다. 경아로서는 대학원도 졸업해야했고 아직 결혼하기에는 조금 이른 26살의 나이였다. 무엇보다 결혼할 생각이나 마음의 준비가 아직 안 된 자신에게 결혼을 전제로 빠르게 다가오는 강수가 부담스러웠다.

여름이 시작되는 어느 날 경아는 강수와의 만남에서 자신의 입장을 얘기하고 잠시 생각할 시간이 필요하다고 하였다.

강수는 경아와 헤어지고 집으로 오면서 가슴이 텅 빈 것 같았다.

좋아하지만 부담스럽다는 경아의 말을 이해하고 경아의 입장에서 생각하여야했다.

경아에게 말을 하고 싶었다. 밤잠을 자지 않고 긴 편지를 썼다.

경아!

정말 조용한 밤이군요. 밤이 이렇게 조용한 것을 새삼 느끼다니 그동안 나의 생활이 사색의 시간 없이 다만 행동하는 생활이었음을 알게 됩니다. 어느 때보다 일찍 헤어져 2호선 전철 플랫폼으로 들어가는 경아의 뒷모습을 바라보다 지하철 계단을 올라오면서 많은 생각이 시작되었습니다. 이 밤 이상하리만큼 차분한 혼자만의 시간 속에서 저의 사고의 파편들을 가라앉히고 생각을 정리하여 경아에게 전달하고자 합니다. 지금 경아는 깊은 잠으로 떠났겠지요.

'만남'에 대하여 생각해봅니다.
　사람의 일생은 수많은 만남의 연속입니다. 그러나 그 수많은 만남 중에서 진정으로 중요한 만남은 손가락으로 꼽을 수 있을 만큼 적답니다. 그 중에서도 성인이 되어 앞으로의 인생을 같이할 남녀의 만남은 부모 만남과 같은 아니 어쩌면 그보다도 더 중요한 만남이지요. 너무나 중요한 만남이기에 경아는 나의, 나는 경아의, 말 속에서 행동 속에서 서로가 누구인지 찾으려 노력했습니다. 그러나 언어란 얼마나 불충분하며 마음을 나타내는 행동은 얼마나 모순덩어리인가요. 그러한 불충분한 언어와 모순적인 행동을 표면으로 받아들이고 더욱이 자신만의 고정관념으로 해석할 때에 상대방의 진정한 진심을 알 수는 없습니다. 바로 이런 이유에서 우리도 오해와 서로의 진심을 간과한 점이 있었다고 생각합니다. 진심은 자신의 마음을 비우고 상대의 입장에서 그의 마음을 읽을 때에 눈빛과 미소만으로도 전해진다고 생각합니다. 경아와의 만남에서 저의 부족한 말과 행동보다 진심이 보여지고 싶습니다.

'사랑'에 대하여 생각해봅니다.
  친구와의 만남은 우정으로 남녀와의 만남은 사랑으로 발전하지요. 사랑이 있는 남녀는 연인이 되고 연인들의 만남의 과정이 연애라고 생각합니다. 그래서 사랑 없는 연애는 있을 수가 없지요. 그러면 사랑은 어디서 올까요? 사랑은 희생이라는 뒷면을 가진 동전입니다. 남자는 여자에게 여자는 남자에게 희생이 있어야 사랑이 찾아올 수 있습니다. 희생은 무엇인가요? 희생은 자신이 가지고 있는 것을 아낌없이 줄 수 있고 버릴 수 있는 마음의 자세이고 행동입니다. 전에는 제 것을 버려서 남에게 주지 못했습니다. 그러나 이제는 경아를 만나고 저에게는 아까운 것이 없어졌습니다.

'결혼'에 대하여 생각해봅니다.

결혼은 남녀가 같이 살도록 하는 사회적 제도입니다. 결혼은 사랑과 동일 차원에 있는 것이 아니지요. 사랑은 마음의 상태이고 결혼은 제도에 불과하기 때문입니다. 그래서 이 세상에는 사랑 없는 결혼도 많이 있을 수 있습니다. 결혼은 사랑이 자연스럽게 다다르는 종착역이지 사랑이 반드시 이루어야하는 목표가 되지는 않습니다. 경아와 나의 사랑이 지속될 때에 자연스럽게 결혼이 우리 앞에 나타나는 것이라 생각합니다. 우리가 저 앞에 세워놓은 결혼을 향해 달려가야 하는 것은 아닙니다. 사랑으로 이어진 우리가 결혼이라는 제도의 영향을 받지 않고 잘 무르익으면 결혼이 아름답게 우리 앞에 결실로 나타날 것이라 생각합니다.

사랑하는 경아!
이제 밤이 너무 깊어져 가는군요. 흩어져 있던 생각들을 조용한 이 밤의 사색 속에서 정리하여 묶어 보았습니다. 몸은 조금 피곤하지만 마음은 더욱 차분히 가라앉는군요. 이 조용한 사색의 시간에 화사하게 웃는 경아의 얼굴이 떠오릅니다. 다시 만나 볼 수 있겠지요. 이 밤 다시 새벽이 창으로 찾아올 때가지 단잠 드시기 바랍니다. 당신의 강수가.

"강수씨 안녕하세요... 경아에요"

편지를 보내고 며칠 후에 경아에게서 전화가 왔다. 마침 강수가 사무실 과장 책상에 앉아있을 때였다. 매일처럼 기다리던 전화였다.

"아, 경아씨! 반갑습니다. 안녕하셨어요?"

"편지 주신 거 잘 받아봤어요. 저도 며칠 동안 마음이 불편했어요. 편지 감사해요. 이번 주말에 시간되시면 볼까요?"

"아, 예. 물론 시간 되지요. 경아씨... 전화 기다렸습니다. 고맙습니다."

잠시 시간을 가지고 생각해보자 한 것이 지난주 토요일이니 일주일 만에 여느 때와 같이 강수와 경아는 다시 만났다. 서로의 진심을 확인한 한 주간이었다. 강수는 경아를 만난 날부터 자신의 '여자'라고 생각했으니 처음부터 사랑이 깊어져 갔지만 경아는 자신의 사랑을 확인하는 시간이 필요하였다.

강수에게 잠시 시간이 필요하다고 말하고 헤어진 후부터 마음이 불편하고 허전하였다. 그의 생각이 떠나지 않으면서 자기도 강수를 사랑하고 있다는 것을 알게 되었다.

강수와는 대화도 잘 통했다. 때로는 문학적이고 때로는 논리적인 그의 이야기들은 재미있었고 주제도 많았다. 직장도 직위도 나쁘지 않았고 얼굴도 준수했다(하긴 로버트 테일러와 잉그리드 버그만의 아들이니 30살 청년 강수가 얼마나 잘 생겼겠는가). 사랑이 깊어지면 결혼을 마다할 일도 아니었다.

 강수와 경아의 사랑은 가을을 지나 겨울로 들어가면서 더욱 깊어졌다.

 강수는 경아에게 시를 지어 보냈다.

> 붉은 꽃잎 수수만장이 나를 휘감아 돈다.
> 꽃잎은 커다란 붉은 날개가 되고
> 나는 푸른 하늘을 난다
>
> 영원히 함께하지 못하는
> 거품이 되는 사랑,
> 눈빛만 있는 사랑은
> 바다 속 땅속으로 들어가 버려라
>
> 영겁의 시간 전에 내게 정해진 운명이 있어
> 웃는 모습이 예쁜 여자가
> 파란색 날개를 달고 날아오고 있다

하늘에서 입 맞추고 휘감아 돌아
영원히 함께 하는 태극이 된다.8)

　경아와 강수는 그해 그러니까 1986년 12월 20일에 결혼하였다. 강수와 경아가 태극처럼 하나가 되어 첫아들 진우가 태어났다. 1988년 2월이었다. 그날은 경아의 대학원 석사 졸업식 날이었다. 당연히 학위수여식에 참석하지 못했다. 경아가 아이들을 키우려 커리어를 버리는 상징이었을까.

---

8) 서강석 시집 '단정히 머리 빗고 타이 매고서' 에서

해방의 그날까지?

- 자아~주! 미인~주! 토오~옹일! 역사의 횃불 아래!
투우~쟁의 의지! 가아~득한! 수천의 분노가!

S시립대학교 총장실의 집기가 모두 본관 앞마당으로 들려 나와 쌓였다. 백여 명의 학생들이 본관 앞 광장에서 주먹을 쥐고 팔뚝을 절도 있게 들어 올리며 시위를 하고 있었다. 총장실은 벌써 며칠째 운동권 학생들에 의해 점거되었다. 1987년 4월 강수가 S시립대 학생과장으로 발령을 받아 출근하는 첫날의 풍경이었다. 비가 오려는 듯한 흐린 날씨에 아직은 조금 쌀쌀한 이른 봄기운이 강수에게 이 생경스러운 풍경과 함께 을씨

년스런 기분을 더해주었다.

 강수가 구청과장을 끝내고 S시 기획관리실의 계장을 하고 있을 때 시장이 간부회의에서 한마디 하였다. '요즘 시립대 학생들이 데모를 많이 하는데 학생과장으로 학생들과 소통 잘할 수 있는 선배 출신을 보내는 게 어때?' 인사과장이 즉시 받아서 말했다. '예, 시장님 말씀이 맞습니다. S시립대 출신으로 적합한 사무관을 바로 발령 내겠습니다.' 강수는 기획실에서 졸지에 S시립대로 가게 되었다. 인사과장은 시장의 특별지시라 어쩔 수 없었다며 한직으로 보낸 좌천성 인사가 아니라고 하였다.

 강수는 교직원이 되어 학교로 출근한 첫 날부터 난감하였다. 그러지 않아도 등록금이 싸기로 유명한 S시립대인데 등록금 인하투쟁이라며 총장실을 점거하고 집기까지 마당으로 들어내어 격하게 데모를 하는 학생들이라니 이해하기가 어려웠다.

　- 나가아아~자 동지여! 싸우우~자 동지여!
　　해애~방의 해애~방의 그 날아~알! 까아아~지!

젊은 학생들이 떼창으로 힘차게 불러 듣기 좋은 선동적인 운동가와 시위를 주동하는 학생들의 발언이 차례로 계속되었다.

"과장님, 학생들이 하는 이 등록금 인하투쟁은 일반 학생들을 끌어들이고 다음에 있을 대규모의 대정부 데모를 준비하려는 운동권 학생들의 전초적인 투쟁이라고 보시면 됩니다."

 강수 옆에 같이 서서 데모 학생들을 보고 있던 학생계장이 강수의 귀에다 대고 조용히 말하였다.

"그래요? 그동안 학생들이 어렵게 낸 등록금을 학교가 투명하고 효율성 있게 아껴서 쓰지 못한 점도 있어서 그런 거 아닌가요?"

"아이고 과장님, 아직 운동권을 몰라도 한참 모르시네… 운동권 학생들의 진짜 관심은 그게 아니에요. 혹시 NLPDR이나 PDR에 대해서 들어 보신 적 있어요?"

"그게 뭐죠? 처음 듣는 단어인데요."

"영어단어가 아니고 운동권 학생들을 지칭하는 약자에요. 앞으로 과장님 운동권에 대해서 공부 좀 많이 하셔야겠어요. 하하하…"

"…"

 학생계장은 그 자리에서만 3년 이상을 근무해서 학생과 업무에 빠삭하고 운동권 학생들을 잘 파악하고 있는 사람이었다. 그렇다하더라도 강수의 기분이 좋지는 않았다. '처음 온 과장에게 학생들을 안 좋게 애기하고 앞으로 공부 좀 하셔야 되겠다고 하다니…' 강수는 아무 말 없이 학생계장을 쳐다보았다. 강수 보다 20살 가까이 많은 계장에게 무어라 어떻다 하지는 않았다. 아주 생소하고 조금은 두렵기도 한 학생들의 시위를 한참 동안 지켜보았다. 학생들이 교내행진을 시작하자 학생계장이 사무실로 가자고 한다.
"행진 시작되면 집회 끝난 거예요. 학교 한 바퀴 돌고 학생회관 앞에서 해산할 겁니다."
학생계장의 말대로 집회는 곧 해산하였다.

며칠 있다가 '독재타도'를 외치는 대규모의 학생시위가 일어났다. 학생계장의 말이 틀리지 않았다. 교문을 사이에 두고 학생들의 투석과 경찰의 최루탄이 수없이 난무하였고 청바지에 하얀 헬멧을 쓴 사복경찰 소위 '백골단'이 교내로 진입하여 난폭하게 뛰어다니며 일부 학생들을 연행하면서 한나절 동안 계속된 시위가 끝이 났다.
강수는 처음 맡아보는 독한 최루탄 냄새에 연신 눈물을 흘렸다. 손수건으로 얼굴을 가린 후 완전히 다른 사람이 되어 학교 내 보도블록을 깨서 일사불란하게 던지는 시위 학생들을 보고 놀라며 무기력해했다.

운동권 학생이 되면 시위에 참가했다. 시위를 하면 학교에서는 징계를 받고 정부에 의해서는 구속을 당하는 시절이었다. 남은 인생을 걸고 운동을 하는 이 운동권 학생들에 대하여 알아야했다.

강수는 몇몇 교수를 빼면 유일한 S시립대 출신 간부직원이고 젊었으며 학생동아리 S시립대극회장 출신이라 운동권을 포함하여 학생들과 술도 한 잔 같이 하며 이야기할 기회가 적지 않았다. 운동권 학생들을 만나보고 그들에 대하여 공부하게 되었다. 학생운동의 양대 흐름인 NLPDR과 PDR에 대하여 알게 되었다.
아주 소수의 사람들만 그들에 대하여 알던 시절이었다.

NLPDR(National Liberation People's Democracy Revolution), 요즘은 줄여서 NL이라고도 하는 이들은 민족해방(National Liberation) 혁명과 민중민주주의혁명(Democracy Revolution)이라는 2단계 혁명론을 주장하는 운동권이다. 이들은 한국을 미국의 신식민지(일제처럼 강점하며 통치기구까지 장악하지는 않아서 독립국가로 보이나 실상은 미국과 이익을 같이 하는 매판자본, 군부파쇼가 나라를 장악하여 미 제국주의의 이

익에 부역하는 사실상의 식민지)라고 주장한다. 따라서 먼저 1단계로 모든 애국세력이 연대하여 미제국주의의 사슬을 끊는 '반미자주화 민족해방 혁명'을 완수하고 그 다음에 2단계로 애국학생, 노동자, 농민, 소상공인, 지식인 등 민중세력이 일어나 매판자본과 군부파쇼를 넘어트리는 '반파쇼민주화 민중민주주의 혁명'을 완수하여 자주적 민주정부를 건설해서 평화적으로 북한과 조국통일(연방제 통일?)을 달성하자는 것이 이들의 주장이다. NLPDR은 반미를 위해서 민족감정에 호소하며 많은 세력과 연대하므로 대중성이 있었고 운동권에서도 절대 다수였다. NLPDR은 북한을 이미 민족해방혁명과 민중민주혁명이 모두 이루어진 곳으로 보는 친북파이며, 김일성의 주체사상을 신봉하고 학습하는 주체사상파였다(NLPDR 내에도 주체사상을 경원시하는 비주체사상파가 일부 있으며 이들을 NL내 좌파, 'NL-left'라고 한다).

PDR(People's Democracy Revolution), 줄여서 PD라고도 하는 이들은 한국이 신식민지 반봉건사회가 아니라 이미 발달된 자본주의 사회이며 그중에서도 국가가 자본의 이익을 대변하고 제어하는 국가독점 자본주의 사회라고 보았다. 한국은 미국의 영향력 하에 있다고 하더라도 NL에서 보듯이 신식민지가 아니라 상당히 견고하고 높은 수준의 자본주의 발전을 이룬 국가이므로 중요한 것은 '민족모순'이 아니라 '계급모순'이라고 하였다. 이러한 모순을 해결하고 새로운 세상을 여는 길은 노동자, 농민이 단결하여 국가독점자본주의를 해체하는 민중민주혁명만이 필요하다는 1단계혁명론을 주장하였다. 노동자 농민의 혁명으로 바로 자본주의를 타도하고 사회주의(공산주의?) 정부를 수립하는 것이 PDR의 목표였다. 소위 위장취업에 나서는 등 노동운동이나 농민운동에 적극적이었으며 NL처럼 주체사상이 아니라 정통 공산주의 이론인 마르크스-레닌주의에 충실하였다. 소수의 혁명가와 노동자, 농민 계급이 단결하여 공산혁명으로 자본주의 체제를 해체해야한다는 주장이니 대중성이 부족하였고 운동권 내에서도 NLPDR에 비하여 소수였다.

강수는 놀라웠다. 젊은 대학생들이 불의에 항거하고 대한민국의 자유와 민주 그리고 사회의 정의를 위하여 자신을 희생하며 학생운동을 하는 것으로 알았다. 자신의 생각이 틀렸음을 받아들이기 어려웠다.

김일성은 1966년 10월 10일 노동당 창건일에서 '남조선혁명의 기본임무는 미제의 식민지통치를 청산(자주)하고 남조선사회의 민주주의적 발전을 보장(민주)하며 북반부의 사회주의 력

량과 단합하여 나라의 통일(통일)을 달성하는데 있습니다.'라고 교시하였다. 바로 NLPDR이 3대 원칙으로 받드는 '자주', '민주', '통일'의 원칙이고 이를 위한 투쟁이 '반미자주화 반파쇼민주화 투쟁'이었으며 그를 뒷받침하는 사상적 기반이 '주체사상'이었다. PDR은 '마르크스-레닌주의'에 충실한 공산주의 사상 이상도 이하도 아니었다.

핵심부 운동권 학생들은 북한 김일성의 주체사상이나 공산주의 사상인 마르크스-레닌주의로 무장되어 깊이 이념화되어 있었다. 군부독재에 항거한다고 하였지만 자유민주주의 대한민국도 인정하지 않았다.

학생시위는 하루가 멀다 하고 격렬하게 일어났으며 많은 일반 학생들은 NLPDR이 무언지 PDR이 무언지도 모르고 그 당시 군부정권에 대하여 '직선제 쟁취', '민주화 달성'을 요구하며 최루탄 가스를 마시고 화염병과 돌을 던졌다.

그 격렬하던 학생시위는 1987년 6.29선언으로 완전히 사라졌다.

학생 운동권과 많은 재야세력들은 그해의 대통령선거에 '비판적 지지', '범 민주후보 지지', '당선 가능한 야당지지' 등을 주장하며 현실정치에 참여하였다. 그 후로 공산주의 종주국인 소련의 멸망도 보고, 주체사상의 나라인 북한의 생지옥 같은 참담함도 알게 되었으며, 현실 정치에 참여하여 직접 국정을 운영해 보기도 하였으니 강수가 학생과장 시절에 보았던 386들 아니 지금은 586들이 아직도 NL이네 PD네하며 운동권 학생 시절의 허접한 이념과 조악한 논리들에 잡혀있지는 않으리라.

젖은 짚단마저 다 타고

-삐리리리릭~ 삐리리리릭~

 아침 7시 아직은 이른 시간에 전화벨 소리가 요란하게 울렸다. 이렇게 아침에 울리는 전화는 서울에서 오는 전화였고 '무소식이 희소식'이라는 말처럼 서울서 오는 국제전화는 좋은 소식을 전하는 경우가 드물었다.
 강수는 지난해 그러니까 1989년 여름에 경아와 함께 돌이 지난 지 몇 달 안 되는 아들 진우를 데리고 미국으로 유학을 왔다. 6.29선언으로 학생운동이 잠잠해지고 상대적으로 한가해진 강수는 신영보증기금 다니며 고시공부 하던 자세와 각오로 영어공부에 전념하여 영어권 1명 비영어권 1명 보내는 S시의 영어권 유학생으로 선발되었다. 미국 유학생활도 1년이 다 되어 이제 자리가 잡히던 시절이었다.

"여보세요?"
강수가 침대에서 일어나 전화를 받았다.
"강수니? 형이다. 학교 잘 다니고 제수씨와 진우도 잘 있지?"
"예. 다 잘 있어요. 형님도 잘 계시고요? 어머니 아버지도 별일 없으시고요?
"그래 아버지 땜에 전화했다."
형 항수의 목소리가 좋지 않았다. 강수는 갑자기 가슴이 철렁함을 느꼈다. 그러지 않아도 강수가 서울을 떠날 때 건강이 매우 안 좋던 아버지 정환이였다. 지난 감옥살이 때에 얻은 당뇨병을 20년 넘게 앓으면서 어머니 숙화의 헌신적인 간호에도 불구하고 심하게 악화되어 여러 가지 합병증을 앓고 있었다.
"아버지가 안 좋아지셔서 병원에 입원한지 열흘 다되어가는데 의사 말이 오늘 내일 넘기시기 어렵다 해서 전화했다. 멀리 있지만 너에게 알리기는 해야 할 거 같아서."
"아버지가 그렇게 편찮으셨어요? 지금 바로 비행기 편 알아보고 최대한 빨리 가겠습니다."

"아니, 너까지 그 멀리서 급하게 올 거 없다. 나하고 일수하고 아버지 모실 테니까..."
"아닙니다. 저도 아버지 봬야죠. 오늘 비행기 타면 내일까지는 갈 수 있을 겁니다."

강수는 그날 밤 뉴욕에서 출발하는 항공편을 예약하였다. 일주일에 3편만 그나마 앵커리지를 경유해서 16시간 걸려 서울 김포공항으로 오는 직항이 있던 시절이었다. 다행히 그날 출발하는 비행기가 있었고 좌석도 남아있었다. 걱정스런 얼굴로 배웅하는 경아와 엄마 품에 안겨서 고사리 같은 손을 흔드는 아들 진우를 뒤로하고 뉴욕으로 향했다. 서울행 B747 KE008편을 타고 서울로 출발하였다. 앵커리지에서 중간급유를 위해 기착하는 1시간 20분이 너무나 길게 느껴졌다. 아버지 임종하시기 전에 도착하여야 했다.
 강수가 저녁 9시 다되어 김포공항에 도착하였을 때 처남이 공항으로 검은 양복을 가지고 나와 있었다. 아버지 정환이 이미 숨을 거둔 다음이었다. 강수는 공항에서 검은 상복으로 갈아입고 신촌의 Y대학병원 영안실로 갔다.

거기에 아버지 정환은 사진으로만 남아있었다.

분향하고 절을 하였다. 강수가 서울을 떠날 때 편찮으시기는 했지만 이렇게 빨리 돌아가실 줄은 몰랐다. 돌아가신 것은 알겠는데 믿어지지가 않았다.
　"네게 전화한 어제 밤을 넘기고 오늘 새벽에 돌아가셨다." 항수가 말했다.
　강수가 뉴욕에 존에프케네디 공항으로 들어가던 그 시간이었다. 임종(臨終)은 어머니 숙화가 지켰다.
　"돌아가실 때 별 말씀은 없으셨다. 평소에 유언이라고 해두신 말도 없었고... 너희 삼형제 동기간에 우애 있게 지내라는 말은 가끔 하셨으니 그 말이 유언이랄까..."
　숙화가 항수와 일수, 강수에게 말하였다.
　1944년에 만나 1990년까지 46년을 같이 살았다. 아직은 돌아가기에 이른 나이인 69세에 남편을 떠나보내니 숙화의 슬픔이 어찌 깊지 않겠는가. 그러나 숙화의 표정은 무슨 평범한 집안일을 하는 것처럼 무덤덤해 보였다. 오랜 병간호로 이번 입원에서 남편 정환의 죽음을 예상하고 받아들였거나 아이들 앞에서 슬퍼하고 실성하는 모습을 보이기 싫은 숙화의 마음이었으리라.

　"저 레이건이라는 놈 거들먹거리는 꼴 보기 싫어서..."

강수가 아버지 영정을 바라보며 생각난 아버지의 말이었다.

강수가 S시립대 학생과장으로 NLPDR 이네 PDR이네 하는 운동권 이념에 머리 아파하던 그 시기였다. 강수가 아버지 정환과 같이 저녁 TV뉴스를 보고 있을 때(함께 온 경아는 식탁에서 어머니 숙화와 이야기 중이었다) 미국의 제40대 대통령 레이건의 유명한 '베를린 장벽 브란덴브르크 문 연설'이 나오고 있었다. 그는 자유가 세계를 바꾸고 있다고 하면서 '진정한 자유와 평화를 원한다면 고르바쵸프씨 이 문을 여세요! 고르바쵸프씨 이 장벽을 허무세요(Mr. Gorbachev, open this gate! Mr. Gorbachev, tear down this wall)!'라고 연설하고 있었다. 실제로 이 연설 2년 뒤인 1989년 11월에 베를린 장벽이 붕괴되었고 다시 1년 뒤인 1990년 10월에 독일이 통일되었다.

강수는 깜짝 놀랐다. 아버지 정환의 좌익적인 행적을 익히 알고 있었지만 그로 인해 한 번 사는 인생을 '비 오는 날 마당에 널린 빨래'처럼 살아오신 아버지 정환이 아직도 공산주의 쪽에 서서 자유진영의 대표인 미국을 증오하고 있다는 것이 놀라웠다. 강수는 자유와 인권과 번영을 누리는 자유진영의 대표 미국 대통령이 억압과 퇴보와 독재에 시달리는 공산주의 소련과 동구권 인민들을 해방시키기 위하여 공산주의 상징적 장벽 앞에서 행하는 위대한 연설이라고 생각했으나 아버지 정환에게는 '레이건이라는 놈의 거들먹거리는 꼴'이었다. 아버지 정환이 돌아가기 3년 전이었다.

　아버지의 영정사진을 보면서 강수는 생각했다. '아버지인들 당신 인생이 한 번도 활활 타오르지 못하고 젖은 짚단 태우듯이 사신 것을 모르겠는가. 그리고 그 이유도 자신의 좌익적 선택 때문인 것을 잘 알고 있을 것이다. 이제 인생이 다 마감되어 갈 때에 그것을 버리는 것은 그처럼 살아온 당신의 인생을 더욱 의미 없고 초라하게 만드는 일이라고 생각하였을 것이다.'

　정환은 무명의 사회주의자로 생을 마감하였다.

　다음날 염습(殮襲)과 입관(入棺)을 하면서 강수는 아버지 정환의 얼굴을 볼 수 있었다. 얼굴은 핏기 없이 창백하였지만 평온해 보였다. 살아계셨던 분이 이렇게 시신이 되어있다니 다시 또 믿기지 않았다. 장례사가 소독된 거즈로 시신을 정성스레 씻기고 삼베 수의를 입혔다. 저승길 갈 때 쓸 양식과 노자라고 입에 생쌀을 물리고 손에 동전을 쥐였다. 그때마다 상주 항수는 장례사에게 지폐를 넣어주었다. 정환이 이승의 삶을 마감하고 관으로 들어가는 입관(入棺)시에는 강수의 눈물이 쏟아져 내렸다. 형 항수와 일수 그리고 누이들도 모두 울었다. 숙화도 소리 내어 울지는 않았지만 두 눈에서 끝없이 눈물이 흘렀다.

 그 다음날 문막의 공원묘원으로 발인(發靷)하였다. 공원묘원 주차장에서부터 묘지까지 일수의 친구들이 관을 메었다. 장마철이어서 하루 종일 비가 추적거리며 내렸다. 미리 파놓은 광중(壙中)에 하관(下棺)하고 상주 항수가 흙(取土)을 관(棺) 위에 세 번 뿌렸다. 영가(靈駕)가 편하게 저승길 가도록 곡(哭)을 하지 말라는 장례사의 말은 지킬 수 없었다. 아버지와의 마지막 이별이니 항수와 일수, 강수, 누이들 모두 굵은 눈물을 흘렸다. 하얀 한복을 상복으로 입은 숙화도 '나만 두고 어찌 먼저 가냐'하며 소리 내어 울었다.

아빠 비행기 떠나 빨리 와

"엄마, 저하고 같이 미국에 가시죠."
"그래… 네 덕에 미국 구경까지 해보게 되는구나."

상을 치른 후 강수는 어머니 숙화를 모시고 미국으로 왔다. 대학원생 학교아파트는 좁지만 방이 두개라 어머니 숙화가 있을 공간은 있었다. 어머니 숙화도 미국에서 귀여운 손자 보는 재미와 구경 다니는 재미에 즐거워했다.

강수는 그 이듬해 그러니까 1991년 5월에 학위를 받고 귀국하였다. 강수가 귀국한지 몇 달 만에 딸 리우가 태어났다. 알 만한 사람들은 미국으로 원정 출산을 나갈 때에 경아는 미국에서 만삭이 다 되어 귀국했다. 노모와 아이까지 둘이 되니 방이 3칸은 필요했다. 서울에 와서도 어머니를 모시고 사는 강수에게 항수는 전세비 일부를 보냈다.

"정광훈씨, 민원행정계장 서강수 사무관 인사기록카드 좀 가지고 와 봐요."

S시 L시장이 아침에 출근하며 비서실에 지시하였다. 정광훈 비서가 즉시 자료를 챙겨서 시장 집무실로 들어갔다.

"오늘 아침 KBS 뉴스광장에 서강수 사무관이 나와서 아주 잘 하던데. 보통이 아니더라고. 뉴스광장은 장차관이나 못해도 국장급 이상이 나가는 자리인데 사무관이 나가서 말이야."

강수는 귀국하여 시와 구의 민원행정을 총괄하고 종합민원실을 운영하는 S시 민원행정계장으로 근무하고 있었다. 시립대 파견에 유학에 외곽으로 많이 돌아서 여차하면 승진에 밀리거나 이름 없는 자리만 전전할 수 있었다. 민원행정계장은 강수에게 기회였다. 공직자의 자세를 보이고 열심히 일하며 자신의 능력을 나타내야했다.

강수는 찾아오는 민원인에게 단순히 증명서 발급만 하던 S시 종합민원실을 컴퓨터를 이용하여 각종 상담과 정보까지 제공하는 '시정종합정보센타'로 혁신해서 운영하였다. '시정종합정보센타'는 디자인부터 그 당시 전형적인 관공서의 이미지를 완

전혀 불식한 새로운 개념이었다. 당연히 언론의 보도와 인터뷰 요청이 많았으며 여러 인터뷰와 방송에 담당인 민원행정계장 서강수가 모두 응하고 있었다. 강수가 누구인가. 대학 연극반에서 배우와 연출을 다 해본 사람이 아닌가. 자신감 있는 자세로 자연스럽게 인터뷰를 찍었다. 그림이 잘 나왔다.

 KBS뉴스광장은 아침 6시부터 1시간 50분 동안 TV와 라디오에 전국 생방송으로 진행하였다. 새벽에 KBS에 도착하니 방송국에서 약간의 분장을 시켜주었다. 강수의 바로 앞에서 김칠수 상공부 장관이 방송을 마치고 나왔다. KBS뉴스광장 단독앵커 황서경 아나운서는 생각보다 키가 크고 미인이었다. 120도로 벌어진 방송 테이블에 둘이 앉아서 질문과 답변을 하였다. KBS에서는 TV화면에 과장급은 되는 것처럼 '서강수 S시 민원담당관'이라고 내보냈다.

 강수는 다음 정기인사에서 S시 1,500여명 사무관중 1번 자리인 기획관리실의 주무계장, 기획과 기획조정계장으로 발령받았다. 승진이 보장된 자리이나 격무이었고 무엇보다도 난이도 높은 업무를 감당할 역량이 있어야 갈 수 있는 자리였다. 강수를 눈여겨 본 L시장이, 강수의 역량을 잘 모른다며 주저하는 기획과장에게 3개월 후에도 네가 그렇게 생각한다면 바꾸어주겠다며 강수를 발탁하였다. 당시 임명직인 시장은 청와대에서 발령장 받고 혼자 부임하였다. 기획과는 시장을 뒷받침하여 연간 업무계획은 물론 크고 작은 정책기획들과 시장의 각종 연설문, 회의말씀자료, 청와대 보고서, 국회 업무보고와 국정감사준비 등 하나 같이 중요한 업무들을 감당하기 어려울 정도로 많이 처리하여야했다. 하루 12시간 이상을 사무실에서 일하며 강수는 역량을 발휘하였다. 강수의 글쓰기와 기획능력이 기획조정계장 업무에 제격이었다.

 기획조정계장은 S시 간부와 직원들에게 강수를 알린 자리였고 강수도 일을 많이 배운 자리였으며 이후 강수의 보직경로에 큰 영향을 미친 자리였다. 강수는 1995년 3월에 서기관으로 승진하였다. 승진한 그 날 자로 기획관리실 과장 자리인 전산통계담당관으로 발령 받았다. 다른 승진자들은 아직 사무관인 승진예정자 신분으로 6개월짜리 교육발령을 받았다. 강수의 헌신과 고생에 대한 S시의 배려였다.

 과장이 되니 스스로 정책을 수립하고 집행까지 할 수 있어서 좋았다. 시정정보화 계획, e-government, 사무자동화 등 업무를 추진하며 직원 30명쯤 되는 과의 과장으로 일의 재미를 느끼고 있을 때 강수는 청와대 행정수석실에 지방행정비서실 행정관으로 발령을 받았다. 지방행정비서실에는 4명의 행정관이 있었는데 3명은 내무부에서 군수까지 마친 고시출신 에이스 내무부 과장들이고 1자리는 S시 서기관 자리였는데 강수가 S시 대표선수 급으로 파견이 된 것이다.

기획조정계장 같은 삶이 다시 시작되었다. 매일 7시 전에 출근해서 10시경에 퇴근하고 종종 12시를 넘기는 격무였다. 당시 출범한지 얼마 안 된 김영삼 문민정부는 국민 지지도가 80%에 달했다. 끝없이 이어지는 격무였지만 청와대에서 근무하는 것에 큰 긍지를 느끼며 자랑스럽고 보람 있었다. 강수에게도 행정을 크게 보는 시각과 업무역량이 더욱 높아진 시기였으며 인맥도 넓어진 시기였다. 청와대에서 근무 한지 1년 반쯤 지나자 강수의 행정관 자리가 부이사관으로 급이 높아지게 돼서 S시의 총무과장이 승진하여 강수의 자리로 왔다. 강수는 S시 세무과장으로 내려왔다.

세무과장은 S시 25개구의 세무부서를 총괄하여 지방세를 부과징수하는 자리이다. 그 당시 S시 지방세 연간세입이 5조원이었는데 세금을 부과하고도 받지 못하는 체납세 누적세액이 8천억원에 이르고 있었다. 조만간 1조원을 넘길 추세였다. 강수는 '조세공권력 확보'와 '조세정의 실현' 차원에서 체납세에 대한 특별대책이 필요하다고 생각하였다. 당시 J시장에게 보고하여 '체납세 징수 특별대책'을 수립하고 추진하였다. 체납세에 대한 조치는 '압류'만으로 그치던 시절이었다. 차량번호판 영치, 예금압류, 동산압류, 현장조사 등등 처음 시행하는 많은 체납징수기법들이 그 때 개발되었다. 연일 신문과 방송에서 담당과장인 강수를 인터뷰하였으며 S시의 체납징수활동이 수시로 보도되었다. 정부에서도 큰 관심을 가지게 되었으며 다른 시도로 특별징수대책이 확산되었다.

 세무부서는 부과하고 징수하고 압류하는 정형적인 업무가 위주인 조용한 부서였다. '특별징수대책'을 시행하는 200일 동안 전에 없던 수많은 계획서와 보고서가 생성되고 자치구별 평가가 이루어졌으며 언론보도가 이어졌다. 젊은 세무직 직원들이 새롭게 업무를 배우고 역량을 키우는 기회였고 사기가 오르는 시간이었다. 강수는 200일간의 특별징수기간을 종료하는 날 세무공무원들의 노고를 치하하는 J시장의 친서를 써서 시장에게 보고하고 1,300명 세무공무원 모두에게 전달하였다. 그리고 앞으로도 세무공무원들이 체납징수의 교과서로 삼도록 '특별징수대책'의 모든 계획서, 보고서, 평가서들과 그 문서들의 작성 배경 및 의미를 서술한 '지방세체납 특별징수대책 행정사례집'

을 저술하여 시와 자치구 전 세무부서에 배포하였다. 사례집은 그 후 오랫동안 세무공무원들의 업무 전범이 되었다.

 그 당시에 일부 세무공무원들이 세금을 빼먹는 세금도둑 소위 세도(稅盜) 사건이 종종 발생하였다. 강수는 세도를 없애는 근본적인 방법은 완전한 세무전산화로 보았다. 최신의 전산장비와 소프트웨어로 구동되는 '세무종합정보시스템'을 구축을 추진하였다. 정기분 세금고지서만 전산으로 출력하여 고지하던 시절이었다. '세무종합정보시스템'은 모든 세목의 과세자료를 DB화하고 세금계산과 고지서가 전산으로 출력되며 세목별 납세자별 이력관리와 모든 부과징수 통계보고서가 전산시스템에서 생성될 수 있게 하였다. 시와 구의 세무부서가 온라인으로 연결되어 실시간으로 세무행정이 체크되며 세무공무원은 시스템을 통하여서만 업무가 가능하고 공무원 개인의 업무기록은 모두 시스템에 생성되었다. 세도는 불가능하였으며 원천적으로 차단되었다.
 S시는 전국에서 최초로 구축한 '세무종합정보시스템'으로 시민들에게 빠르고 투명해진 세무행정서비스를 제공하게 되었으며, 세무공무원들은 능률적이고 쉬워진 업무처리에 모두 만족하였다. S시의 '세무종합정보시스템' 구축계획은 세도를 없애는

근본대책이라고 언론에도 많이 보도가 되었으며 실제로 '세무종합정보시스템'을 구축하여 가동한 이후 세도라는 말은 자취를 감추었다.

"시장님 이번에 신설한 '뉴욕주재관' 자리에 과장들의 관심이 많습니다. 혹시 보내려고 생각하신 과장이 있으신지요?"
S시 강덕구 부시장이 시장실에서 아침 간부회의를 끝내고 혼자 남아서 J시장의 의중을 물어보고 있었다.
"글쎄요, '뉴욕주재관...' 중요한 자리이니 아주 적합한 사람을 보내야겠는데 부시장 생각에는 누구를 보내면 좋겠어요?" J시장이 말했다.
"시장님 특별히 생각한 사람이 없으시면 서강수 세무과장이 어떨까 싶습니다. 미국에서 석사해서 영어도 되고 기획조정계장, 청와대 과장 하면서 시를 위해서 고생도 했고..."
"서강수 세무과장... '체납특별징수대책'한 과장 말이죠? 보고할 때 보니까 일을 아주 잘하던데... 이번에 서과장이 시행한 특별대책으로 2,000억 정도 체납세를 징수했어요. 아주 큰 성과에요! 그래서 내가 전체 세무공무원들에게 체납특별대책 노고를 치하하는 친서도 보내주었고요. 언론에서도 우리시의 체납세 특별징수 관련 보도가 좋게 많이 나왔지요?... 부시장 말대로 서과장이 적임인 것 같습니다. 서과장도 '뉴욕주재관' 신청했으면 서과장을 보내시죠."

1997년 7월 강수는 뉴욕주재관으로 발령을 받아 뉴욕으로 향하였다. 노모를 두고 가는 것이 조금 마음에 걸렸지만 형 항수와 일수가 잘 챙기지 않겠는가. 1989년 5월 만 두 살이 채 안 된 큰아들 진우를 아기바구니에 실고 아직 새댁 티가 가시지 않은 경아와 김포공항에서 미국행 비행기를 탄 이후 두 번째의 가족출국이었다. 오빠의 어린 시절 미국에서 찍은 사진과 캠코더 동영상을 볼 때마다 '왜 나는 늦게 나서 같이 못 가게 했느냐', '우리 집에서 나만 미국에 못 가보았다'하며 칭얼대던 7살 리우에게 가족의 미국행은 큰 기쁨과 흥분이었으며 강수와 경아의 느낌도 리우와 크게 다르지 않았다.

"아빠, 비행기 떠나 빨리 와..."
 어린 리우가 작은 가방을 등에 메고 공항에서 저 앞으로 먼저 뛰어가며 재촉했다.

그립습니다! 사랑합니다!

 뉴욕 주재관은 거의 매일 팩스로 날라 오는 S시 각 부서의 자료수집 요청과 보고서 제출, 그리고 현지방문자 일정교섭과 현장안내 등 모든 업무를 혼자 하여야 했다. 명함은 뉴욕사무소소장(Chief, New York Office of Seoul)이라고 했지만 직원 한명 없는 일인사무소이므로 복사, 우편, 전화, 방문 등 모든 것이 강수의 일이었다. 뉴욕은 세계적인 선진대도시로 벤치마킹의 대상이었기에 S시의 관심과 자료요구가 많았고 뉴욕주재관은 처음 생긴 자리였으므로 모든 것을 처음부터 시작해야 하는 어려움이 있었다.
 강수는 2년 3개월간의 뉴욕주재관 임기를 마치고 1999년 10

월에 귀국하였다. 귀국 후에 뉴욕주재관을 하면서 생산한 자료들을 정리하여 400여 페이지에 이르는 '서강수주재관의 뉴욕보고서'라는 책을 내었다. 강수의 학구적인 마음 때문이기도 하지만 뉴욕에서 편하게 지내다 온 것 아니냐는 주위의 시선을 잠재우려는 생각도 있었다. 책에는 강수가 직접 그린 37장의 관련된 삽화를 넣어서 재미를 더하였다.

 강수는 귀국 후에 세제과장, 주택기획과장 그리고 행정과장을 거쳐서 2005년 3월에 부이사관으로 승진하였다. 어느 것 하나 격무가 아니고 중요하지 않은 자리가 없었지만 특히 주택기획과장은 부동산 대책과 집단민원을 다루는 실무책임자로 정확한 분석력과 기획력 그리고 순발력을 필요로 하였다. 행정과장은 25개 자치구에 예산을 지원하고 행정을 총괄하며 사실상 시의 모든 현안이 과의 업무인 핵심요직이었으며 검증된 사람만이 갈 수 있었다. 주택기획과장으로 업무를 수행하는 강수를 지켜보던 L시장이 강수를 행정과장으로 발탁하였다.

 행정과장으로 부딪치며 해결하고 넘어온 수많은 일들을 일일이 열거할 필요는 없을 것이다. 다만 강수가 생각하기에 작지만 의미 있는 일 하나는 탈북자들 수기집 '사랑의 날개'의 발간이었다. 행정과장은 '북한이탈주민보호및정착지원에관한법률'에 의하여 '북한이탈주민거주지보호담당관'이었다. 그 당시에 국내에 들어온 북한이탈주민이 4,500여명 이었지만 꽃제비, 정치범수용소 등 그들의 이야기는 강수의 상상을 뛰어넘었다.

그들은 빈곤과 독재에 가득 찬 북한의 현실에 수긍하거나 안주하지 않고 자유와 인권과 번영을 찾아서 용감한 선택을 한 사람들이었다. 북한에서의 참혹한 현실과 탈북 후에 수많은 난관을 이겨내고 자유 대한민국으로 온 의지의 사람들이었다. 강수는 그들이야말로 인간 최고의 가치인 자유와 인권을 위하여 부조리한 현실을 떨치고 일어난 작은 영웅들이며 민주화 투사라고 생각하였다.

강수는 탈북자들에게, 체포와 북송의 두려움에 떨면서 몇 년씩 낯선 중국 땅과 동남아 여러 나라를 전전하게 만든 그자들에 대한 '분노의 산'과 두고 온 고향, 가족 생각에 끝없이 흐르는 '슬픔의 강'을 이제는 넘어서게 해주고 싶었다. 그들의 피 끓고 한스러운 이야기들을 엮어서 시정부가 책으로 내어 주면 그들에게 작은 위안이 되고 또 시민들도 그들을 이해하게 되는 계기가 되리라 생각했다. 탈북자들이 '분노의 산'과 '슬픔의 강'을 넘어 자유와 인권과 번영의 대한민국에서 이제는 행복하게 날아다니라고 수기집의 제목을 '사랑의 날개'로 하였다. 출판된 책을 들고 시장실로 보고하러 들어간 강수에게 책을 한 번 훑어본 L시장이 말했다.

"서과장 잘했어요. 우리사회에 이런 이야기들을 알려야해. 여러 사람이 볼 수 있도록 하세요."

"예, 시장님, 교보문고에서 권당 5,000원에 판매중이고 우리 시 전 부서에도 몇 권씩 보내주었습니다." 강수가 말했다.

강수는 행정과장에서 부이사관으로 승진하여 당일 자에 L시장 비서실장으로 발령을 받았다. 같이 승진한 사람들은 모두 아직 서기관인 승진예정자 신분으로 교육을 갈 때였다. 강수는 승진해서도 또다시 격무의 시간을 보내겠지만 조직이 자신을 알아주니 기분이 좋았다. '내가 뭐 시에 즐비하게 선배들이 많은 SKY 출신도 아니고 좋다는 지역 출신도 아닌데 기획조정계장부터 청와대, 뉴욕주재관, 그리고 행정과장에서 바로 부이사관 승진하여 비서실장까지…' 학연, 지연, 혈연 등 후진적인 요인에 의한 인사가 아니라 성과와 역량을 기반으로 인사하는 선진적인 S시에 고마워했다.

강수는 2006년 7월 S구 부단체장으로 내려왔다. S시에는 O시장이 당선되어 취임하였다. 임기를 마치고 퇴임하는 L시장이 새로 당선된 S구청장에게 강수를 추천하였다. 1년 4개월

비서실장으로 애쓴 강수에 대한 배려였다. 부단체장 생활은 재미있고 즐거웠으며 공직의 보람을 새삼 느끼게 하는 자리였다.
 강수가 부단체장으로 부임한 그해 말에 어머니 숙화가 돌아갔다.

 벼슬이 높은 할아버지와 부자 아버지를 두어 부유했으며 그 옛날에 일본에서 대학까지 나온 숙화, 한 번도 크게 타오르지 못한 무명의 사회주의자를 만나 그녀의 자존을 지키거나 영화를 보지 못하고 평생을 살았다.
 입관을 할 때에 항수와 일수 강수 그리고 두 명의 누이들 모두 눈물을 쏟았다. 아버지의 무기력함으로 힘든 삶을 살아온 어머니 숙화에 대한 모두의 안쓰러움과 연민이 눈물이 되어 내렸다. 특히 몸에 병이 깊어져 얼굴도 핼쑥해진 항수는 더욱 굵은 눈물을 흘렸다. 숙화의 사랑을 가장 많이 받은 장남이나 어머니를 모시지 못하고, 말년에는 자신마저 병이 들어 어머니에게 잘하지 못한 회한 때문이었으리라.

 문막 공원묘원 아버지 정환의 묘 옆에 쌍분으로 어머니 숙화를 모셨다. 그 옛날 동경의 칸다강가에서 만난 두 젊은이는 이제 이승에서의 생을 끝내고 같이 나란히 다시 누웠다. 저승에서의 삶은 이승에서의 삶과는 다르게 더욱 풍요롭고 행복하기를 기원하면서 항수와 일수, 강수 삼형제는 흙을 관위에 뿌렸다. '잘 가요 엄마'9)

아버지 정환의 묘만 있을 때에는 비석을 하지 않았는데 어머니 숙화도 모시게 되어 쌍분 가운데에 비석을 세웠다. 비문은 한줄을 새겼다.

- 아버님, 어머님, 그립습니다. 사랑합니다. 감사합니다.

강수는 집에서 어머니 숙화의 유품을 정리하였다. 어머니 숙화가 일본어로 써놓은 많은 글들과 일본여자대학에서 동문에게 보내온 자료들이 있었다. 일본어 까막눈 강수는 그런 어머니 숙화의 자료들을 모두 버렸다(훗날 후회하고 안타까워했다. 어머니 숙화를 만날 수 있는 타임머신을 부셔 버린 것 같았다).

어머니 숙화의 옛날사진이 한 장 남아있었다. 아마 강수가 대학 다닐 때쯤의 상대적으로 젊었던 시절에 엄마의 사진. 한참 동안 들여다보았다. 그리웠다. 보고 싶었다.

---

9) 김주영 소설 '잘 가요 엄마'에서 차용.

빛바랜
옛날 사진은
슬픈 그림입니다.

옛 모습
그리움에
들여다보면

더 큰 그리움에
눈물 흘리게 하는
슬픈 그림입니다.10)

  숙화가 돌아간 지 몇 달 후에 그러니까 그 다음해 3월에 항수가 세상을 떠났다. 아직 환갑도 되지 않은 59세 초로의 나이였다. 다니던 직장을 나와 무언가 해보려 했지만 잘되지 않았다. 수년에 걸친 스트레스가 몸을 망쳐서 장기 깊숙한 곳에 병을 얻었다. 어려운 집안의 장남이 되어 어려서부터 집안을 건사한 항수, 항상 공부에 목말라 해서 검정고시로 고등학교과정을 마치고 방송통신대학을 졸업한 후 대학원에 진학하여 석사

---
10) 서강석 시집 '단정히 머리 빗고 타이 매고서' 에서

학위까지 받은 항수, 어머니보다 먼저 가는 불효만은 면하려고 힘겨운 투병을 해오던 항수가 어머니 숙화를 떠나보낸 후 병을 이기지 못하고 돌아갔다.

 부모의 마음으로 동생 강수를 챙겨온 큰형 항수의 죽음은 강수에게 큰 충격이고 슬픔이었다. 어머니 숙화를 보내고 몇 달 만에 아산병원에 다시 빈소를 차렸다. 한참은 더 같이 있어야 할 나이에 가족을 남겨 두고 떠나는 형 항수를 생각하니 강수의 가슴이 찢어지는 것 같았다. 한없이 눈물이 나왔다. 아버지, 어머니 가실 때보다도 몇 배는 더 많은 눈물을 흘렸다.
 형수와 조카아이들의 오열 속에 화장하고 한줌의 가루로 변한 형님 항수를 문막 공원묘원 아버지 어머니 묘소 옆에 모셨다. 너무 빨리 옆으로 온 큰 아들을 보고 아버지 어머니도 안타까워하고 슬퍼하셨을 것이다.

 항수가 떠나고 몇 년이 지난 어느 한식날 부모님 묘소를 찾은 강수가 항수의 묘소에도 절하고 형에게 드리는 시를 낭송하였다. 눈물이 흘러서 다 읽지 못했다. 같이 온 아들 진우에게 주었다. 진우가 조용한 목소리로 아버지가 쓴 큰아버지에게 드리는 시를 읊었다.

어느 빌딩 밑 큰길가에서 형님을 본다
웃고 있다.
보기 좋은 얼굴에 서류 한 장 들고서
유학을 간다고 했다
공부하러 멀리 떠난다고
항상 공부에 목말라 했던 형님
이제 할 일을 다 했으니 유학을 간다고

눈물이 흘렀다
그렇게 멀리 가면
언제 보나요
웃고 있다.
아무런 말씀도 없이
바라만 보고 있다

먼 곳으로 유학 떠난지
벌써 칠 년째
하고 싶은 공부는 실컷 하고 계신가보다
아주 가끔씩

내게 얼굴을 보이신다.
먼저 가신 어머니 아버지는
잘 보이시지도 않으시는데11)

---

11) 서강석 시집 '단정히 머리 빗고 타이 매고서' 에서

그냥 놔두라 하세요!

"시장님 이번 인사에서 제가 교육가기로 되었다는데 저는 국장 승진한지 6년이나 지나서 이제 막 국장 승진한 사람들 가는 교육에 대상자가 아닌 것 같습니다."
"서국장님 말씀은 많이 들었습니다. 업무능력도 있으시다하고... 국장 승진하고 교육을 안 다녀오셨더군요. 이번에 다녀오시면 제가 또 챙겨보겠습니다."

강수가 부단체장을 끝내고 인재개발원장을 거쳐 S시 재무국장으로 근무 중에 O시장이 시장직 사퇴를 하고 보궐선거로 당선된 P시장이 취임하였다. P시장은 1급 공무원 전원의 사직서를 받고 1급 승진을 앞두고 있는 고참 2급 국장인 강수에게는 보직을 주지 않고 교육을 보냈다. 강수는 P시장에게 자신이 교육갈 군번이 아니라고 재고해 줄 것을 요청했으나 어쩔 수 없었다. 후배들이 본부장으로 영전하고 강수는 1년간 중앙정부의 교육원으로 교육을 갔다. 신임 P시장이 행한 S시 공직자들의 충성을 확보하고 조직을 장악하기 위한 인사였다. 강수가 1년간의 교육을 마치고 다시 발령을 기다리고 있을 때 부시장의 전화가 왔다.

"서국장, 이번에 부단체장으로 나가야겠어요."
"부단체장이요? 내가 한참 전에 부단체장을 한 사람인데... 시에 본부장 자리를 주세요."
"본부장 자리가 없어요. N구 부단체장으로 가셔야 합니다."
강수는 갑자기 분노가 치밀어 올랐다. 지금까지 시장이 수없이 바뀌었어도 이런 경우는 없었다. 아무런 잘못도 없고 직원들의 평판도 나쁘지 않았다. 그동안 어려운 자리에서 시를 위해 몸을 던져서 일해 왔다. 부단체장으로 가라는 것은 앞으로 강수를 부시장은 고사하고 1급도 시키지 않겠다는 이야기였다.
"이것 보세요! 부시장님, 인사를 제대로 하세요! 다시 부단체장은 갈 수 없으니 본부장 자리 없다면 그냥 시에 대기발령으로 놔두라 하세요."
 부시장은 강수와 사무관부터 같이한 친구사이였다. 화난 목소리로 말하고 전화를 끊었다. 강수는 진심으로 공직을 2급 부단체장으로 끝내는 길은 가기가 싫었다.

 강수는 그해 정기인사에서 본부장은 본부장인데 시의 본부장이 아니라 시 산하 작은 공사의 본부장으로 발령이 났다. 강수의 공직자 커리어가 끝이 난 것이다. 사무관부터 국장까지 주요보직들을 맡아왔다. 강수는 시에서 역량을 나타내고 헌신적으로 일을 하며 실적과 평판을 쌓아왔다 강수가 '부시장'은 물론 '1급'도 가지 못하고 공직을 끝낸다는 것은 생각하지 못한 일이었다.
 강수는 공직을 마감하고 명예퇴직을 신청하였다. 명예퇴직을 하면 당일자로 1계급 특별승진 시켜주므로 강수는 1급공무원이 되어서 퇴직하였다. 2급공무원으로 공직을 끝내고 싶지 않은 강수의 마음이기도 하지만 부질없이 2급공무원 정원만 축내며 후배들의 승진 길을 막고 싶지도 않았기 때문이었다.

 강수가 공사의 본부장으로 발령 받아 출근하는 첫날은 겨울비까지 내려 을씨년스러웠다. 아는 사람 하나 없는 공사에 귀양 가듯이 가는 강수의 마음에도 겨울비가 내렸다. 사무실에 들어가니 누군가 보내준 발령축하 양란화분이 있었다. 꽃들은 예쁘고 사무실은 조용했다. 한직으로 온 강수에게 찾아오는 사람도 없었다. 강수는 꽃들이 다 져서 떨어질 때까지 하루 종일 쳐다보았다. 꽃이 다 떨어진 화분. 꽃들이 모두 나비로 변해서 창문 너머로 날아간 것 같았다. 꽃의 이름도 호랑나비 호접란이었다. 화사하던 화분의 초라해진 변신이 쓸쓸했다.

호접란 화분 두개
하루 종일 나에게 인사합니다.
벌써 두 달째

올해 첫날
내 방으로 들어 왔습니다.
원하지도 않았는데

무심하게 보아온 화분에
오늘은 이백 마리 나비 떼가 앉았습니다.
꽃들은 어디로 갔는지 신기할 뿐입니다.

그러고 보니
매일 아침 한두 마리
나비들이 떨어져 있었습니다.

들어서 꽃 사이에 놓아주니
나비는 꽃으로 다시 살아나고
꽃들은 나비로 변하였습니다.

호접란 마주 앉아 쳐다보면은
노란색, 자주색 예쁜 나비들이 날아 갈까봐
살며시 몸을 돌려 옆을 봅니다.[12]

강수에게 새로운 전환이 필요한 시기였다.
강수는 책장에서 그가 인재개발원장으로 재직하면서 쓴 책 '인재의 조건'을 꺼냈다. 다시 한 번 찬찬히 읽었다. 공무원이 쓴 책으로는 적지 않은 부수가 팔렸고 그 덕에 여러 군데 특강을 다니기도 했다.
세상은 꿈꾸는 자의 것이며 실패하더라도 날개가 꺾이지 말아야 한다고 썼다. 인재는 위기에서 기회를 보고 기회는 맞을

---

[12] 서강석 시집 '단정히 머리 빗고 타이 매고서' 에서

준비를 한 사람에게 온다고 썼다. 굴하지 않는 의지를 가지고 시도를 하여야 한다고 썼다. 목표는 높게 잡아야하고 행동과 사고는 긍정적이어야 한다고 썼다. '강수야 너는 책에 그렇게 쓰기만 하고 행동하지는 않는 거니?' 강수는 자문하였다.
 꽃이 다 떨어진 호접란을 바라보며 강수는 생각하였다.
 '그래, 내가 이대로 스러져 갈 수는 없어. 너는 특별하지 않았니. 이렇게 주저앉아서는 안 돼. 너의 새로운 미래를 위하여 준비를 해야 해. 어쩌면 이것이 너에게 좋은 기회일지도 몰라. 네가 책에도 쓰고 강연에서도 수 없이 한 말들을 너는 잊고 있었니. 이제 다시 너는 너답게 일어서야해.'

 강수의 우선 목표는 등단시인이었다. 시에 관한 책과 시집들을 샀다. 시에 대하여 체계적으로 공부하고 많은 시들을 읽었다. 대학시절 부터 써온 시를 다시 가다듬고 새로운 시를 썼다. 마음이 가난해지니 시도 잘 써졌다. 100여 편의 시를 Y시문학에 응모하였다. 아직 등단은 안했으나 오래 시를 써서 신인수준은 넘는 작가를 발굴하여 주는 시문학상을 받아 등단시인이 되었다. 강수는 당선소감을 보내달라는 Y시문학에 '조용한 울림과 오래가는 향기'라는 제목으로 글을 보냈다.

장맛비가 며칠째 내리는 날 봉투도 물에 젖은 전보가 한 장 날아 왔습니다.
　- 서강수님 수상을 축하드립니다. 수상소감, 사진, 약력을 우송해 주세요.
　그 날은 이십 칠년 함께 산 아내가 처음 수술을 한 날이었습니다. 병상에 누워있는 아내에게 전보를 보여줬습니다. 잠시 잃어 버렸던, 웃는 모습이 예쁜 아내의 얼굴이 환하게 돌아왔습니다. 그날 저녁은 장맛비도 잦아들어 밤하늘엔 커다란 달까지 보였습니다.

　너무나 과분한 상을 받았습니다. 저의 부족하기 그지없는 시들을 응모하고 나서 혼자서 많이 부끄러워했습니다. 시인이 되고 싶은 욕심만 앞선, 준비도 안 된 모자라는 사람의 무모함을 자책하기도 하였습니다. 제게 상이 주어졌다니 믿어지지가 않았습니다. 기쁨은 놀람 뒤에 따라왔습니다. 마침내 시인이 된 것이 말 할 수 없이 기뻤습니다. 행복하고 감사했습니다.

　옛날 대학생 시절에는 연극을 했습니다. 연극에 몰입하면서 다감했던 젊은이의 감성은 깊어갔습니다. 삼십년이 넘는 오랜 세월 공직의 길을 걸었습니다. 감성은 누르고 논리와 합리만 키워야 하는 시간들… 글이 쓰고 싶었고 시를 공부하기 시작했습니다. 많은 시들을 읽고 또 읽었습니다. 그리고 쓰기 시작했습니다. 감성은 무디어 졌지만 없어지지 않았고 빠르게 되살아나 성장했습니다. 시상이 이미지로 그려지면 글로 쓰고 수 없는 퇴고의 과정을 거쳐 고쳐갔습니다. 하나의 시를 완성하고 나면 아이처럼 행복하고 즐거웠습니다.

 쉬운 문장으로 깊이 있는 시를 쓰고 싶습니다. 읽고 나서도 무슨 말인지 몰라 감동이나 의미의 전달이 없는 시, 강하게 양념된 대중음식 같이 과장되고 포장만 잘 된 시가 아닌, 평범해 보이지만 '조용한 울림과 오래가는 향기'가 있는 시를 쓰고 싶습니다. 대도시의 소외와 고독에 관하여, 젊음의 사랑과 성취에 관하여, 의식의 흐름과 성장에 관하여 시를 쓰고 싶습니다. 그러나 마음만 있지 너무도 부족합니다. 쓰고 나면 문장은 어려워졌고 표현은 과해졌으며 주제는 춤을 추었습니다. 더욱 노력하겠습니다. 더 많이 공부하겠습니다. 모자라는 저에게 이처럼 넘치는 상을 주신 Y시문학에 진심으로 감사드립니다.

시인이 된 영광을 항상 저를 응원하고 배려하며 바로잡아 주는 사랑하는 아내 경아와 반듯하게 잘 커준 아이들 진우, 리우와 함께하고 싶습니다. 오늘 저녁 우리 네 식구 집에서 고기 굽고 와인이라도 한잔 같이 해야겠어요. 아주 편안하고 행복한 오후입니다.

강수의 다른 목표 하나는 박사학위 취득이었다. 마침 강수가 공사로 온 그해 가을학기에 강수의 모교 S시립대에서 박사과정 모집이 있었다. 주경야독(晝耕夜讀)의 시간을 4년 가까이 계속하여 박사학위를 수여 받았다.

강수는 생각해보니 P시장에게 서운해 할 일도 아니었다. 사실 P시장 덕분에 '시인'이 되고 '박사'까지 된 것 아닌가. 그가 강수에게 그런 인사를 안 했다면 1급공무원으로 승진해서 한 1년 갈등 속에 근무하다 공직을 끝내게 되었을 것이다. P시장은 S시 고위 직업공무원들을 물갈이하는 인사를 한 후에 계속적으로 외부에서 자기의 측근들을 대거 시로 데려와 비서실은 물론 주요부서에 간부직원으로 임명하였다. S시 공무원들은 그들이 주로 근무하는 시청 6층을 빗대어 '6층 사람들'이라고 하였고 그들이 S시의 모든 정책과 인사를 좌지우지하였다. S시의 직업공무원들은 소관 분야의 정책결정과 집행에 소신을 가지고 발언하거나 주도적으로 참여하는 역할을 하지 못했다. P시장을 위하여 '그들'이 만든 정책을 집행하는 도구로 전락했으며 문제가 생길 때에는 책임을 지는 바람막이로 전락했다. 직업공무원으로서의 역량과 긍지도 떨어져 갔다. 강수는 그의 공직철학에 비추어 그런 공직자가 될 수는 없었다. P시장과 같이 일하지 않도록 하여준 P시장에게 오히려 고마워해야 할 일이었다.

뮈가 뭐에요?

아이를 낳아 기르고
세월이 흐르니

어리게만 보이던 큰아이를
장가보내게 되었습니다.

시간되시면 오셔서
축하해주시고

잔치음식 한 그릇

드시고 가시기 청합니다.

감사하고
감사합니다.13)

　강수가 경아를 만나 하나 되어 낳은 큰아들 진우가 장가를 가겠다고 했다. 엄마를 닮은 예쁘고 참한 처녀를 만났다고... 세월이 빠르다고 말하지만 아이가 커서 결혼하는걸 보는 것처럼 세월의 빠름을 실감하는 것도 없었다. 아이는 다 큰 어른이 되었다고 짝을 만나 나가겠다고 하지만 부모 된 눈에는 아직도 옛날의 아이로 보였다. 돌도 되기 전에 말하고 걸어서 다른 아이들보다 조금 빨랐던 아이 진우, 장가도 빨리 가겠다고 했다.

　아이를 결혼시켜 내보내고 나니 강수도 그랬지만 큰아들에 대한 한없는 사랑을 주어온 경아의 허전함은 더했다. 강수는 경아와 결혼하여 엄마를 떠나올 때가 생각났다. 강수도 엄마 없이는 못살 줄 알았던 시절이 있었고, 엄마를 두고 자기의 짐을 빼서 나올 때 눈가가 붉어지기도 하였지만 경아가 있어서

---

13) 서강석 시집 '단정히 머리 빗고 타이 매고서' 에서

슬프지 않았다. 경아와 같이 할 새 삶이 기다려지고 좋았다.
지금의 진우도 그런 마음이리라. 경아에게 그런 진우의 마음을
전해주고 싶었다.

    엄마가 없이는 못살 줄 알았어
    엄마가 거인처럼 커보이던 어린 시절부터
    엄마가 내 눈 밑에 오는 지금까지
    끝없이 흐르는 사랑
    무조건 받는 사랑
    받아서 행복한 사랑

    긴 생머리 깊고 검은 눈빛
    예쁜 이마와 조각 콧날 밑으로 붉은 입술의 윤곽
    아름다운 가슴과 허리를 타고
    부드럽게 흘러내리는 곡선의 실루엣
    심장을 떨리게 하는
    너의 눈길과 너의 목소리

    너만 있으면 세상을 전부 가진 거 같았어
    내 마음을 다 보여주고

내 사랑을 다 전해주어서
너를 행복하게 하고 싶어
네가 행복해하는 것을 보는 것이
나의 행복이니까

삼십년 살던 집에서
내 짐을 빼어 문을 나올 때
엄마의 눈가에 이슬을 보았고
내 눈에도 눈물이 흘렀지만
이제는 엄마 없이도 살 수 있어
너하고만 영원히 같이 산다면14)

"엄마는 아들을 키워서 아들의 아내에게 넘겨주는 사람인가요?"
 경아는 강수가 내민 시를 찬찬히 읽어보고 물기가 가시지 않은 눈으로 강수를 보며 말했다.
 "엄마는 아들이 어리던 옛날이나 결혼을 하고 난 지금이나 똑같이 아들 없이는 살 수 없겠지만 이제 아들은 엄마 없이도 살 수 있어요. 엄마가 해주던 걸 전부 아니 그 이상 더 잘 해

---

14) 서강석 시집 '단정히 머리 빗고 타이 매고서'에서

주는 아내가 생겼잖아요."
 강수가 경아의 어깨를 잡으며 말했다.
 "그래요... 그렇지만 이렇게 불쑥 나가버리고 진우가 쓰던 물건들만 남아있으니 허전하고 서운하긴 하네요."
 "자식들이 나이 들어서 부모에게서 독립하고 부모 없이도 살 수 있게 되는 것은 우리가 어쩔 수 없는 자연의 법칙이에요. 행복하게 받아들입시다."
 "나도 알아요..."
 "내 시가 당신 마음을 조금 편하게 해줬지요?"
 "그런데 세상 모든 아들 가진 엄마들은 이 시를 좋아하지 않을 것 같네요."
 "..."

 아들 진우가 결혼하고 4년 후에 딸 리우도 결혼해서 집을 나갔다. 강수와 경아의 허전함은 큰아들 진우 보낼 때에 비할 바가 아니었다. 진우가 장가 나갔어도 아직은 챙겨줘야 할 딸이 같이 있어서 허전함은 길지 않았다. 그러나 딸 리우까지 결혼해 나가니 아이들 어려서부터 같이 살아온 집이 텅 비어버린 빈집 같았다.

리우는 티 하나 없는 순백의 영혼을 가진 아이였다. 그 맑은 영혼처럼 몸도 가녀린 아이였다. 언제까지나 부모가 옆에서 돌보고 지켜줘야 할 것 같은 아이였지만 사랑하는 남자를 만나서 시집을 가겠다고 했다. 벌써 이십대의 마지막 해에 들어선 딸의 당연한 갈 길이고 차라리 고마워하며 축하해 줄 일이었지만 부모의 마음에는 만감이 교차했다. 특히 경아는 험한 세상으로 여린 딸을 내보낸다는 생각과 딸이 이제는 자기의 곁을 떠난다는 생각에 슬퍼하고 허전해하며 아쉬워했다. 딸까지 시집가서 집을 나간 뒤에 큰 집에 둘만 남은 강수와 경아의 빈집증후군은 오랜 기간 지속되었다.

강수는 생각하였다.

이 세상에 한 점으로 태어났다. 수많은 점들 중에서 하나의 점을 만나서 선으로 이어지고 부부가 되었다. 아이가 하나씩 둘이 태어나 4개의 점이 격자형 선으로 연결되어 난공불락의 부서지지 않는 사각형이 된다. 어느 누구도 우리 4인 가족을 갈라놓을 수 없었다. 집어 던져도 부서지지 않았다. 단단하고 자랑스러웠으며 뿌듯하였다.

그러나 이 세상 어느 것 하나 영원할 수는 없는 것이 이치가 아닌가. 세월은 사각형을 변화시켰다. 아이들 점이 하나씩 다른 점을 만나 나가면서 사각형은 삼각형으로 그리고 삼각형에서 다시 두 부부만의 선분으로 변한다. 세월은 선분도 다시 점으로 만들 것이고 그 마지막 한 점마저 원래 없었던 처음으로 되돌릴 것이다.

    사각형의 한 점이
    떠나고 나면
    삼각형

    삼각형의 한 점이
    사라지고 나면
    선분

    선분의 한 점마저
    가고나면
    그냥 점 하나

    그 점하나
    하얀 백지위에서
    없어진 점들이 그리워 그리워

하얗게 하얗게
사라져 간다
페이드 아웃 한다15)

딸마저 내보내고 경아와 둘만 남은 강수의 마음을 잘 표현하였지만 시를 쓰고 나니 너무 슬픈 시가 되었다. 앞으로 또 더욱 세월이 흐르면 강수의 아버지 정환이 간 것처럼 강수도 가고 어머니 숙화가 간 것처럼 경아도 갈 것이 당연한 법칙이지만 빈집증후군에 더하여 슬픈 감정까지 가지고 싶지는 않았다. 경아에게는 시를 보여주지 않았다.

"아이들 시집 장가 다 가고 나니 어때요? 편안하지요?" 강수가 말했다.
"글쎄요... 아이들에게 아직 내 손길이 필요한 거 같은데... 시집 장가 나가버려 할 일이 없어져 허하네요." 경아가 말했다.
"나는 내 할일을 다하고 임무완수 한 것 같은 기분인데..."
"맞아요... 임무완수 한 거죠..."

---

15) 서강석 시집 '단정히 머리 빗고 타이 매고서' 에서

"이제 다시 둘이서만 살게 됐으니 뭐죠?"
"뭐가 뭐에요?"
"더 신혼 어게인! 하하…"
"신혼 어게인요? 호호호… 아이고, 황혼이혼이나 당하시지 않게 잘하세요. 호호호…"
"…"

강수는 말없이 경아를 바라보았다.
경아의 표정도 편안하였다. 강수를 처다보며 웃고 있었다.
강수는 경아의 두 손을 힘주어 꼭 잡았다. 창을 넘어 들어오는 햇살이 아름다웠다.
시간이 흐르지 않고 정지해 있는것 같았다.

<끝>

에필로그

  강수는 공직을 퇴임하고 아들 진우와 딸 리우도 결혼해 나가 경아와 둘이 살면서 시간과 마음의 여유가 생겼다. 2년여에 걸쳐서 집필을 하여 자전적 소설 「강수는 걸었다」를 썼다. 소설을 쓰면서 강수는 오래 전에 돌아가신 어머니와 아버지의 젊은 시절을 만났으며 어머니 숙화를 다시 그리워하기도 하고, 가난하게 무명의 삶을 살다간 아버지 정환에게도 연민을 느끼게 되었다. 강수에게 아버지와 같은 역할을 한 형 항수도 생각해보니 그때에 그가 그처럼 어린 시절이었음을 새삼 알게 되어 놀랐으며 더욱 고마워하고 그렇게 빨리 간 형을 안타까워 했다. 가난한 청계천 판잣집 아이에서 고위공직자까지 오르게 되는 강수의 삶이 자랑스러웠지만 활짝 공직의 꽃이 피어져야 할 시기에 P시장을 만나 꺾여버린 공직의 마지막을 못내 아쉬워했다.

강수는 자기의 공직생활이 아직 끝나지 않았다고 생각했다. S시 시장은 물론 산하 모든 지자체장을 뽑는 지방선거가 얼마 남지 않았다. P시장에 의해서 꺾어진 공직의 꽃을 다시 한 번 피워 보고 싶었다. 길은 지자체장에 출마하여 당선되는 길 뿐이었다. 강수가 못다 핀 공직생활의 끝을 활짝 꽃 피우고 마무리 하려는 마음은 그의 '아쉬움' 때문이기도 하지만, 단체장의 업무인 '도시행정'이 그가 정말 잘 할 수 있는 분야이기 때문이었다. 강수는 공직자가 되어, 시민과 후손을 위하여 하여야 할 정책들을 생각해내고 이루어내면서 공직의 자부심을 느껴왔다. 격무를 하더라도 그로 인해서 사회가 나아지고, 시민이 편안해진다면 보람을 느끼고 힘든 줄 몰라 했다.

강수는 지자체장이 된다면 주민들의 '부(富)'와 '복지(福祉)'를 크게 끌어 올릴 역량과 자신을 가지고 있었다. 그처럼 할 일도 많고 보람있는 자리에 앉아서 자신의 이미지 관리나 하고 행사나 다니면서 밑에서 올라오는 서류에 사인이나 하다가 세월을 보내는, 그러면서 바빠서 죽겠다고 말하는, 그런 지자체장들을 보고 답답해했다.

 그러나 강수가 지자체장이 되려면 선거에 출마해 당선되어야 한다. 처음 가보는 길이지만 많은 사람들이 가본 길이니 힘들고 어려워봐야 얼마나 그렇겠는가. 문제는 경아의 지지와 지원이었다. 언젠가 강수가 이제 다시 둘만 살게 되어 '신혼 어게인!'이라고 하니 '황혼이혼!'이나 당하지 않게 잘하시라고 한 경아였다. 이번 지방선거에 지자체장 출마를 하겠다고 하면 '황혼이혼' 카드를 꺼낼지도 모를 일이었다.

"이번 지방선거가 얼마 남지 않게 다가왔네..."
 강수가 어느 일요일 아침에 신문을 보면서 지방선거 이야기를 꺼냈다.
 "왜요? 지난번 지방선거에 예비후보 등록까지 하시더니, 이번에도 나가보고 싶으세요?" 경아가 말했다.
 "글쎄... 나가려면 돈도 필요하고 무엇보다 후보배우자인 당신의 적극적인 참여와 지원이 있어야하는데..."
 "그게 그렇게 하고 싶으세요? 지금 삶이 불만족하신가요? 이제 아들 딸 다 결혼해 나가고 우리들 나이도 적다고는 할 수 없는 나이니 그냥 지금처럼 둘이 사는 것도 좋지 않아요?"

"지금의 삶에 불만이 있는 것이 아니라 우리 삶의 더 큰 의미와 보람을 찾으려는 거지요. 나이도 지금의 내 나이가 단체장하기에 딱 맞는 나이에요. 단체장은 지역 내에 수많은 다양한 나이와 계층의 주민들을 만나고 소통하며 때로는 갈등과 이해를 조정하여야하기 때문에 국회의원과 달리 어느 정도 나이가 있는 것이 좋습니다."

"단체장이야 좋지만 되기 위해 거쳐야하는 선거가 문제지요. 다 까발리고…"

"본격적으로 선거를 치루는 법상 선거기간은 2주간이에요. 14일에 불과해요. 잠깐 고생하는 거지요. 문제는 선거에 나가서 이기느냐가 진짜 문제지요."

"그럼 이번 지방선거는 어떨 거 같아요?

"이번에는 분위기가 많이 다를 거예요. 특히 P시장이 오랜 기간 시장으로 재직하면서도 6층 사람들이네 뭐네 하면서 자기 편만 챙기고 무엇 하나 뚜렷하게 해놓은 일이 없다는 여론인데 더해서 페미니스트 시장이라고까지 자처하던 P시장이 말도 안 되게 자기 여비서를 성추행하고 시장직까지 사퇴했잖아요. 시민들이 P시장 위선의 가면을 알게 되었고 민심도 변해가고있어요.

"그건 당신 생각이죠. 아직도 그편을 무조건 지지하는 사람들이 많아요."

"앞으로 선거 때까지 그 사람들도 지지 철회할 일들만 남았어요. 상상도 하지 못할 P시장의 여비서 성추행 사건 뿐 아니라 그동안 정의의 사도 같은 말만하던 조구(曺口)의 위선, 위안부의 대변자라면서 그분들의 등을 쳐온 윤미하(尹美下)의 몰염치, 그리고 또 한 번도 경험해보지 못한 끝없이 어려운 경제와 저들의 독선적인 국정운영을 경험하면서 시민들이 그들의 가식과 위선, 교만과 독선, 그리고 부정과 무능의 민낯을 보았기 때문이에요."

"그들이 그러더라도 우리의 일이 아니지 않아요? 다른 사람들이 하라고 하고 우리는 그냥 이렇게 살아가는 게 어때요?"

"어쩌면 이번이 내게 다가오는 기회일지도 모르는데 그냥 보낸다면 후회만 남을지 모르니 한번 도전해 봅시다!"

강수가 조금은 단호한 목소리로 말하였다.

"…"

경아는 말이 없었다. 잠시 생각이 깊어지는 듯…

"당신이 좋다 안 하시면 나도 더 어찌하겠어요…"

강수가 조금은 처져 보이는 눈빛으로 경아를 보며 말했다.

"…"

경아는 또 잠시 말이 없었다.

"…"

"…그러세요! 당신은 어려서부터 어려움에 도전하고 성취하며 지금까지 오셨어요. 당신이 인생의 마지막 도전을 하시려는데 아내인 제가 끝까지 반대하고 막아설 수는 없어요. 저도 당신과 한 몸이에요. 같이 도전하고 함께 뜻을 이루어 내도록 해요."

경아가 단호한 표정으로 강수를 보며 진지하게 말했다. 강수는 깜작 놀라며 경아를 쳐다보았다.

"정말이에요…?

"저도 P시장이 아니었으면 활짝 피었을 당신의 공직생활을 아쉬워하기는 마찬가지에요. P시장이 위선의 가면을 벗으면서 당신에게 기회의 문을 열어주는 것 같군요."

"…"

강수는 말없이 경아의 두손을 잡았다.

   - 행정학박사 서강수 시인의 자전적 소설 「강수는 걸었다」 출판기념회

구민회관에 플래카드가 크게 걸렸다. 강수의 지인들과 지역주

민들 그리고 국회의원과 시, 구의원 등 지역의 정치인들로 널찍한 구민회관 강당이 꽉 들어찼다. 무대 위에 가로로 길게 출판기념회 현수막이 보기 좋게 걸렸다. 짧은 축하공연과 저자 강수의 일생을 소개하는 동영상이 상영되고 여러 내빈들의 축사가 이어졌다.

 사회자가 저서 「강수는 걸었다」와 저자를 소개하였다. 강수가 일어나 조금 빠른 걸음으로 걸어서 무대로 올라가 연단에 섰다.

 강수는 천천히 고개를 돌리며 객석에 앉은 사람들을 바라보았다. 많은 사람들이 조용히 무대 위에 강수를 쳐다보고 있었다. 이렇게 무대에 올라와 있는 것이 행복하고 편안했다. 자신을 바라봐주고 있는 이 많은 사람들 모두에게 진심으로 감사했다.

 강수의 머릿속으로 지난 어린 시절과 공직생활이 주마등처럼 스치고 지나갔다.

 빼앗긴 나라 식민지 조선에서 태어나 한 번도 활활 타오르지 못하고 돌아간 아버지 정환과 어머니 숙화, 그리고 청계천변 빈민촌의 아이에서 공직자가 되어 일하며 보람 있는 삶을 살아온 강수의 이야기가 감동적인 연설로 쏟아졌다.

연설을 마치고 연단 옆으로 서서 90°로 허리 숙여 인사 하는 강수에게 박수가 쏟아졌다.
 강수는 계속해서 90°로 허리를 숙였다.
 큰 박수가 끊임없이 계속되었다.

 "감사합니다, 여러분! 감사합니다! 감사합니다!"

 강수는 무대 위에서 두 팔을 높이 들어 V자를 그렸다.
 양손도 손가락으로 v자를 만들어 활짝 웃으며 크게 흔들었다.
 강수의 얼굴이 조금은 붉게 상기되었다.

작가 후기

'강수는 걸었다.'라는 문장으로 시작해서 '강수의 얼굴이 조금은 붉게 상기되었다.'라는 문장으로 끝나는 A4 198매의 이 소설을 쓰면서 2년이 넘는 시간을 보냈다. 언젠가부터 어머니 아버지의 이야기와 나의 이야기를 자전적 소설의 형식으로 써보고 싶었다. 좋은 집안 출신의 인텔리 부모이나 소설에서도 표현하였듯이 '젖은 짚단 태우 듯' 살다간 부모의 이야기와 희망이 없던 청계천 빈민가의 아이였으나 공직자가 되어 보람 있는 삶을 살은 나의 이야기를 남기고 싶었다.

등단한 시인이기도 하지만 소설은 처음 쓰는 것이니 '소설작법'에 대한 많은 공부가 필요하였다. 소설을 시작하기 전에 공부를 위해 여러 책들을 보았지만 그중에서도 소설가 안정효 선생의 「글쓰기만보-일기에서 소설까지 단어에서 문체까지」는 소설의 문외한에게 결정적으로 눈을 뜨게 하여주는 책이었다. 일찍이 안정효 선생의 자전적 소설인 「헐리우드키드의 생애」와 「하얀 전쟁」을 읽고 탄탄한 스토리 전개와 문체에 감명하였는데 소설 작법에 대하여 까지 그처럼 좋은 책을 펴낸 것에 다시 놀랐다. 책도 530여 쪽에 이르는 대작이었다. 그리고 뛰어난 문학성으로 평소에 좋아하던 이문열 선생의 소설과 김훈 선생의 소설을 비롯하여 많은 소설들을 다시 꺼내어 정독으로 읽었다. 눈치 빠른 독자라면 이 소설이 어딘지 모르게 세 분 소설가들의 영향을 받았음을 알아챌 수 있으리라.

이 소설에 나오는 인물들은 모두 실존인물들이며 작가가 창조한 가상인물은 단 한명도 없다. 다만 소설이기에 이름들만 살짝 비틀어서 '서강석'을 '서강수'라고 하는 정도였다. 실명을 그대로 쓴 이름이 딱 2개가 있는데 강수의 아버지 정환에게 무죄를 선고한 '한만춘 부장판사'와 정환의 전 재산을 사기한 '김광열'이다. 엄중한 반공의 시기에 법관의 소신으로 정환에게 노년의 평범한 삶을 살 수 있도록 해준 '한만춘 부장판사'에게는 존경의 뜻으로, 정환에게 회복할 수 없는 가난을 선사한 '김광열'(그 이름은 작가가 어린 시절에도 아버지가 '놈'자를 붙여서 자주 말하였기에 생생하게 기억되는 이름이다.)에게는 죄를 묻는 의미로 그의 실명을 썼다.

 파편처럼 남아있는 어린 시절의 기억들을 이어서 이야기를 만드는 작업은 쉽지 않았다. 마치 문화재복원가가 조각난 토기의 조각들을 모으고 붙여서 정성스레 옛 도자기를 복원하는 것과 같은 조심스럽고 어려운 작업이었다. 어린 시절 기억의 파편들이 톱니바퀴처럼 맞아 들어가면서 소설의 장면들로 이어질 때에는 희열을 느꼈다. 상상 속이었지만 돌아가신 어머니, 아버지를 그것도 젊은 시절부터 쭉 이어서 만나볼 수 있어 반가웠고 행복했다. 어머니에게, 아내에게, 그리고 자식들에게 자신의 역할을 다하지 못하고 돌아가신 아버지께도 연민을 느끼며 이해하고 화해하였다.

 처음의 구상은 A4 150매 정도의 소설로 기획하였으나 다 쓰고 나니 조금 더 길어졌다. 소설에 공감하며 감동해준 아내 경애와 꼼꼼히 교정을 보아준 아들 진원 그리고 북 디자인을 맡아준 딸 리원에게 '고맙고 사랑한다.'는 말을 하고 싶다. 더 쓰고 싶은 이야기들은 많았으나 소설의 문학성을 위하여 과감히 생략하고 장면 장면의 전환을 하였다. 소설을 쓰면서 수도 없이 다시 읽고 또 다시 읽었다. 마음에 들을 때까지 끝없이 문장들을 고쳐 썼다. 작가는 '이제 이 이상 더 잘 쓸 수 없어'할 때까지 혼신의 노력을 다하였으나 독자들 보기에는 부족함이 신호등처럼 눈에 잘 띌지도 모르겠다. 아무쪼록 「강수는 걸었다」가 읽는 독자들의 아까운 시간만 빼앗는 그런 소설이 되지 않기만을 바랄 뿐이다.

강수는 걸었다

지 은 이	서강석
초판발행	2021년 11월 11일
발 행 처	(주) 행일미디어
주 소	경기도 하남시
	미사강변서로 25, 743호
전 화	02) 403-9111
팩 스	02) 403-9222
출판등록	2012년 2월 8일
	제324-2014-000034호
북디자인	서리원

ISBN 979-11-960957-3-4 (03800)